Chicxulub

El tiempo se termina

Gregorio Mendoza Ch.

ISBN: 9798361174478

DEDICATORIA

Dedicado a quienes comprobarán si la lucha por detener el cambio climático fue real o solo una patraña socialista, a quienes entiendan que a pesar de que este no exista, esa no es una justificación para seguir depredando la naturaleza y extinguiendo especies, a quienes más allá de su nacionalidad tengan la empatía para entender que quienes más sufrirán son los más pobres de todas las naciones, a quienes tengan el valor de denunciar los grandes intereses corporativos extractivistas. Dedicado a los que hoy son jóvenes, niños o están por nacer, a quienes sin tener la responsabilidad se les ha entregado un mundo caótico, pero en quienes recae el deber de salvarlo en su momento más crítico.

CONTENIDO

AGRADECIMIENTOS

Agradezco eternamente a mis padres: Gregorio Mendoza Hernández (†) y María Luisa Chande Becerril por haberme traído a este mundo. Por haber hecho todo lo que pudieron para educarme y enseñarme la diferencia entre lo bueno y lo malo. Por apoyarme a su manera, en todo momento, pero sobre todo por darme la libertad de decidir quien quería ser.

Revisión ortotipográfica y de estilo elaboración de:
Norma Leticia Atilano Casillas

Diseño de portada elaborado por:
Yossilustra

PRIMERA PARTE

De cómo y por qué las élites destruyeron la Tierra

Chicxulub

I

ENERGÍA, ¿PROGRESO O DESTRUCCIÓN?

Consideraban que la energía era el motor que hacía que todo en el Universo se moviera, desde el ser más diminuto hasta la civilización más desarrollada. Su agotamiento implicaba el fin del progreso e incluso el exterminio. Sin embargo, una verdadera civilización debería administrarla, no agotarla.

I

Al centro del Megaron, un enorme mapa tridimensional flota haciendo erráticos movimientos sobre su eje; se trata del mapa del Todo Esencial, así es como los detrianos llaman al Universo. Lo primero que en él se distingue son los supercúmulos: atiborrados racimos de luces brillantes que a la distancia parecieran una sola, pero que al acercarse se atomizan en millones de cúmulos. Cuando finalmente se llega a uno de ellos, es solo para darse cuenta que están conformados por millones de galaxias: las más cercanas son moradas y rojas las más lejanas.

Al aproximarse al mapa las galaxias se granulan; ahora se pueden ver las estrellas o soles con planetas orbitando alrededor suyo. Estos últimos ejercen su influencia sobre cuerpos celestes más pequeños –como las lunas–, creando así sistemas planetarios.

Relpek se encuentra sentado frente al mapa; su misión es supervisar los procesos de evolución de las distintas civilizaciones en la Vía Láctea.

—No parece haber cambios, creo que será un día más –se dice a sí mismo, como dándose ánimo.

Al mover la palma de la mano el mapa se amplía a la vez que se enfoca en el cuadrante inferior izquierdo; ahora pueden distinguirse con claridad los brazos en espiral de la galaxia y su inmenso núcleo brillante, como un pulpo azulado que se arremolina en el lecho marino. Los detrianos, como Relpek, la llaman Matriz Estelar, porque ahí es donde se encuentra su planeta: Detrix.

Como siempre, debe revisar cada uno de los brazos, comenzando por el suyo: Sagitario. Los hace girar como si fueran canastillas de una rueda de la fortuna; aumenta la resolución y enfoca las constelaciones de Tauro, la Osa Mayor y Orión, finalmente consigue una toma nítida de un diminuto sistema solar.

Contempla la imagen por varios segundos. Con la punta de los dedos se toca el mentón en repetidas ocasiones; de repente, sus pupilas se dilatan y lanza su cuerpo hacia el frente:

—¿Qué está pasando? –se pregunta.

Uno de los ocho planetas del pequeño sistema solar ubicado en Orión, que apenas hace unos días brillaba despreocupado, ahora parece un fantasma gris. Se trata de la Tierra.

—¿Cómo pudo suceder esto? Tal vez sea un error de enfoque –se pregunta mientras se apresura a verificarlo.

Palpa la pequeña esfera no mayor a un limón; en el acto se despliega un menú, lo recorre apuradamente.

—Consumo de energía, dónde está, dónde está –finalmente la encuentra y la presiona.

—Lo que me temía: su nivel de energía casi ha caído a cero –se desploma contra el asiento–. Si desciende una línea más el planeta podría convertirse en una roca. Debo avisar al Consejo Intergaláctico de inmediato –frota su rostro con ambas manos y activa la alarma.

* * *

En el Universo el consumo de energía es el principal indicador de desarrollo tecnológico. A medida que una civilización progresa lo va incrementado proporcionalmente; si por el contrario, desciende, comenzará a declinar hasta llegar a un punto en el que irremediablemente colapse. Cuando una sociedad es capaz de aprovechar toda la energía que produce su sol, puede prescindir de los combustibles fósiles; es decir, se convierte en una Civilización Planetaria tipo I. Sin embargo, los dispositivos para el aprovechamiento de la energía solar –como las celdas fotovoltaicas–, también tienen la capacidad de alterar el clima de un planeta; por lo tanto, adicionalmente debe reducir su producción. Para ello se requiere de una nueva consciencia, principalmente en quienes dirigen los destinos de las sociedades: las élites.

El Consejo Intergaláctico tiene informes de que en la Tierra se cuenta con un programa completo (Acuerdo de París 2015) para sustituir los combustibles fósiles, garantizando la producción de energía limpias sin comprometer las formas de vida del planeta. Sin embargo, por lo que Relpek ha observado, el nivel de energía a involucionado a un estadio igual al momento en que los terrícolas ingeniosamente aprendieron a hacer fuego. Sin duda, algo salió mal en la Tierra.

Al enterarse el Consejo de lo sucedido, solicita a Relpek buscar entre los exploradores a uno cuyo perfil se adecúe para viajar al planeta lo más pronto posible, antes de que sea demasiado tarde. Relpek cree que se les da demasiada importancia a los asuntos de las protocivilizaciones; en su opinión, son seres que aún son bárbaros.

No obstante, como interlocutor entre los exploradores de la galaxia y el Consejo Intergaláctico, debe ser imparcial en la elección del candidato. Ingresa al sistema de administración de misiones y se dirige a la opción: "Características de la misión", en la que aparece un formulario que llena con datos como la distancia que se recorrerá, el planeta o estrella al que se dirigen, características de los habitantes, flora, fauna... Presiona el recuadro con la leyenda: "Buscar navegante"; como si fuera una máquina tragamonedas, el programa comienza a girar en busca de los candidatos más idóneos. Aparecen cuatro posibilidades; ahora debe encontrar al "elegido" entre ellos.

Relpek no tiene preferencia por ninguno, considera que cualquiera es capaz de cumplir con la misión, así que deja esa decisión al ordenador y vuelve a presionar el botón. De izquierda a derecha aparecen girando unos rodillos con la información de cada aspirante: el primero resulta ser apropiado para la misión; el segundo, conveniente; el tercero, adecuado; solo falta el cuarto, ¿será rechazado o elegido? La elección del último rodillo se prolonga más de lo esperado; el pie derecho de Relpek no deja de brincotear, pareciera que el ordenador estuviera indeciso hasta que finalmente desacelera.

—¿Acaso es...? No, entonces es..., tampoco –el rostro en el cuarto rodillo se hace visible, y además resulta ser el "elegido" por el ordenador.

—¿Layar? –Relpek frunce el entrecejo.

¿Qué hay detrás de esa elección?, ¿acaso existe un propósito oculto en ella o en realidad se trata de la persona más adecuada?, y, ¿quién es Layar?

Layar pertenece a la flota de exploradores de la galaxia, ha conocido un sinnúmero de sistemas solares y formas de vida, incluso ha participado en importantes misiones más allá de sus fronteras. Es joven para los estándares de los exploradores –30 años terrestres–, le gusta viajar y descubrir nuevos mundos; es analítico, pero a la vez se le reconoce por su capacidad de tomar riesgos en momentos complicados y al final tener éxito.

Layar habita en el planeta Detrix, mide 1.85 cm de altura, es pálido como la luna, esmirriado, de cabello crespo y negro como la crin de un caballo. De origen híbrido, es el resultado de la mezcla entre organismos biológicos, máquinas y procesadores. Sus extremidades, a diferencia de los humanos, son una mezcla de elementos biológicos y de materiales fibrosos, sintéticos y repuestos mecánicos inteligentes. Su bioelectric hace la misma función que la sangre, es una autopista por la que puede circular información codificada y pequeños nano robots, igual que los anticuerpos que repararan cualquier daño o eliminan amenazas al sistema central.

Su cerebro-ordenador se divide en dos hemisferios biológicos con millones de neuronas interconectadas y una pequeña oblea de silicio adherida, que concentra miles de millones de microcomponentes capaces de almacenar una biblioteca entera cada uno. Sus ideas, pensamientos y decisiones son el resultado de la acción conjunta. Cuando ambas partes del cerebro-ordenador se conectan, demandan una gran cantidad de energía para funcionar: esa fue una de las razones por las que tuvieron que eliminar el sistema límbico o cerebro emocional; la otra fue para reducir su influencia en la toma de decisiones.

Relpek debe contactar lo antes posible a Layar. Sabe perfectamente que el explorador no se encuentra en una misión, de lo contrario el ordenador no lo hubiera elegido. Eso indica que tiene que estar en el planeta Detrix, sede del Consejo Intergaláctico y hogar de los exploradores de la galaxia.

Layar lleva varias semanas en Detrix, en la ciudad de Bayona, en espera de ser llamado a una nueva misión. En los últimos días ha venido siguiendo una serie de combates entre robots, cuya imagen proviene del planeta Umea, donde las peleas no son una atracción, sirven para dirimir conflictos.

Hace 100 años las élites empresariales de Umea obtuvieron el control de la producción eléctrica con la promesa de disminuir los costos e introducir las energías limpias. En los siguientes años la demanda de electricidad se incrementó exponencialmente –como ya se sabía–, sin embargo, la transición solo se dio en un ínfimo porcentaje, y peor aún, los precios no bajaron; por el contrario, siguieron subiendo, estrangulando a la sociedad. Después de un siglo en el que las condiciones medioambientales del planeta se han deteriorado y 40% de los ingresos de los habitantes se destinan al pago del recibo de la luz, la corte de Umea les dio una noticia buena y una mala: la buena es que podrán producir su propia electricidad –si logran vencer en un combate al robot de la compañía de energía Alordrebi–, la mala es que el robot, Eclipse Total, es prácticamente invencible. Luego de su veredicto y habiendo terminado su periodo, el juez, coincidentemente, fue contratado por la compañía.

Los umeanos tuvieron que apelar a la experiencia de Speedy, un pequeño robot con forma de maleta, anticuado para la época, pero famoso por sus inesperados triunfos contra rivales de mayor calado. Hoy se decidirá todo. Ya perdió una de sus cuatro ruedas y ha recibido poderosos golpes que hacen que cada vez le sea más difícil escapar de Eclipse Total. El intenso robot, con forma de cangrejo, en vez de tenazas porta una veloz sierra y un potente mazo. Con sus patas marchadoras se desplaza como una marioneta por todo el cuadrilátero impidiendo que Speedy escape.

Layar ha seguido con interés los combates en los que, a pesar de su inferioridad tecnológica, Speedy ha vencido con astucia a sus rivales. Pero esta vez Eclipse no solo tiene el encargo de ganar, sino instrucciones precisas de aniquilar a su rival. Agazapado en una esquina, sin una rueda, y limitado en sus funciones, Speedy está a merced de la sierra que gira a 2 000 revoluciones por minuto y del martillo triturador. Los espectadores en el juzgado se encojen en sus asientos ante lo que parece el inminente final del pequeño cachorro asustado; Layar, atado al sillón, ni siquiera parpadea.

Sorprendentemente, Speedy no se rinde, comienza a moverse en la esquina de un lado a otro; Eclipse lo sigue con la mirada, entiende que debe darle un mazazo inmovilizador para luego desmembrarlo, con eso sería suficiente. El golpe suena hueco en el cuerpo de Speedy, quien reacciona y captura con sus dos brazos el mazo de Eclipse, que intenta zafarse sin conseguirlo. Entonces, decide usar la poderosa sierra para cortarlo en dos, pero antes de que la sierra haga contacto con Speedy, utiliza el mazo de

Eclipse para cubrirse, y este no puede evitar cercenar su propio mazo al mismo tiempo que la sierra se desdienta.

Eclipse retrocede mirando cómo se ha quedado sin armas, de los muñones saltan chispas y tronillos retorcidos; los accionistas de la compañía se ponen de pie y se estrujan el cabello, no pueden creer que esa pequeña lata esté a punto de derrotar a su gladiador. Ahora las condiciones de la pelea se han equilibrado. Speedy retrocede para tomar impulso, luego se abalanza a toda velocidad sobre su rival golpeando en la base y haciéndolo volar hasta caer con las patas hacia arriba. Eclipse Total patalea intentando desesperadamente darse la vuelta; los accionistas ante la real posibilidad de perder sus lucrativas ganancias, le gritan desde sus lugares sin éxito. Después de 10 segundos de intentarlo, los jueces declaran ganador a Speedy. Los habitantes de Umea estallan de gusto, se han quitado el yugo de la compañía eléctrica, su triunfo es algo más que David venciendo a Goliat: la energía gratuita será la base para la construcción de una sociedad más justa, sin privilegios, sin clases sociales y finalmente podrán introducir las energías limpias.

Layar procesa el triunfo, casi lo disfruta. Inamovible en su lugar, exclama:

—Lo volvió a hacer, Speedy lo volvió hacer.

Esboza una ligera sonrisa y apaga la proyección, luego percibe una presencia en la habitación, y gira súbitamente en dirección a la puerta, se encuentra con una figura destellante que se balancea como la llama de una vela.

—Hola, Layar, ¿cómo estás?

Al ver que se trata de Relpek reacomoda la postura.

—Bien, gracias –raspa la garganta– bien. ¿A qué debo el honor de tu visita?

—Dejaré las formalidades para después porque no tenemos mucho tiempo: se presentó un problema grave en uno de los brazos, en Orión, para ser exacto. El Consejo Intergaláctico quiere que alguien vaya lo más pronto posible a investigar qué está sucediendo y tú fuiste seleccionado por el ordenador.

—Entiendo, ¿qué tipo de problema?

—Solo te puedo adelantar que uno de los planetas que estamos monitoreando tuvo un descenso drástico en su consumo de energía, uno que podría estar poniendo en peligro su supervivencia –respondió Relpek sin hacer el más mínimo gesto.

—¿Un planeta?

—Sí, planeta Tierra –Layar arquea las cejas–, debes presentarte hoy mismo ante los miembros del Consejo que se reunirán en el Megaron para ratificar tu nombramiento. Ellos te darán todos los detalles de la misión. ¡Éxito en tu travesía!

—Gracias, ahí estaré puntualmente –la imagen de Relpek se vuelve difusa, como si la cortaran en rebanadas para luego ser aspirada.

El explorador se pone de pie y camina de un extremo a otro de la habitación, sabe que esta misión representa una gran oportunidad para ser tomado en cuenta y hacer su transición de híbrido a consciente.

En el planeta Detrix la sociedad se divide en híbridos y conscientes. Los conscientes son inmateriales, son energía pura y conforman el Consejo Intergaláctico. Su tarea es analizar los procesos de evolución y desarrollo de los planetas de la Vía Láctea, de tal manera que puedan desactivar cualquier amenaza que ponga en riesgo el Todo Esencial.

Por su parte, los híbridos –como Layar–, son quienes exploran los planetas en busca de evidencias de su desarrollo, toman muestras, y si es necesario interactúan con los habitantes para finalmente presentar un informe a los conscientes, pero no deben de intervenir en dichos procesos. Ellos aún son materia, realizan procesos de fotosíntesis, convierten todo tipo plantas y pastos en energía, o bien la extraen directamente de una estrella. Son mitad seres biológicos y mitad seres artificiales; les han desconectado las emociones, de tal manera que no puedan influir en su toma de decisiones.

Los detrianos pasaron por distintas etapas de evolución y progreso social hasta convertirse en la sociedad más avanzada de la Vía Láctea. En ese punto, entendieron que ellos no eran los únicos capaces de pasar por tal proceso, que en todas partes en donde existían moléculas, estas podían autorreplicarse y dar lugar a una gran variedad de formas de vida. Así, surgieron organismos diminutos, como aspiradoras, que se arrastraban en la oscuridad del fondo marino, alimentándose de materia orgánica para luego expulsarla. Movidos por la necesidad de obtener materia para convertirla en energía, no solo surgió el cerebro, sino que fue evolucionando (cerebro reptiliano, sistema límbico y neocórtex). Con el desarrollo del cerebro, los individuos se volvieron cada vez más complejos, añadiendo a sus necesidades básicas otras más sofisticadas, extravagantes e incluso superfluas.

Los individuos encontraron que la formación de grupos sociales es una manera eficiente de cubrir las necesidades, defenderse y progresar. Cuando los recursos escaseaban o simplemente no estaban al alcance del grupo, se podían desencadenar conflictos internos que generaban división, o conflictos externos que los llevaban a la guerra.

Los detrianos también entendieron que, si las sociedades lograban superar las etapas primarias de desarrollo, tarde o temprano terminarían descubriendo la ciencia como una potente herramienta, pero dependía de cada sociedad cómo utilizarla. En ese sentido el camino se podía dividir en dos: uno en el que al aplicar la ciencia y la tecnología sabiamente facilitaban las formas de satisfacer las necesidades grupales, acabando con la pobreza, la enfermedad y la guerra por los recursos, hasta lograr un estado de progreso colectivo enfocado en tareas trascendentes, eliminando la vanidad y convirtiéndose en una civilización planetaria. A este camino o grupo lo llamaron: **colaborativo.**

En el otro, de manera opuesta, la ciencia y la tecnología se entendían como un medio para acaparar los recursos en un pequeño grupo, sometiendo y explotando al resto de los habitantes que terminaban cayendo en la miseria, mientras ese grupo satisfacía no solo sus necesidades sino sus excentricidades. Dicha sociedad, actuando de forma egoísta e irresponsable, llevaría al planeta a su propia destrucción. A este camino o grupo lo llamaron: **individualista.**

II

Layar aún experimentaba emociones, similares a pequeños y esporádicos destellos en el cielo. Se trataba de recuerdos que sobrevivieron a la desconexión de su sistema límbico o cerebro emocional, pero que cada vez se diluían más. Dicha práctica se llevaba a cabo a temprana edad y les permitía convertirse en verdaderos híbridos.

La idea de hacer ese importante viaje a la Tierra activaba esos destellos; en primer lugar, porque a su regreso estaría muy cerca de volverse un consciente, momento en el que no volvería a tener recuerdos de aquellas emociones cercenadas, sería energía pantes de desacelerarura. No obstante, se preguntaba, ¿cómo sería vivir con emociones?, ¿cómo habría sido su vida si no le hubieran desconectado el sistema límbico?

Por su parte los miembros del Consejo Intergaláctico solo viajan en casos muy especiales, como asuntos extra galácticos que involucran conflictos con galaxias circunvecinas o cuando el Todo Esencial está en peligro. El último gran conflicto que se produjo a esa escala se presentó hace más de 13 000 millones de años, cuando irremediablemente fue destruido el Universo.

En esa ocasión también surgieron grandes civilizaciones por todas partes. Igual que ahora, su nivel de desarrollo estuvo representado por el grado de tecnología que habían alcanzado, y se medía por la cantidad de energía que consumían: planetaria, estelar y galáctica.

El conflicto comenzó cuando a una civilización ya no le fue suficiente la energía que producían todos los soles en su galaxia, y tuvo que extraerla de otras para continuar expandiéndose. Para ello propuso que aquella energía que no se usaba, y que a su parecer se estaba desperdiciando, fuera cedida a quienes la requerían. Al coincidir su propuesta con las necesidades de otras civilizaciones se creó una confederación de galaxias, a quienes les llamaron imperialistas.

En contrapartida surgió un grupo de galaxias que pensaban que la energía debía administrarse, que nadie tenía el derecho de consumir aquella que les pertenecía a las generaciones futuras; por ello se les conoció como los sustentables o la resistencia. Consideraban que la energía era el motor que hacía que todo en el Universo se moviera, desde el ser más diminuto hasta la civilización más desarrollada. Su agotamiento implicaba el fin de su progreso e incluso su exterminio. Sin embargo, una verdadera civilización debería administrarla, no agotarla. Si un grupo se hacía con el control total, existía un enorme riesgo de que terminara decidiendo el destino de galaxias enteras, e incluso del Universo mismo.

A pesar de varios intentos, no se pudo llegar a ningún acuerdo, nadie cedió en sus prerrogativas por considerar que eran justas. Los representantes de la Confederación Imperialista se retiraron de la mesa de negociaciones advirtiendo que, si no se cumplían sus exigencias, iniciarían una feroz guerra en contra de quienes se opusieran. La negativa de la resistencia a esas demandas dio origen a la guerra del Todo Esencial por el control de la energía.

Las fuerzas imperialistas, con mayor desarrollo tecnológico, conformaron una flota de naves y armamento cuyo poderío jamás se había visto. Desataron violentos y furtivos ataques primero a los planetas más cercanos, sustrayéndoles su energía, haciendo que salieran expulsados de su órbita para vagar y terminar pereciendo en la inmensidad del Universo. En otros casos desactivaron sus campos gravitatorios, provocando que los planetas y estrellas colisionaran entre sí o fueran tragados por los agujeros negros que merodean el Todo Esencial. En muchos de esos planetas las formas de vida eran equivalentes al momento en que en la Tierra se hacían herramientas con piedra; es decir, no pudieron llegar al grado de civilización.

Luego, sumando los recursos que le robaban a los planetas vencidos, tomaron el control de galaxias completas y dominaron centenares de cúmulos y supercúmulos. Los beligerantes mandaban un ultimátum: rendirse o ser arrasados. Muchos de los que decidieron pelear fueron reducidos a escombros y su población menguó a menos de 30%; todo su conocimiento y cultura fueron convertidos en añicos.

Un cúmulo de galaxias llamado Aterg Grebmuht, pequeño en tamaño, pero grande en valor, astutamente invirtió la gravedad, creando un campo de fuerza alrededor de sus galaxias, capaz de expeler los ataques; ahí se refugiaron aquellos que se negaban a rendirse. Pensaban que el Todo Esencial nunca volvería a ser lo mismo si los imperialistas triunfaban, por lo tanto, valía la pena luchar por aquel Universo que habían amado.

Por su parte, los imperialistas estimaron que eliminar a Aterg para siempre no haría ninguna diferencia, antes bien quedaría el camino libre para el control total de la energía, evitando cualquier insurrección futura. Entonces, decidieron pasar al plan B.

El plan B consistía en robar el arma más letal del Universo jamás creada: el Sispilacopa. Ignorando la seria advertencia que su inventor había hecho antes de ser desintegrado: "Nunca debe ser utilizada", procedieron a sustraerla de la bóveda en la que se encontraba resguardada, para enseguida activarla en contra de sus enemigos. La cuenta regresiva sonó como los últimos latidos de un corazón agonizante: 9, 8, 7, 6, 5, 4, 3, 2,1, 0.

Un destello enceguecedor que duró menos de la mitad de un segundo fue suficiente para acabar no solo con Arteg, sino con el Universo. Al accionar el arma, liberaron una poderosa reacción en cadena que destruyó toda la materia, hasta los átomos. A dicho evento los terrícolas lo llaman el Big Bang.

III

En la guerra por el Todo Esencial, el Sispilacopa no fue el arma más letal, sino el egoísmo de un grupo cuya idea del crecimiento ilimitado requería del acaparamiento de la energía; ese fue el primer antecedente de un grupo individualista del que se tiene noticia.

Paradójicamente, el fin de ese Universo representó el inicio de uno nuevo. Con su surgimiento se creó el tiempo y la fuerza de gravedad, que inmediatamente comenzó a actuar comprimiendo las nubes de hidrógeno que flotaban, hasta que se produjo la fusión nuclear. Entonces apareció el helio y la materia se convirtió en energía. Los primeros seres vivos fueron constituidos con los elementos que surgieron de las continuas explosiones de estrellas y los procesos de fusión, como el carbono, neón, oxígeno, hierro...

Pasaron cuando menos 1 000 millones de años antes de que la fuerza de gravedad uniera las partículas de nuevo. Detrix fue el primer planeta en la Vía Láctea en donde resurgió la vida, que evolucionó hasta desembocar en los conscientes, quienes llegado el momento se hicieron una pregunta crucial: ¿se habrá erradicado el egoísmo para siempre?, o, como todo lo demás, sus partículas flotan en el Universo y tarde o temprano se manifestarán de alguna manera. Para evitar que se repitiera una catástrofe de tal magnitud, decidieron crear el Consejo Intergaláctico, cuya principal función es supervisar los procesos evolutivos y el desarrollo de las formas de vida sin intervenir a menos que de nuevo esté en peligro el Todo Esencial.

* * *

Layar arribó al Megaron como le había indicado Relpek, el heraldo de los conscientes. Se trata de una pirámide brillante y traslúcida que flota justo donde se cruzan en Detrix los cuatro puntos cardinales o destinos. Un eje horizontal atraviesa de arriba hacia abajo el planeta, pasando justo por el centro de la pirámide, prolongándose en línea recta hasta el centro de la Vía Láctea, conectando todos los niveles de consciencia que existen.

Cierto aumento de intensidad en sus sistemas hacía presa a Layar, mientras se identificaba para poder ingresar al gran salón. El lugar era aplastantemente blanco, brillante y silencioso, como estar en medio de una cordillera de enormes montañas nevadas que se alzan como las torres de una catedral hasta confundirse con gomosas nubes blancas. En él se encontraban los representantes de cada uno de los brazos de la Vía Láctea: Orión, Sagitario, Perseo, Norma, Escudo-Centauro y Crux, como se les conoce en la Tierra.

Las señales codificadas de los miembros del Consejo Intergaláctico habían sido lanzadas desde cada uno de los brazos de la galaxia. En Detrix eran reproducidas de forma holográfica en la Sala del Juicio, donde ya aguardaban al explorador, sin saber quién era el elegido para la importante misión. Layar no los hizo esperar mucho. Entró a paso rápido, con la cabeza en alto, portando su uniforme de explorador, rompiendo el silencio con el golpeteo de sus botas en el marmóreo piso. Se detuvo a unos metros de los miembros del Consejo. Luego de un vistazo lo reconocieron; sin embargo, no dijeron nada, solo murmuraron entre ellos.

Layar era un tipo relativamente joven para los estándares detrianos. Sus facciones eran muy delineadas: la nariz, los labios, la barbilla, lucían casi como esculpidas por un Miguel Ángel del espacio, lo cual era inusual, teniendo en cuenta que en Detrix no se preocupaban por el aspecto exterior de los híbridos, solo por su funcionalidad. Como remate tenía profundos ojos negros como bolas de boliche.

Le dieron la bienvenida y contestó con una reverencia. Lambda, el vocal de los conscientes, tomó la palabra:

—Layar, sabemos del buen desempeño que ha tenido en sus respectivas misiones. Entendemos que, a pesar de que es joven para alcanzar el límite de elegibilidad que se requiere para la transición a consciente, ha acumulado no solo conocimiento sino sabiduría suficiente para hacerse cargo de esta misión. Como usted sabe, nuestra regla principal es evitar cualquier intervención en los asuntos de otros planetas; solo somos observadores y actuamos cuando comprobamos que el Todo Esencial está en peligro.

El explorador permanecía de pie apoyado en su pierna derecha y flexionando la izquierda, estoico, con las manos entrelazadas en la espalda. Un mapa de la Vía Láctea se cristalizó luego de hacer dos destellos. Lambda continuó.

—Como puede ver en el mapa, los planetas que brillan son aquellos en donde existe la vida, a medida que se desarrollan y van consumiendo más energía, aumentan su intensidad. Por el contrario, aquellos que han entrado en declive comienzan a opacarse, hasta llegar al punto en que se apagan por completo. Ese globo gris que se encuentra en el brazo de Orión es la Tierra. Algo grave sucedió, porque está a punto de apagarse; eso nos preocupa mucho. Asumimos que aún hay vida, en alguna de sus formas, esperamos que sea inteligente, pero en cualquiera de los casos su deber es averiguar qué ha sucedido y presentar a la brevedad un informe completo. ¿Entendió?

Layar se quedó callado por unos instantes mientras observaba aquella esfera gris. Advirtió un pequeño destello del tamaño de la cabeza de un alfiler, luego volteó hacia donde estaban los miembros del Consejo.

—Si sus eminencias consideran que yo soy quien debe hacer el viaje a la Tierra, para mí es un honor. ¿Con qué información o antecedentes contamos?

—Se le entregará una tib con los últimos reportes que tuvimos de la Tierra, así como datos extraídos de una sonda terrícola que fue encontrada vagando en los límites del sistema solar. La nave en la que realizará el viaje es un híbrido de nombre Escan, que lo espera en la parte superior.

—Enterado, ¿cuándo debo partir?

—En este preciso momento. Manténganos informados de sus hallazgos y no olvide que la energía es el elemento más importante del

Universo; se debe conservar a toda costa.

—El elemento más importante –repite Layar casi deletreando–, lo tendré presente.

—Tenga en cuenta que el viaje es peligroso, hay que atravesar toda la galaxia; del éxito de esta misión depende su futuro.

Layar tomó esas últimas palabras como algo personal, hizo una reverencia y abandonó la Sala del Juicio a paso rápido. Pequeñas chispas revoloteaban en su mente ante la responsabilidad. ¿Quiénes eran esos terrícolas?, ¿por qué habían agotado su energía?, ¿acaso eran una especie peligrosa? Al mismo tiempo sabía que si cumplía con la misión se le abriría la puerta para volverse un consciente; avanzó deseando estar fuera del escrutinio del Consejo lo antes posible. Como fichas de dominó que van cayendo, desaparecieron uno a uno; acto seguido, se apagaron las luces y todo quedó en la más absoluta oscuridad.

IV

La nave en que Layar realizaría el viaje, Escan, lo aguardaba en la parte superior del Megaron. Para llegar a ella tuvo que avanzar por un largo pasillo con una pendiente de 25 grados que desembocaba en una compuerta de alta seguridad, la cual se abrió cuando lanzó un destello con el dedo índice en dirección del cerrojo. El sistema general lo identificó y le dio la bienvenida, así lo tuvo que hacer dos veces más hasta llegar a un ascensor.

Una vez que abordó pudo apreciar un primer plano de Detrix mientras amanecía. Los detrianos no dormían, más bien se recargaban y reparaban, y eso no necesariamente debía ser por la noche. El planeta solo contaba con una ciudad: Bayona, habitada por híbridos cuyas dos principales actividades eran explorar la galaxia y trabajar en el desarrollo de nuevas formas de aprovechar la energía, porque como decían los conscientes: “Era lo más importante”.

La vida de los híbridos era rutinaria desde el punto de vista terrícola: eliminado su sistema límbico, las emociones y sensaciones tenían poca o ninguna influencia en sus decisiones; lo que marcaba su ritmo de vida era un sistema conformado por castigos y recompensas. Ellos no hacían sus actividades porque les fueran emocionantes o las evitaban por ser desagradables, sino que sabían perfectamente qué debían hacer y qué no. No experimentaban sentimientos de culpa o vanidad, aceptaban las consecuencias de sus actos casi sin levantar la mirada, incluso en algunos casos ellos mismos explicaban cuál era la razón de su error, entendían que eran parte de un plan más grande. No existían las relaciones amorosas y mucho menos el sexo; la amistad no implicaba afecto hacia otros, sino simplemente afinidad, resultado de compartir las mismas actividades.

* * *

Al llegar a la parte superior del Megaron, un enorme domo traslucido emergió ante los ojos de Layar. Al centro se encontraba la nave en la que viajaría a la Tierra. Se trataba de Escan, un híbrido, una especie de ser vivo inteligente que tenía la capacidad de autoalimentarse y modificarse para aprovechar las condiciones del medio en el que se encontrara: como un camello, abrevaba toda la energía cuando era abundante, para utilizarla cuando escaseaba; modificaba su aerodinámica para disminuir su consumo de combustible y de esta forma mantener su velocidad como un halcón que encoge o extiende sus alas para alcanzar a su presa. Igual que una serpiente muda su piel, adoptaba un color oscuro para absorber una mayor cantidad de luz, o uno claro cuando requería refractarla, para lidiar con el aumento de la temperatura por la fricción de la hiper velocidad.

Escan es sorprendentemente similar a un reptil terrícola muy longevo; tal vez en Detrix también existieron esas formas primitivas de vida, o en algunas de sus travesías conocieron a la maravillosa tortuga. Pero, sobre todo, Escan es un híbrido experimentado en viajes; producto de ello es muy instruido, le gusta tomarse su tiempo y pensar las cosas, simpatiza con la ideología de la resistencia –aquellos que defendieron la idea de que la energía se debía administrar en vez de acapararse–. En general, las personalidades de Escan y Layar parecen opuestas, tal vez sea la complementariedad el motivo por el cual el ordenador los empató para el viaje.

Escan se encontraba al centro del domo, apoyado en sus cuatro patas, con el cuello estirado, pero en estado letárgico. Layar avanzó hacia él y comenzó a girar a su alrededor. Se detuvo justo frente a su cabeza, mirándolo a los ojos. Levantó su mano derecha despacio, la detuvo justo cuando se alineó con los ojos de la tortuga.

—¿Con que tú eres Escan?

De su palma salió un destello deslumbrante. Al instante, la tortuga parpadeó, movió su cuello haciendo un semicírculo y lanzó un chillido agudo. Luego lo miró fijamente:

—No te conozco, ¿quién eres?

—Soy Layar, explorador de la galaxia –saca el pecho y se pone en posición de firmes–. Si me permites abordar instalaré en tu sistema de navegación el itinerario de viaje y nos iremos poniendo al día.

El reptil se estiró como un gato, soltó un chillido aún más fuerte, luego se agachó y abrió la escotilla:

—Adelante, Layar, bienvenido a bordo. ¡Que comience el viaje!

Una vez dentro de Escan, Layar introduce la tib, que era una diminuta cápsula brillante cual gota de agua, construida con cuarzo y mercurio, en una pequeña cavidad del tablero. Contenía, entre otras cosas, el itinerario de viaje. El sistema la reconoció enseguida y trazó el camino más cercano a la Tierra; se trataba de un traslado de unos 80 000 años luz. Una vez identificada la ruta, Layar se dispuso a salir del gran domo. El caparazón de Escan estaba hueco, en esa parte se encontraba la sala de control y la cápsula de navegación; era traslúcido, hecho de celdas solares capaces de captar tanta energía en segundos como para recorrer distancias medidas en años luz. Podía soportar las enormes presiones del océano estelar y, a la vez, era tan flexible que si un meteorito los impactaba podía sacarlos de curso, pero no destruirlo.

Layar levantó su mano derecha y con un nuevo destello de su palma el domo comenzó a retraerse con extrema suavidad. Despejado por completo, Escan se desconectó de la fuerza de gravedad y comenzó a flotar como una pluma. Poco a poco se fue revelando un espectáculo tan maravilloso que ni siquiera los híbridos eran indiferentes a él.

Apareció ante sus ojos la danza de luces tintineantes más bella del Universo: miles de millones de colores se juntaban, flotaban y se separaban; cientos de miles de estrellas destellaban al tiempo que otras se apagaban para siempre, como en un carrusel; sistemas solares y planetarios giraban con impresionante armonía en la danza sin fin de la Vía Láctea, entre su espacio vacío surcaban los mensajeros del Universo: los cometas.

Hacia el centro de la galaxia de espiral, un enorme núcleo fulgurante palpitaba como un corazón gigante que bombea vida hacia cada uno de sus brazos y de ellos hacia los sistemas solares y planetarios, que son los vecindarios en donde la vida emerge, florece y fenece.

Instalado en la cápsula de navegación, Layar se detuvo unos instantes antes de iniciar la travesía, hipnotizado por el cadencioso movimiento del Universo. Sentía ser succionado hacia el núcleo de la galaxia; se preguntaba cuántas civilizaciones existieron, existen o existirán en ese disco resplandeciente: ¿cuántas formas de vida y de qué tipo?, ¿cuántas culturas, religiones, reinos, ciudades, aldeas, personas, amores?, ¿en qué pensarán sus habitantes?, ¿contra qué y quiénes lucharán?, ¿cuántas guerras en nombre de la paz y la injusticia?

—He visto ese espectáculo varias veces y no tengo duda de que es lo más hermoso que existe en toda la galaxia –rezó Layar mientras Escan contemplaba en silencio.

Después de unos instantes el explorador volvió en sí. Puso la palma de la mano derecha en el lector de identidad, al instante Escan encendió las luces, recogió las patas y la cola y se lanzó como un paracaidista al inconmensurable vacío del Universo.

—¡Ya extrañaba esto! –exhaló la tortuga.

V

En esa primera etapa, Escan sumó su peso a la fuerza de gravedad que los atraía al núcleo de la galaxia. Lunas, planetas, estrellas y sistemas solares enteros quedaban atrás. Poco a poco fueron perdiendo inercia, el reptil fue desacelerando y comenzó a sacudirse. Su compañero, desde la cápsula de navegación, ayudaba a la estabilización.

Existían dos rutas para llegar a la Tierra desde la perspectiva de Detrix. Dado que la Vía Láctea es una galaxia en espiral, cada uno de sus brazos inicia en el núcleo y se expande hacia el exterior hasta desaparecer. Como la Tierra se encuentra en el de Orión, que está por encima del de Sagitario –hogar de Detrix–, una ruta consistía en navegar hacia el núcleo de la galaxia, valiéndose de la fuerza de gravedad, y al llegar rodearlo hasta encontrase con el nacimiento del brazo de Orión, para luego seguir hasta el sistema solar. La otra, que era la más corta y también la más peligrosa, implicaba llegar al centro de la galaxia y atravesarlo, ahorrando miles de años luz. Sin embargo, el núcleo de la Vía Láctea está compuesto por anillos de chorros de gases que se desplazan a gran velocidad y regiones con fuerte magnetismo, sin olvidar que hacia su centro la temperatura aumenta considerablemente, situación que llevó a los exploradores a decantarse por la primera opción. Por lo tanto, el primer gran objetivo sería superar a su estrella más próxima: Eta Carinae.

Antes de desacelerar completamente, Escan puso en funcionamiento el tubo de vacío, que consistía en lanzar un rayo capaz de crear un campo protector por el que pudieran avanzar con un mínimo de resistencia. Enseguida disparó el rayo gancho, que se proyectaba con gran velocidad hacia el frente hasta lograr agarrarse a la fuerza de atracción más próxima y potente, generando un impulso sin consumir energía; esa fuerza era la que emitía Eta Carinae, la estrella más grande de su sistema solar. En poco tiempo no solo recuperaron la velocidad de inicio, sino que la duplicaron.

Escan no era una nave en el sentido terrícola con tornillos, tuercas, alambres o láminas de acero, sino un híbrido especialmente diseñado para los peligrosos viajes intergalácticos y capaz de sobrevivir en las duras condiciones del espacio. Todos sus componentes pensaban de manera individual, se monitoreaban a sí mismos y entregaban reportes continuamente al ordenador central sobre las condiciones o peligros en los que se encontraban. Las decisiones, dependiendo de su importancia, las tomaba él, o en conjunto con su compañero.

Situado en la cápsula de navegación, Layar ha distinguido en el horizonte un punto de luz brillante que se destaca de los demás. A medida que se acercan a él aumenta rápidamente su volumen; se trata de Eta Carinae. La fuerza de su campo de atracción provoca que toda la estructura de la nave se agite; es urgente que establezcan el momento exacto en que deben esquivarla, antes de que los atrape. En caso de fallar serían arrastrados al núcleo y convertidos en cenizas al instante; este es el primer obstáculo de la misión.

Layar da a Escan la secuencia de pasos:

—¡Nueve, ocho: apaga el rayo gancho!, ¡siete, seis, cinco: desactiva el campo de vacío!, ¡cuatro, tres, dos: inicia el proceso de desaceleración!

—¡Sujétate, Layar!, ¡vamos a esquivar el campo gravitacional! –Escan se flexiona lo más que puede.

—¡Uno, cero!

Al doblarse, la cola de Escan roza con el linde del campo y salen disparados dando vueltas sin control. Pierden presión al interior. Peligrosamente van en dirección de un atiborrado bosque de rocas remanentes de una estrella que explotó; si no logran enderezar el rumbo rebotarán sin parar hasta hacerse pedazos.

—¡Nos vamos a desintegrar! ¡Desacelera! –grita Layar, quien debido al impacto ha sido lanzado fuera de la cápsula de navegación.

Escan saca las patas y expande su caparazón como una ardilla voladora intentando frenar. Sin embargo, no es suficiente; al tocarlos, el campo gravitacional incrementó su velocidad exponencialmente.

—¡Debes presurizarte lo antes posible! –le grita Layar mientras se arrastra por el piso.

—¡No puedo, el sensor se averió! ¡Tienes que apretar el botón manual que está en la cápsula! –Layar voltea hacia ella, desde su posición parece imposible que llegue a tiempo.

—¡No lo lograré!, ¡maldición! –se arrastra con todas sus fuerzas intentando alcanzarlo; es una carrera por presionar el botón antes de sumergirse en el denso bosque de fragmentos.

—¡Vamos, compañero!, ¡sé que puedes!

La misión a la Tierra está a punto de fracasar. Más que querer salvar su vida, los detrianos saben lo importante que es para el Consejo cumplir con el objetivo. Layar hace de esa idea su motor.

—¡Oprímelo, oprímelo!, ¡vamos, no queda tiempo Layar!

Escan da vueltas sin parar sacudiéndose con violencia, quedan unos cuantos segundos antes del primer impacto. Layar se arrastra, avanza decididamente, pero la fuerza centrípeta lo aplasta contra el piso, solo escucha cómo la nave corta el viento. Haciendo un enorme esfuerzo logra llegar hasta la cápsula, concentra toda su energía en su mano derecha, está a milímetros del botón. Debido al tremendo esfuerzo sus músculos y partes mecánicas se han sobrecalentado, sus cables están a punto de fundirse, su bioelectric hierve; no queda nada en el reloj.

—¡Vamos!, ¡ya casi lo tienes!, –lo único que puede hacer Escan es arengarlo una y otra vez–. ¡Ya lo tienes, presiónalo!

En un último intento Layar se juega todo lanzando su mano derecha contra el botón de presurizado y grita al mismo tiempo:

—¡Lo tengooo!

Justo en ese preciso instante, una roca que se ha desprendido del bosque impacta a Escan haciendo que Layar erre su intento. Frustrado, hunde su cabeza en sus brazos y espera el impacto final en posición fetal.

Si detrás de aquel programa que los eligió para cumplir la misión hay alguien, ese alguien debió haber intervenido por ellos o el destino les estaba dando otra oportunidad, porque al ser golpeados en el costado izquierdo, recibieron el impulso suficiente para librar el bosque de fragmentos, de otra forma hubiese sido el final de la misión.

VI

A unas milésimas se quedaron los detrianos de ser fragmentados como granizo estrellándose, rompiéndose contra el pavimento. No habrían tenido oportunidad alguna de mandar un mensaje a los conscientes, pasaría tiempo antes de que averiguaran qué fue de su destino. Sus restos flotarían por el espacio hasta convertirse en polvo.

* * *

Cientos de pequeños robots modulares salen de una escotilla ubicada en la popa de la nave. Son como hormigas que se abren paso en medio de la densa jungla, con mucha determinación y orden. Paso a paso atraviesan el caparazón de Escan hasta llegar al costado en el que aquel fragmento salvador los impactó. El viaje aún es largo y Escan debe estar completo si quieren llegar a su destino.

De no ser reparado el boquete, al alcanzar la hiper velocidad toda la cubierta se deshilaría igual que una bola de estambre que rueda sin parar. Los robots modulares trabajan en la zona averiada segregando una sustancia adiposa hecha con grafeno que van uniendo como celdas a un panal. En poco tiempo la coraza está reparada; los robots modulares dan la vuelta, se retiran haciendo una fila y avanzando como pingüinos. Escan en todo momento ha supervisado la reparación.

En el interior, Layar ya se ha incorporado, debe restaurarse a sí mismo antes de volver a acelerar la nave. Ha perdido el músculo soleo de la pierna derecha, quita los restos que han quedado con un bisturí electrónico. Pone en un escáner el musculo izquierdo, para que le tome las dimensiones exactas y luego le indica que las replique, pero del lado derecho. La máquina analiza los materiales de los que está compuesta la pieza y le entrega una tib con la información necesaria para que una impresora 4D le dé forma.

Arrastrando la extremidad derecha avanza hasta la máquina a la vez que deja un camino de bioelectric tras de sí. Se puede escuchar el zumbido que emite la máquina al inyectar el material; es un ir y venir como una araña tejiendo una red. Solo tarda unos minutos en colocar millones de capas, combinación de materia orgánica y de fibra sintética, similar a los tejidos vivos de los terrícolas. Layar coloca el músculo en su extremidad, lo conecta al torrente bioeléctrico, su cerebro-ordenador lo reconoce y al momento se enciende como un anuncio luminoso. Camina un poco por el interior de la nave como probando la pieza.

—Escan, compañero, ¿cómo van tus reparaciones?

La tortuga había estado meditando sobre el viaje mientras era reparada: no pretende volverse un consciente, disfruta ser un viajero y aprender de cada experiencia.

—¡Casi no lo contamos!, si no hubiera sido por esa roca nos habríamos desintegrado en el bosque; nunca nos hubieran encontrado –responde a Layar.

—¡Ja, ja, ja…!, lo tenía todo calculado, si esa roca no nos golpea habría presionado el botón a tiempo.

Escan lo escucha y guarda silencio, no desea iniciar una polémica, al final de cuentas están a salvo y pueden retomar el viaje, que es lo más importante.

—Bien, entonces, ¡adelante explorador!

Layar entra en la cápsula de navegación, se abrocha el cinturón, luego respira hondo y deja salir el aire lentamente procurando no hacer ruido.

—¡En marcha!

Escan activa el tubo de vacío y enseguida el rayo gancho. La nave acelera instantáneamente, dejando una estela de luz. Hasta ahora su consumo de energía ha sido mínimo, la mayor parte de la distancia recorrida se ha logrado aprovechando las fuerzas que ya operan en el espacio.

A pesar del percance ya han recorrido casi la mitad del viaje, no se detendrán hasta llegar a su destino, están más convencidos que nunca que deben averiguar qué está sucediendo en la Tierra.

II

CONOCIMIENTO Y SABIDURÍA

El grupo dominante no debe gobernar solo porque tiene poder, riqueza o conocimiento, sino más bien porque tiene una concepción justa de los fines de la vida y eso, en otras palabras, es la sabiduría.

I

La tercera estrella más brillante en el horizonte terrestre es Alfa Centauri, un sistema estelar triple que se compone de Alfa Centauri A y B, y de una estrella enana llamada Próxima Centauri. Por ello, cuando Escan y Layar la avistaron, supieron de inmediato que estaban muy cerca de su objetivo y a su manera se alegraron. Solo faltaban un poco más de cuatro años luz terrestres; un tiempo relativamente corto, pensaron los exploradores. Para evitar lo sucedido con Eta Carinae, decidieron rodear la triada de estrellas haciendo un movimiento ascendente, similar al que se produce en una montaña rusa.

Una vez en la parte más alta de la cresta pudieron contemplar el brillo parpadeante de un astro que se destacaba de los demás. Se trataba de la principal estrella del sistema solar, responsable de las órbitas de los planetas que giran a su alrededor: Helios, el Sol.

Los exploradores la usaron como un faro en medio del inmenso océano del espacio; así, pensaron, sería más sencillo avanzar a su objetivo: la Tierra.

Ahora que tenían a la vista su meta era de esperar que los exploradores estuvieran más relajados, pero no era así. Layar había comenzado a dar muestras de preocupación y Escan lo notó por la frecuencia con que cambiaba de posición en su lugar.

—Pareces inquieto compañero, ¿algo te preocupa?

—Verás Escan –Layar fue directo–, mi principal intención al venir a esta misión es alcanzar los méritos necesarios para convertirme en un consciente; por lo tanto, la Tierra debería ser solo una misión de trámite, un requisito más.

—¡Ah!, ya entiendo; te preocupa que algo salga mal y acabe con tus planes.

—Exactamente como lo has dicho, por eso espero que los humanos no sean una especie problemática. ¿Qué piensas? –Layar recargó la barbilla sobre su puño.

—La verdad es que yo también cavilaba acerca de qué tipo de sociedad podíamos encontrar al llegar a nuestro destino. Me preguntaba cómo se puede disminuir el consumo de energía sin provocar un retroceso, ¿acaso descubrieron un tipo de energía que nosotros no conocemos, o por el contrario, destruyeron su planeta?

—Tal vez esto ayude –Layar proyectó con su dedo índice uno de los informes que le habían sido entregados en el Megaron–: El 22 de abril de 1970 los terrícolas celebraron el primer Día Internacional de la Tierra. El 14 de julio de 1992 se llevó a cabo la Declaración de Río sobre el Medio Ambiente y el Desarrollo, donde se comprometieron a reducir las emisiones de dióxido de carbono (CO_2); en este documento se puede ver que tuvieron una serie de reuniones hasta llegar a una muy significativa: París 2015, donde se ratificó un compromiso para eliminar por completo las emisiones de CO_2 antes de 2050 y cambiar a la energía solar y otras que no dañan el medio ambiente. Lo vez, no hay nada que temer –concluye el explorador con cierto optimismo, mientras Escan frunce las narices sin dejar de avanzar en la fría oscuridad del espacio.

—¿No crees Layar que si los terrícolas hubieran cuidado su planeta no sería necesario dedicar un día a la Tierra o realizar tantos acuerdos?, ¿no te parece que lo que acabas de leer bien puede ser una prueba de todo lo contrario, de una sociedad que no se tomaba en serio los compromisos, que solamente era demagogia?

—¿Acaso crees que ellos mismos fueron capaces de provocar una extinción? –el rostro de Layar se enrojece–, ¡eso no tiene sentido!

—Para mí tampoco tiene sentido, pero recuerda que la guerra por el Todo Esencial fue una lucha por acaparar la energía y al final terminó con la extinción total.

—Sí lo sé, pero en aquel entonces fue el egoísmo lo que no los dejó ver más allá de sus narices, y al final, este fue destruido con la Gran Explosión.

—¿Y si de la misma manera que todos los elementos del Universo se fueron uniendo átomo por átomo, el egoísmo también se hubiera unido? –Layar infla los cachetes y deja salir el aire de forma ruidosa.

—Si tienes razón, debemos aceptar esa posibilidad o cualquier otra, y estar preparados.

—Creo que no debemos olvidar que en el Universo solo se han seguido dos caminos con diferentes resultados.

—El colaborativo y el individualista –Layar pronuncia aquellas palabras como si al hacerlo se abriera la posibilidad del peor escenario.

* * *

La nave salió proyectada hacia el espacio en su envestida final a la Tierra. Escan alineó la proa con la popa adoptando la forma de una jabalina, luego hundió la cabeza en su caparazón para mejorar la aerodinámica.

El avistamiento del Cinturón Kuiper interrumpió la relajación en la que habían caído después de la charla. Dicho Cinturón consiste en una enorme franja plana situada a la orilla del sistema solar, a más 4 500 millones de kilómetros de la Tierra. Es considerada como la zona que alberga el material que sobró después de la formación de los planetas; en su mayoría son restos de hielo, cometas o planetas enanos.

Al ingresar al Cinturón, Escan aplanó su caparazón y se inclinó sobre su costado derecho como un ave que zigzaguea entre los acantilados. Errantes cuerpos flotantes de diferentes dimensiones y formas aparecieron de todas partes.

Desde su posición, los detrianos veían cómo se acercaban velozmente hacia ellos y apenas si podían eludirlos: habían entrado justo en la zona más congestionada del Cinturón, el lugar en donde los objetos hacían colisión y volaban cientos de esquirlas con la capacidad de dañar gravemente la nave; era como si la lluvia se volviera tormenta.

En ese punto Escan, basándose en su experiencia, decidió cambiar de estrategia: optó por encerrarse en una esfera flexible, luego activó el sistema de reducción de impacto –se trataba de una sustancia gelatinosa que inundó la nave en su exterior y su interior, como pelota de goma–. A partir de ahí comenzaron a rebotar. Adentro de la nave, Layar flotaba fuera de la capsula de navegación como un bebé placentario. Una y otra vez eran golpeados azarosamente por fragmentos y esquirlas que desviaban y enderezaban su curso.

La aerodinámica estaba funcionando; eran como niños tratando de cruzar una gran avenida. Escan pudo identificar un bucle hecho de vacío que se había formado por las fuerzas de gravedad y exclamó:

—¡Dirijámonos a ese túnel!, debe llevarnos a algún lugar fuera de aquí.

Layar, que daba vueltas en el interior de la nave, asintió con el pulgar en alto. Apenas llegaron a la entrada, fueron succionados con gran fuerza. El escuálido cuerpo del explorador fue jalado al frente como un dardo.

Los detrianos avanzaron sin mayores contratiempos, parecía haber llegado a la salida cuando Escan se dio cuenta que estaban en una trampa mortal. Al final del túnel, dos enormes fragmentos atraídos el uno por el otro, seguían un inminente rumbo de colisión, igual que una bola y un bate de béisbol; de continuar así, serían desintegrados o el fuego producido por la explosión los consumiría en segundos. Layar entendió que debían cambiar de nuevo la estrategia y, aunque era arriesgado, giró como una foca en un estanque y regresó hacia la cápsula de navegación impulsándose con los pies. Cambió la goma que los protegía de los impactos por un sistema de gas; la sustitución de la masa gelatinosa fue instantánea.

Giraban velozmente hacia la parte final del bucle y, justo al salir, los cometas colisionaron; la esfera fue comprimida protegiéndolos hasta que no pudo más y reventó expulsando el gas y haciéndolos dar girones como un globo pinchado poniéndolos fuera de peligro.

De nuevo, y por extraños motivos, lo habían logrado. Layar se puso de pie todavía con la goma escurriéndole por el cuerpo, mientras Escan lo felicitaba:

—¡Bien hecho, compañero!

II

Un destello enceguecedor y miles de fragmentos volando a su alrededor fueron la señal de que habían librado el Cinturón Kuiper. Con la destreza en una mano y con la suerte en la otra, recompusieron el rumbo mientras poco a poco se despejaba el camino. Aún estaban agitados y en el sentido detriano agobiados, pero Escan volvió a tomar impulso. Por su parte, Layar activó el sistema de aspersión y regresó a la cápsula de navegación. Salir de aquella tormenta significaba ingresar al sistema solar.

* * *

—Escucha esto, Escan: el sistema solar se formó hace más de 4

700 millones de años. Según algunas teorías, una inmensa nube de gas y polvo colapsó a causa de la fuerza de gravedad y comenzó a girar de prisa, generando que gran parte de la materia se juntara en el centro, volviéndose cada vez más caliente y dando origen al Sol. El polvo y el gas alrededor del Sol se atraían entre sí, producto de la fuerza de gravedad; de modo que crearon cuerpos cada vez más y más grandes, hasta formar los protoplanetas. Muchos de estos se fusionaron entre sí o se destruyeron, dando lugar a los nueve planetas que conforma el sistema solar –recitó Layar a medida que se introducían en él.

Entonces Escan, que era un observador apasionado del espacio, se inspiró.

—La vida es lo que hace del Universo algo maravilloso, sin ella, sería un lugar muy frío y oscuro. Si a millones de años luz, en la parte más oculta, donde nadie ha puesto un pie jamás, una bacteria se impulsa en aguas hirvientes o gélidas tratando de sobrevivir, ¿quién puede negarle a esa guerrera la posibilidad de que en ese lugar mañana se erija la civilización más maravillosa? Entonces, ¿quién puede decidir por la vida de quién?

* * *

Estaban pasando los primeros dos planetas –Neptuno y Urano– y se enfilaba al terreno de los llamados gigantes helados: primero Saturno, a la izquierda, y más adelante ya se podía apreciar Júpiter a la derecha; los exploradores lucían insignificantes a su lado.

Dentro de poco llegarían a la línea que divide los planetas internos de los externos: el Cinturón de Asteroides. Debido a la distancia entre los objetos celestes que flotan en él, estos no representan un riesgo para la nave, por tal motivo los detrianos acordaron comenzar el proceso de desaceleración una vez que entraran en la órbita de Marte, que brillaba como una naranja.

Ahora debían calcular la ventana de ingreso a la Tierra. Escan apaga los motores y se deja caer. Layar activa el escudo térmico para soportar una temperatura de al menos 1 600 grados, al ingresar al campo gravitacional de la Tierra.

Giran la posición de la nave de proa a popa y al instante comienza a sacudirse, están penetrando la atmósfera. Escan extiende sus extremidades y el caparazón como un murciélago. Comienza a desacelerarse violentamente; la nave gira como un papalote que ha perdido la cola. Al interior todo da vueltas, la temperatura ha alcanzado su punto crítico. Están ingresando casi en línea recta y generando una enorme fricción; existe el peligro de fundirse.

—¡Escan!, debes incrementar el ángulo de entrada para disminuir la velocidad de penetración.

—¡Entendido!

Enciende de nuevo los motores para generar un efecto de retropropulsión. Comienzan a rebotar, pero logra reducir la velocidad de caída. Escan se estabiliza poco a poco, los indicadores se nivelan, la temperatura desciende y la nave se balancea.

Layar se quita el cinturón de seguridad y aspira con fuerza.

—¡Vaya entrada la que tuvimos!, no se puede negar que lo hicimos con estilo.

—¡Qué bueno que lo tomes así, Layar!, porque parece que es la tónica de este viaje.

—¡Ja, ja, ja...!, estamos hechos para las emociones fuertes, no cabe duda.

Escan ha retomado el control, ahora flota sutilmente en el cielo terrestre.

Han llegado sanos y salvos a la Tierra.

III

A pesar de que habían viajado a muchos lugares de la galaxia e incluso del Universo, sitios que nunca antes nadie ha visto, los exploradores no dejaban de reconocer que llegar a la Tierra significa un importante logro. Habían recorrido 80 000 años luz, desde Detrix, sorteado con éxito obstáculos que amenazaban con hacer fracasar la misión.

¿Qué sigue para ellos en esta tierra desconocida?, ¿serán capaces de averiguar lo que sucedió y regresar para entregar su informe y que de esta forma Layar pueda cumplir su objetivo de convertirse en un consiente? Para ello deberán de hacer una serie de observaciones, registros y pruebas, y en última instancia interactuar con los terrícolas.

* * *

Escan modifica su estructura adaptándola a las condiciones terrestres: altitud, presión atmosférica, fuerzas gravitacionales, visibilidad, etcétera. Retrae las patas, la cabeza y la cola; ahora parece un disco. Hacia su exterior gira sobre su propio eje para desplazarse con mayor facilidad, sin hacer ruido ni ser detectado; en su interior nada se mueve, ni siquiera un lápiz cae de una mesa, existe un absoluto equilibrio.

Luego de encontrar resguardo en la copa de una montaña, donde la nave no pudiera ser vista, Layar manda una transferencia láser a los conscientes para informales de su llegada a la Tierra y las condiciones en las que se encuentran. Pasan unos segundos y el mensaje es contestado.

—El Consejo Intergaláctico los felicita, ahora deben de internarse en el planeta y averiguar qué está sucediendo. La energía es el elemento más importante del Universo, fue creado con la Gran Explosión y sustenta todas las formas de vida; por lo tanto, deben investigar por qué los terrícolas han disminuido drásticamente su consumo, ¿acaso han descubierto algo que nosotros ignoramos y que puede poner en el peligro el Todo Esencial?

Antes de internarse en el planeta, los exploradores analizan una proyección futurista de cómo debía de lucir la Tierra y su estructura social en ese momento – año 2180–, si hubieran seguido el camino colaborativo.

De acuerdo con la proyección la Tierra debía de ser o estar a punto de convertirse en una Civilización Planetaria tipo I, en la que se han sustituido los combustibles fósiles por energías eólicas, hídricas, geotérmicas, solares, etcétera. La electricidad se produce a base de celdas solares colocadas en estaciones que son propiedad de cada comunidad, y se distribuye a través de un sistema de monitoreo inteligente de demanda gratuito, a partir de que se ha amortizado su costo. El automóvil individual de combustión interna fue remplazado por un sistema de transporte eléctrico, colectivo y autónomo que ha eliminado prácticamente el tráfico, la contaminación por humo y ruido, liberando gran cantidad de espacios dedicados a los estacionamientos que hoy son áreas verdes, promoviendo así la convivencia.

Los humanos han logrado expandir su consciencia, ahora son más sabios, han abandonado el sistema de producción industrial de artículos y alimentos superfluos, que estaba devastando los bosques, las selvas, los ríos y mares, extinguiendo especies por todo el planeta y generando el cambio climático. Ahora opera un sistema de intercambio y reutilización, en el que solo se produce lo que realmente se necesita. Los alimentos ya no se pudren o caducan en almacenes o anaqueles sin consumirse, garantizando que todo ser humano coma tres veces al día y nadie muera de hambre.

El nuevo sistema de producción, de intercambio y reutilización ha contagiado al resto de la economía, que ahora es colaborativa y redistributiva –no se enfoca más en su crecimiento ilimitado, sino en el bienestar de todos los miembros de la sociedad– provocando que la desigualdad casi haya desaparecido, con lo que las conductas antisociales, la migración por pobreza y los conflictos internacionales son cosa del pasado.

El nuevo empuje colaborativo ha fomentado un ambiente de solidaridad y compañerismo, una verdadera sinergia en todos los campos. Los científicos y los institutos de investigación privados que trabajaban por la recompensa económica ahora están movidos por el espíritu de la solidaridad. El acceso universal a los servicios de salud, la colaboración desinteresada entre instituciones médicas en el desarrollo de nuevas técnicas, la reducción de las patentes médicas al retorno de la inversión junto con la mejora en la calidad de vida, producto de un ambiente libre de CO_2 y desechos peligrosos, han aumentado la expectativa de vida hasta los 105 años.

En un principio los grandes consorcios trasnacionales, principalmente los de los hidrocarburos, al ver sus privilegios amenazados, lanzaron virulentas campañas en contra de la nueva economía, e incluso intentaron sabotearla. Pero las regiones, países y comunidades entendieron que si tenían tierra, bosques, selvas, ríos, lagos, flora y fauna en realidad eran ricos y lo único que necesitaban era crear una red digital inteligente de solidaridad que les ayudara a conectar los sobrantes en bienes y alimentos con los faltantes estratégicamente.

Poco a poco, la red digital inteligente de solidaridad terminó por romper el poder de las trasnacionales y los cacicazgos locales hasta que no les quedó otra opción que integrarse a la economía colaborativa, redistributiva y reutilizable.

Los humanos por fin entendieron a las culturas antiguas. Ahora ven en la naturaleza a un ser vivo que requiere de respeto, protección y cariño, lo que implica a todas las especies y ecosistemas, en especial los más amenazados, que con la tregua a la naturaleza y los programas de regeneración han comenzado a resurgir.

Los humanos están listos para hacer su primer viaje más allá de su sistema solar, con la premisa de que ninguna forma de vida debe progresar a costa de afectar a otras. En ese sentido su viaje no es para huir de un planeta en ruinas, sino para seguir expandiendo la raza y el conocimiento humano, lo que significa tener "una concepción justa de los fines de la vida".

Al concluir el informe futurista, los exploradores permanecieron obligadamente unos instantes en silencio. Pensaban que, si la proyección futurista de la Tierra era correcta –como en la mayoría de las civilizaciones de la galaxia–, eso implicaba haber seguido el camino colaborativo a pesar de la resistencia de ciertos grupos individualistas. Sin embargo, también sabían que el informe era resultado de proyecciones algorítmicas que tomaban datos de las rutas que los planetas ubicados en el brazo de Orión habían seguido, donde las Civilizaciones Planetarias tipo I tenían economías colaborativas, pues de lo contrario, hubieran terminado por extinguirse o estaban en vías de hacerlo.

Había llegado el momento de dejar la especulación y averiguar el porqué del peligroso descenso en el nivel de consumo de energía de la Tierra, y si este tenía alguna relación con el camino que siguieron.

IV

Layar rompió el silencio para preguntar a Escan si tenía datos sobre el lugar de la Tierra en que se encontraban, ya que necesitaba determinar si era el más adecuado para iniciar la exploración. El reptil abrió la tib de información que les había sido entregada antes de partir de Detrix. Era la compilación de frecuencias de radio, televisión e internet, emitidas por los terrícolas desde los comienzos de las telecomunicaciones y hasta el momento en que estas dejaron de ser recibidas, justo cuando su esfera se opacó; por lo tanto, la información tenía cuando menos 50 años de retraso, ¿qué había pasado en ese lapso de tiempo?

Algo que llamaba poderosamente su atención era la sonda Pioneer-10 que había sido interceptada por una nave exploradora flotando en las orillas del sistema solar. Porque además de la valiosa información que tenía acerca de la vida en la Tierra, había una placa colocada en uno de sus costados en donde aparecían siluetas terrícolas de un hombre y una mujer representativas de todas las razas. Esa era una de las primeras referencias que tenían de los humanos.

—Nos encontramos flotando en una zona denominada Círculo Polar Ártico, a 80 grados norte, entre el océano Ártico, el mar de Groenlandia y el mar de Barents, en un archipiélago llamado Svalbard –informa Escan–. Su temperatura puede oscilar de 50 grados bajo cero hasta 21 sobre cero. Su suelo es de arena y rocas, ya sea que esté cubierto por hielo o por una vegetación de bajo crecimiento. Está habitado por humanos y especies en fases inferiores de evolución, como el oso polar, la morsa, el zorro del ártico y el reno.

Layar le solicita imágenes y Escan proyecta a una osa hembra que baja por una colina nevada afianzándose con sus enormes patas a la nieve, atrás de ella dos oseznos la siguen de cerca. El que va adelante da saltos para poder alcanzarla y el que va atrás intenta hacer lo mismo, pero se resbala y rueda como una bola de nieve colina abajo.

Luego aparece una morsa adulta equilibrándose sobre un reducido trozo de hielo que flota en aguas gélidas. Desde allí gira su cabeza en todos los sentidos; con su pata cubre los rayos del sol como haciendo un saludo. Se zambulle en el agua y desaparece por completo; de repente, emerge con un pescado en el hocico, mientras resuella como una olla de vapor. Nada hasta la playa, una vez allí, se impulsa balanceando su voluminoso cuerpo con gran destreza hasta llegar a la zona en donde a falta hielo, miles de hembras y sus crías se amontonan. Da varias vueltas al contingente emitiendo sonidos en distintos tonos, se abre paso entre la muralla de cuerpos gelatinosos, no sin recibir aventones, mordiscos y el impacto de los grandes colmillos de hembras enfurecidas. Avanza encima de ellas hasta que escucha un chillido que le suena familiar: es un grito de auxilio; se da cuenta que es su cría. Muerde entonces la cola de una de ellas, que al instante le increpa; evade la pelea lanzando el pescado, desatando entre el resto de morsas una lucha por la comida. La madre encuentra a su cría enterrada en la arena; el pequeño la reconoce, sus ojos se vidrían y sus bigotes se erizan.

En otra imagen, un hombre sentado en un trineo de madera ve cómo su hijo pequeño corre hacia él, lo abraza, le da un beso en la mejilla. Luego regresa hasta la cabaña en donde su madre lo espera; ambos se despiden mientras el viento alborota su negro cabello. Se pone de pie, chasquea su látigo y los perros se ponen en marcha por la tundra ártica. Tiempo después, les ordena que se detengan, baja del trineo sigilosamente, se agazapa cargando su rifle en la espalda, avanza como un lince sobre sus puntas, luego se apoya sobre una roca, estira su brazo hasta donde siente el rifle, lo descuelga por encima de su hombro y apunta a una foca que descansa en la nieve a unos 100 metros, solo tiene unos segundos para disparar antes de que el animal lo descubra, oprime el gatillo, da en el blanco y la foca muere en el acto.

Layar, entusiasmado, repasa una y otra vez los videos de la vida terrícola. Identificaba características primitivas que ya había visto en otros sistemas solares, pero que a la vez le parecían interesantes recordar. Sabía que todo ser viviente requería de cierto tipo de energía o combustible y que este podía obtenerse de fuentes vegetales o animales, especies inferiores en la pirámide evolutiva. Curiosamente, en el planeta Veriox había visto cómo la especie más evolucionada –los verioxos–, al alcanzar la cúspide de la pirámide, pasaron de depredar a los animales y vegetales a hacer un consumo racional de ellos, permitiendo su reproducción e incluso que continuaran su proceso evolutivo. Por lo tanto, existía un gobierno mundial compuesto por las tres principales especies: vegetales, animales y verioxos, lo que garantizaba que todos estuvieran representados en la toma de decisiones.

Fue entonces que unas imágenes llamaron su atención: colgados de ganchos que avanzaban por un riel, los cuerpos de cerdos y reses son destazados desde los genitales hasta el cuello, exponiendo sus órganos internos aún en funciones. Los animales pataleaban y chillaban mientras se desangraban hasta morir, luego eran descolgados, troceados y puestos en un congelador en donde esperarían a que la industria cárnica los ocupara. Layar aprieta con fuerza los apoyabrazos de su asiento como una clara señal de incomodidad, mientras continúa revisando los videos.

Un barco pesquero se balancea en medio del agitado mar mientras la grúa sube una enorme red llena de peces. El operador la hace descender despacio y unos metros antes de llegar a la plataforma la abre de súbito, los peces caen bruscamente aplastándose unos contra otros. Aún vivos, contraen sus branquias desesperadamente intentando no ahogarse mientras un hombre golpea a algunos en la cabeza con un garrote, facilitándoles la muerte.

En un bosque de selva tropical, un orangután lactante, que ha perdido a su madre, intenta huir de la zona que está siendo quemada por la industria del aceite de palma. El incendio se prolonga por semanas y arroja nubes negras que oscurecen el lugar con millones de toneladas de CO_2. Entre la penumbra y las asfixiantes partículas de carbón que flotan en el ambiente, el indefenso orangután está condenado a morir de hambre, asfixia o de tristeza; un mundo tan enrarecido como el aire que respira, un mundo que le arrebató lo único con lo que contaba para sobrevivir: su madre.

Los exploradores ahora se encuentran confundidos, ellos no tienen sentimientos ni emociones, aun cuando todavía cuentan con el cerebro emocional o sistema límbico, se los han desconectado, pero claramente saben cuándo algo está mal. Su experiencia en la galaxia les ha enseñado que una civilización en vías de ser planetaria deja de depredar a otras especies y sus hábitats, porque dicha práctica los llevaría a ellos mismos a la extinción, incluso han visto cómo las especies menos evolucionadas se regulaban a sí mismas como parte de un ciclo más amplio. Los lobos, al cazar caribús, contribuyen a que estos se mantengan en una cantidad adecuada como para que los recursos del bosque alcancen a todos los miembros de la manada. Pero si los lobos cazan en demasía, la manada de caribús mengua y estos comienzan a morir de hambre. Sin embargo, es justo esa disminución de los lobos lo que posibilita que la población de caribús se recupere y se restaure el equilibrio. En ese sentido todas las especies son parte de ese balance natural, deben cazar para alimentarse y solo lo que necesitan.

Confundido, Layar yace en su asiento con la mirada perdida. Un largo silencio se abre entre los exploradores. ¿Ante qué están?, ¿quiénes son los humanos?, se preguntan ambos.

—¿Por qué los humanos, en vías de volverse una civilización planetaria, depredarían las especies y los ecosistemas? –Layar no entiende la contradicción–. Sus temores se vuelven realidad: no será una misión fácil.

—Yo tampoco lo entiendo compañero, parece que hicieron justo lo contrario, en vez de volverse más civilizados retrocedieron, pero ¿por qué?

Layar ahora se cuestiona si fue una buena idea tomar la misión a la Tierra.

—¡Diantres, tal vez solo nos metimos en un callejón sin salida! –se rasca el oído afanosamente con el dedo índice.

—Así no vamos a llegar a ninguna parte. Debemos seguir adelante pase lo que pase. Forzosamente debió existir un momento en la evolución intelectual de los humanos en que su camino se desvió del resto de las civilizaciones de la galaxia.

—Tienes razón, debemos averiguar cuál fue ese momento.

—Esos dos caminos están representados por el grupo de los individualistas que tienden acaparar los recursos y utilizan métodos agresivos con la naturaleza, y los colaborativos, que buscan un mejor aprovechamiento y distribución de los recursos viendo a la naturaleza como una aliada.

—Pero ¿cuándo y por qué sucedió eso?

—Justo esas son las premisas por las que debemos comenzar: ¿en qué momento siguieron ese camino individualista y por qué?

—¡Galaxias!, se ven tan amigables en la imagen de la sonda Pioneer-10.

V

Partiendo de sus sospechas; es decir, que un grupo en particular acumuló suficiente poder y riqueza como para arrastrar al resto de la humanidad a un cataclismo, los exploradores tratan de identificar entre los millones de documentos que viajaron a través del espacio, en qué momento surgió ese grupo y a la postre controló todo. Luego de unos minutos Escan cree haber descubierto una pista:

—Mira Layar, los escritos apuntan al continente europeo, a un periodo que va entre los siglos XII y XVII, durante la transición entre la Europa medieval y el surgimiento de la Modernidad o la época denominada de la Razón.

—¿Qué pudo tener de significativo ese momento para el destino de la humanidad? –exclamó Layar, quien se pone de pie y cruzando los brazos da la espalda a su compañero.

—Parece ser un periodo de cambios importantes, es posible que ahí se haya dividido el camino.

—¡Averigüémoslo! –contestó Layar regresando la mirada hacia Escan–. Comencemos en ese lugar. ¡Dame la ruta, compañero!

—Debemos trasladarnos al meridiano cero, a 470 kilómetros de aquí. Luego, dirigirnos con dirección al sur hasta la ciudad de Londres, a 51 grados norte, puerta de entrada al continente europeo. De acuerdo con la información proporcionada fue ese continente, y en particular Inglaterra, el lugar donde se pusieron las bases del sistema económico más influyente que ha existió en la Tierra –Escan continúa leyendo los datos–. Londres está en una isla que se encuentra frente al continente europeo, es parte del Reino Unido: Inglaterra, Escocia e Irlanda. Su vía tradicional de acceso es el río Támesis, que serpentea prácticamente toda la ciudad. Conocida desde épocas antiguas como Londinium, es la sede de los poderes.

—Bien, no perdamos tiempo, parece ser el lugar indicado, probemos.

La nave se eleva lentamente, Escan pasa de solo flotar a aumentar la velocidad de giro, enciende todos sus sistemas de exploración, y como el destello del sol al reflejarse en un espejo, brilla intensamente y luego desaparece en el horizonte.

Debido a que ahora están bajo los afectos de la fuerza G, cuyo principal fenómeno es la pérdida de conciencia, como resultado del incremento de la aceleración de un objeto y tomando en consideración que las distancias terrestres no requieren de tanta rapidez, los exploradores optan por utilizar los estándares de velocidad locales. Por eso el desplazamiento desde la montaña en Svalbard a Londres deben hacerlo en unos 4.2 minutos; a partir de allí tendrán acceso al continente europeo.

A una fracción de llegar a Londres, los exploradores influenciados por las imágenes que habían visto en el ordenador esperaban ver las luces de la ciudad encenderse con el atardecer y a los vehículos moviéndose por las calles; escuchar los sonidos de las fábricas o el bullicio de alguna plaza comercial.

Sin embargo, a pesar de que todo indicaba que efectivamente era Londres la ciudad a la que habían llegado, lo único que pudieron apreciar fue la parte superior de algunos edificios que no habían sido sepultados completamente con la avanzada del mar. Las construcciones ahora formaban parte de la nueva costa que se había desplazado tierra adentro. Solo los edificios más altos de la ciudad salvaron parte de su construcción.

El agua había trepado como enredadera por las paredes del simbólico Big Ben, aunque el reloj se conservaba a salvo, se había detenido a las 12:00 de una fecha desconocida. ¿Qué había sucedido?

Las construcciones que sobresalían emulaban boyas que indicaban hasta dónde el mar había avanzado sobre la costa. Otras ciudades como Manchester y Liverpool, importantes centros industriales y financieros, en su momento, corrieron la misma suerte; igual Cambridge y su milenaria universidad.

—¿Qué sucedió aquí? –preguntó Layar a Escan con el rostro deformado.

—Dado el retraso que tienen en llegar las señales de la Tierra a Detrix, nos hemos perdido de eventos importantes, eventos que definieron el destino de los humanos y el resto de las formas de vida. Tal vez hemos llegado demasiado tarde.

Norwich, Colchester, Canterbury, Brigton, Southampton, Plymouth, Bristol, Swansea, Blackpool, Lancashire, Glasgow, Edimburgo y en general todas las ciudades costeras y aquellas otras que se encontraban en un cierto perímetro de distancia del mar, fueron engullidas. Sin embargo, hacia el centro, ciudades como Oxford, Leicester, Nottingham, Sheffield, Leeds…, no habían sido alcanzadas por la crecida del océano.

Sin duda, sus opciones se encontraban en ese grupo y sin pensarlo mucho cambiaron el rumbo. De Londres se dirigieron a Oxford en un parpadeo; la velocidad de desplazamiento aún era tan rápida para los estándares terrestres y las distancias tan cortas para los detrianos, que parecía como si la nave simplemente desapareciera y luego apareciera en otro lugar. Una vez allí, Escan descendió en forma vertical a un ritmo acompasado, al tiempo que encendía sus radares y cámaras de rastreo.

Luego de hacer una revisión sobre las mejores opciones para buscar respuestas consideraron que la universidad que llevaba el nombre de la ciudad era el mejor lugar para comenzar, ya que entre los siglos XI y XII había comenzado su actividad académica, por lo tanto –pensaron ellos– debía existir información sobre el periodo en que los humanos siguieron el camino individualista.

VI

Escan sobrevuela el campus de la Universidad de Oxford con un aire de clandestinidad. Sin perder detalle, zigzaguea entre las torres adinteladas y los techos de parteaguas de los todavía esplendidos edificios de Ciencias de la Tierra, el Laboratorio de Investigación de Química, el Instituto de Glucobiología, la División de Matemáticas, Física y Ciencias de la vida…, pero los rastreadores permanecían inmóviles, no indicaban ningún signo de vida de tipo alguno. Entonces buscó un claro para descender.

De entre los muchos espacios que habían formado parte de las hermosas zonas arboladas con bellos jardines y tupidos pastos, hoy solo quedaban árboles y pastizales secos o malezas intransitables. Por ser más adecuado a su propósito escogieron bajar justo frente a la biblioteca Codrington, a un costado de la entrada principal al Colegio de Todas las Almas.

Dicho edificio no había perdido su sobria fachada gótica; en su momento de mayor apogeo llegó albergar más de 185 000 volúmenes, de los cuales aproximadamente la tercera parte fue impresa antes del año 1800.

Escan saca sus patas y desciende haciendo pequeños y elípticos movimientos sobre su eje. Al tocar tierra, sus extremidades se flexionan amortiguando el impacto, en seguida aferra sus pezuñas al suelo. Es la primera vez, desde su partida de Detrix, que tocaban algún tipo de piso firme. De su costado izquierdo se abre una compuerta de la que se despliega una vacilante escalera.

Layar abandona la cápsula de navegación y se dirige a la escalera en donde se detiene, aspira el aire terrícola –unos segundos después pudo darse cuenta que era abundante en partículas de CO_2–. Además, el cielo estaba cubierto con nubes grises, pero sin agua.

—Parece que los humanos quemaron una gran cantidad de hidrocarburos, están por todas partes –dice Layar mientras se frota la nariz como un gato.

Escan toma sus propias impresiones de la Tierra, escudriñando a través de sus sensores todo lo que podía.

—Los hidrocarburos son compuestos orgánicos conformados en su mayoría por carbono e hidrógeno, dos de los elementos más comunes del Universo. Debieron usarlos como fuente de energía hasta el final, ¿por qué no los sustituyeron por fuentes naturales como la solar o eólica? Esto puede ser una evidencia de que los acuerdos y cumbres que celebraron cada año en donde se comprometían a reducir las emisiones de CO_2 no eran tomados en serio, solo eran hojarasca. Debió haber intereses más grandes que salvar la Tierra, ¿cuáles serían? –concluye Escan

Al descender de la nave Layar percibió una leve vibración, enseguida escuchó un suave susurro, no mayor a unos 15 decibelios. Volteó en todas direcciones tratando de ubicar su origen, pero no encontró nada. Preguntó entonces a Escan:

—¿Escuchas ese sonido, compañero? Es como el que hace el viento al salir de un caracol.

—Sí, es imposible ignorarlo, es como una elegía; como si algo o alguien quisiera comunicarse a través de él.

Layar acomodó las manos en forma de cuenco, las puso sobre la boca y gritó hacia los cuatro vientos:

—¡Somos exploradores de la galaxia y venimos en son de paz! ¿Quién eres?, ¿qué deseas?

Pero poco a poco el susurro se fue diluyendo hasta desaparecer. Sin duda, alguien o algo quería hacer contacto con ellos.

Volvieron a concentrarse en su misión. Escan optó por acompañar a Layar en su versión de cámara dron. Se trataba de una esfera flotante del tamaño de un neumático, con cámaras por todos lados, herramientas para la toma de muestras y análisis.

Layar avanzó hasta llegar a la entrada de la biblioteca. Lo seguía Escan muy de cerca con su visión panorámica. Decir que la biblioteca era hermosa es quedarse corto, no había palabras para describir la forma en que se fue combinando la arquitectura y el diseño a través de los siglos para crear arte, pero, sin duda, el más grande logro alcanzado por el ser humano fueron los pergaminos y libros que en ella se encontraban. En Detrix no existía desde hacía mucho tiempo documentos impresos, pero de todas maneras los exploradores entendían su valor.

Algo había sucedido, porque la espléndida y añeja puerta central estaba destruida casi por completo: los maravillosos ventanales y vitrales se encontraban destruidos junto con el espléndido reloj astronómico detenido a las 12:00 horas de una fecha desconocida. Por todas partes se encontraban indicios inequívocos de que un evento catastrófico llevó a los habitantes a profanar el recinto. Si el lugar en donde se albergaba el conocimiento había sido destruido, la civilización humana debió haber entrado en una profunda crisis –supusieron los detrianos.

Los exploradores decidieron continuar con su plan, dividirse, buscar por su cuenta información sobre el momento en que la civilización humana se transformó y que de acuerdo con los registros consultados debió ser en un punto ubicado entre los siglos XII al XVII, durante la transición entre la Europa medieval y el surgimiento de la era de la Modernidad o la Razón.

VII

Después de una meticulosa revisión de las estanterías sobrevivientes en la nave principal, donde ayer investigadores y curiosos se reunieron para estudiar el legado histórico de un grupo de hombres que con sus ideas e intereses cambiarían al mundo para bien y para mal, los exploradores se reunieron para intercambiar impresiones.

—Mira, de acuerdo con lo que encontré, en el siglo XII los habitantes del continente europeo principalmente se dedicaban a dos actividades: trabajaban la tierra o eran artesanos –Layar hace una pausa mientras da vuelta a la página–. Pero aquí viene lo interesante: en ese periodo resurgió una actividad que había estado marginada: el comercio. A partir del siglo XIII los comerciantes se convertirán en una fuerza económica y por ende política. ¿Serán ellos uno de los dos grupos: colaborativos o individualistas?

—Tal vez este texto nos ayude –Escan lo proyecta sobre uno de los muros de la biblioteca– en él se hace referencia a que los comerciantes, por su tipo de actividad, requerían de mayores libertades que un artesano o un campesino. También demostraron ser una clase social muy inquieta, dinámica e industriosa, una a quien sus detractores llamaron burgueses. Una vez que se fortalecieron como grupo, impulsaron una serie de cambios en la cultura, el arte, la política, la economía; a ese periodo de cambios, que va entre los siglos XIV y XVI, le llamaron Renacimiento. Pero escucha esto Layar: es en este periodo cuando la ciencia moderna surgió, mientras que en el siglo XVII un filósofo francés, Descartes, estableció las bases del método científico –Escan hace un alto total–. ¿Comprendes qué significa eso?

—¡Ese debió ser el momento en que se abrieron los dos caminos!, cuando los humanos decidieron entre un camino colaborativo, que buscaba el progreso para todos en equilibrio con la naturaleza, como ha venido sucediendo en la mayor parte de la galaxia, y la opción individualista en la que se acaparan los recursos en beneficio propio y se lleva al límite a la naturaleza.

—Ahora nos vamos entendiendo –dijo Escan, mientras flotaba frente a Layar en su versión de cámara dron–. Al descubrir la ciencia se les abrieron los ojos, se dieron cuenta del potencial que ella tenía; algunos entendieron –los colaborativos– que con ella podían forjar un futuro mejor para la humanidad. Pero no todos tenían fines tan nobles, debió despertarse la codicia, recuerda que son seres emocionales, por lo que otros decidieron seguir su propia ruta –los individualistas–, ellos debieron ser quienes llevaron a la civilización humana a la catástrofe –Layar escuchaba mientras revisaba un texto, cuando terminó Escan tomó la palabra con cierto aire de resignación.

—Creo que los comerciantes o burgueses debieron ser ese grupo. Este texto explica cómo fueron ellos quienes aprovecharon los cambios científicos y tecnológicos para consolidar su modelo económico y político: el capitalismo liberal. Sus principales características serían la explotación no solo de la naturaleza, sino del hombre mismo, así como una total libertad, que sería la base para la riqueza individual ilimitada que a la postre llevaría al mundo al colapso.

—Eso quiere decir que ese periodo: la Razón moderna, fue el momento en que se decidió qué grupo dirigiría el destino de la humanidad y desde qué intereses.

—Sí, fue cuando el grupo individualista y su ideología se impusieron al colaborativo, cambiando el rumbo de la Tierra y de la galaxia –Layar cierra el libro con las dos palmas.

Su rostro reflejaba una clara preocupación; sin embargo, aún faltaba averiguar cómo y cuándo los humanos llevaron al planeta al colapso, pero más aún: ¿por qué?

VIII

Empeñados en encontrar la respuesta, los detrianos caminaron por la sala principal que se extendía de este a oeste en busca de documentos acerca de lo que pasó en los siglos posteriores, pero la bella estantería que otrora tiempo custodiaba los magníficos libros compilados a través de los siglos había sido destruida.

Escan pudo ascender al segundo nivel, pero la situación era la misma. Avanzando hacia la parte central de la nave encontraron restos de materia quemada; alguien en algún momento no solo quemó el mobiliario de la biblioteca, sino también los libros, y debieron estar en una situación tan desesperada que incluso intentaron comérselos.

Layar se inclinó para recoger las últimas páginas de un libro mordisqueado del que se sintió casi forzado a leer en el momento, y que en realidad era un fragmento del libro La perspectiva científica, del filósofo de la paz, Bertrand Russell:

> El hombre hasta ahora se ha visto impedido de realizar sus esperanzas, por ignorancia de los medios. A medida que esta ignorancia desaparece, se capacita cada vez mejor para moldear su medio ambiente, medio social y su propio ser según las formas que juzga mejores. Mientras sea sensato, este nuevo poder le será beneficioso. Pero si el hombre es necio, le será contra producente. Por consiguiente, para que una civilización científica sea una buena civilización, es necesario que el aumento de conocimiento vaya acompañado de un aumento de la sabiduría. Entiendo por sabiduría una concepción justa de la vida. Eso es algo que por sí sola la ciencia no proporciona. El aumento de la ciencia en sí

mismo no es, por consiguiente, suficiente para garantizar ningún progreso genuino, aunque suministre uno de los ingredientes que el progreso exige.

—Quien escribió esto debió pertenecer al grupo de los colaborativos, sin duda, pues sabía la diferencia entre conocimiento y sabiduría –dijo Layar mientras sacudía el texto, luego lo guardó en la bolsa de su pantalón espacial y lo palmeó.

—Aquí ya no hay más información, debemos avanzar al resto del continente y si es preciso al resto del mundo. Si alguien sobrevivió debemos encontrarlo.

A sus espaldas el sol se había ocultado dando paso a la oscuridad, a un nuevo oscurantismo en la historia de la humanidad que parecía no ser resultado de la falta de conocimiento, sino del exceso de arrogancia.

III

EL ROSTRO OCULTO DE LA CIVILIZACIÓN

A diferencia de otros lugares de la galaxia, la civilización humana resultó tener un rostro oculto, porque su organización requirió dividir a los seres humanos en clases sociales –estratificación–, al mismo tiempo que se iniciaba el proceso de sobrexplotación de la naturaleza.

I

Escan se elevó hasta tener una visión completa de la Universidad, luego de la ciudad y al final del Reino Unido. Desde ahí se podía ver una Europa inundada, muy distinta a los registros que tenían del lugar. El Canal de la Mancha se había ensanchado hasta convertirse en una barrera entre ellos y el continente. Córcega había sido tragada por el Mediterráneo. En la parte norte se podían ver Escandinavia convertida en una isla.

Dado que las costas se habían modificado en relación con los mapas originales, decidieron avanzar hacia el centro del continente en busca de tierra firme. Como había sucedido en Inglaterra, se conservaba un corredor al centro que serpenteaba desde España, Francia, Alemania, República Checa, Eslovaquia y Hungría hasta llegar a los Montes Urales, en Rusia; hacia el Mediterráneo, solo las partes más altas de Croacia, Italia, Grecia o Bulgaria permanecían sin inundarse. Creta y el archipiélago de las Cícladas no tuvieron tanta suerte.

De nuevo los exploradores, como buzos que escudriñan en el fondo marino las ruinas de una sociedad antigua, organizaron una incursión a tierra firme con el afán de encontrar evidencias de lo que había llevado al colapso a la civilización humana.

En su inmersión encontrarían magníficas construcciones que daban testimonio inequívoco de la grandeza presente y pasada de los humanos; en realidad habían creado una civilización. Llegaron cerca del Gran Colisionador de Hadrones, donde se pretendió hallar los orígenes de la materia y el Universo, utilizado en los últimos días para fines menos nobles. Al igual que en Inglaterra, los centros urbanos diseñados para albergar a millones de personas estaban vacíos y destruidos. Incluso la ciudad de Atenas, donde el pensamiento había alcanzado su máximo esplendor 500 años a. C., tenía huellas de un periodo sin ley ni orden que terminó estrangulando a la sociedad.

Cuando estaban a punto de partir apareció nuevamente aquel murmullo, aquel seductor canto de las sirenas al que les era imposible resistirse. Los exploradores regresaron a la nave y siguieron el sonido que los llevó hasta lo que quedaba del museo de Aquitania en Burdeos, Francia, para luego desaparecer. En sus mejores tiempos la magnífica construcción albergó piezas que iban desde la prehistoria hasta el siglo XXI, pasando por el episodio más gris de la ciudad de Burdeos: el comercio de esclavos africanos del siglo XVIII, uno de tantos momentos de la explotación del hombre.

Los detrianos se introdujeron en el museo, y nuevamente, se separaron para abarcar mayor espacio. A ellos les parecía fascinante la forma en que los terrícolas cuidaban de su legado histórico, ya fuera en bibliotecas o museos, ya que en Detrix habían dejado de existir hacía mucho tiempo, solo había un acervo digital compuesto por imágenes y documentos. En la galería seguían en pie las salas dedicadas a la Prehistoria, Protohistoria, Antigüedad, Época medieval, Época moderna, Burdeos 1800-1939 y Burdeos siglo XX-XXI; se notaba claramente que habían sido saqueadas o incluso destruidas intencionalmente en su mayoría. Fue al revisar el acervo de la prehistoria en donde Layar encontró una piedra que llamó notoriamente su atención:

—¡Escan, Escan, ven pronto compañero! –en su tono de voz se advertía cierta preocupación.

La tortuga, en su versión de cámara dron, acudió lo más rápido que pudo al llamado. Al entrar a la sala, donde se encontraban los vestigios de la prehistoria del hombre, encontró a su compañero sorprendido, viendo una imagen que yacía en un pedestal parcialmente destruido. Escan se acercó con cuidado, mientras Layar lo percibía con el rabillo del ojo.

—¿Sabes que es esta imagen compañero?

La cámara dron ondulaba erráticamente en el hombro de Layar.

—No lo sé, pero averigüémoslo.

Escan comienza a buscar en la información que tenían sobre la Tierra, entre millones de datos compara la imagen hasta que la búsqueda se detiene y arroja resultados.

—Es un bajo relieve de una mujer: es la Diosa Madre de Laussel.

Layar contrasta la imagen con la de la mujer que aparece en la sonda Pioneer-10 representativa de todas las razas.

—No se parece a la que está dibujada en la sonda.

—No, porque esta mujer está preñada.

—¿Preñada? –Layar se rasca la cabeza– ni siquiera sabía que existía esa palabra.

—Sí, preñada, embarazada, en cinta, es lo mismo; se trata de una mujer que alberga en su vientre una nueva vida humana que va adquiriendo lo necesario para convertirse en un ser humano. Al parecer los terrícolas intercambian genes sin saber exactamente cuál será el resultado, solo por lo que ellos llaman amor.

—¿Amor?, ¿acaso es una forma de alcanzar un fin o propósito? –insistió Layar, quien cada vez entendía menos.

—El amor, según ellos, es un propósito en sí, y lo que resulta de él solo puede ser bueno. Nosotros no lo podemos entender tal vez porque no tenemos emociones ni sensaciones.

—¿Y cuál crees que fuera el propósito al tallar la imagen en un trozo de piedra caliza?

—No lo sé con exactitud, la talla es de un periodo anterior al surgimiento de la civilización humana, tal vez unos 25 000 años. Parece que para ellos la representación de figuras era necesaria y formaba parte de su lenguaje. Creo que los humanos antiguos debieron sentir alguna admiración por la capacidad que tenían las mujeres de albergar la vida; sin embargo, no entiendo qué es eso que porta en su mano derecha, parece un cuerno de animal al que le tallaron 13 rayas, ¿qué significará?

—No te parece Escan que es primitiva su forma de crear vida, e incluso dedicar tiempo a esculpir una figura femenina, ¿qué querían decir con eso?

—Sí, es completamente primitivo. Ahora me pregunto, ¿qué pretendía el sonido al traernos aquí?, ¿acaso quería que viéramos esta imagen? Si es así esta debe guardar un mensaje.

* * *

Una vez de regreso, los detrianos se sentían con la tarea incompleta. Layar se encontraba pensativo en la cápsula de navegación revisando datos sin ponerles atención. Escan había dejado que el piloto automático hiciera su trabajo mientras alzaba vuelo. Por lo general existía poca comunicación entre ellos, solo lo necesario para hacer que la misión funcionara. Mientras que a Layar le interesaba encontrar las respuestas para presentarlas al Consejo Intergaláctico y de esa forma acumular una estrella más en su currículo, Escan, la tortuga, era una especie de espíritu libre amante del Universo y sus misterios.

Los dos tenían claro que el grupo individualista se había impuesto a los colaborativos marcando el rumbo del planeta entre los siglos XVI y XVIII, pero cómo llevaron al mundo a la catástrofe y en qué momento, eran las incógnitas. La posibilidad de que contestaran esas preguntas dependía de encontrar información no solo de lo que era evidente: el colapso de la civilización, sino cómo sucedió, cuándo y sobre todo por qué.

Escan se detuvo sobre el cielo de Europa haciendo movimientos balbuceantes; incrementó su velocidad provocando que su silueta se confundiera con las nubes, para luego continuar con rumbo al sur, hacia África, a través del Mediterráneo.

La mayor parte de los países norteños del gran continente también se encontraban bajo el mar, desde Marruecos, Argelia, Libia, hasta Egipto, donde los restos de la maravillosa biblioteca de Alejandría, catedral del pensamiento antiguo, estaban sepultados por miles de millones de galones de agua. Desde la altura se podía apreciar cómo gran parte del Sahara estaba inundado; esto era más de la mitad del territorio de los países de Mauritania, Malí, Nigeria, Chad y Sudán. La otra mitad era tierra lodosa.

Luego emergía el Gran Valle del Rift –Etiopía, Kenia, Tanzania, hasta Mozambique–, justo allí, millones de años atrás, una variación en el medio ambiente empujó a los homínidos a separarse de los monos antropoides, con lo que inició un proceso evolutivo que derivó en el homo sapiens u hombre pensante moderno.

II

—Layar, ¿sabes cómo es que evolucionó la especie humana por encima de las demás?

—No tengo idea compañero. ¿Acaso una raza de otro mundo los escogió para transmitirles su inteligencia?

—Si bien hay varias historias terrestres que hablan de ese origen, no está permitido interferir en los procesos de otros mundos. Sin embargo, en la información que encontré fueron otras las razones que generaron su evolución, sobre todo la intelectual.

—Tú sabes que me gustan esas historias Escan, adelante, te escucho; tal vez podamos aprender algo de los humanos –estiró las piernas, entrelazó los manos a manera de almohada y recargó la cabeza.

—Eso sucedió aquí en el Gran Valle del Rift. Verás, en la Tierra solo hay dos formas de hacer las cosas: compartiendo o compitiendo. Aproximadamente hace 2.5 millones de años terrestres, los homínidos, primos de los chimpancés y gorilas, habían salido victoriosos de la destrucción paulatina de la selva húmeda, su hábitat original. Se desplazaban en dos patas por extensas planicies en busca de alimentos. No eran una especie depredadora, más bien el alimento de grandes fieras. Carecían de poderosas garras o grandes músculos para escapar o cazar.

Entre los 1.8 y 1.6 millones de años, el planeta entró en una glaciación, poniéndolos de nuevo a prueba. Ante la adversidad el grupo se dividió por selección natural en dos: los "robustos", caracterizados por una mandíbula potente y molares de gran tamaño que les permitían completar su alimento con grandes cantidades de vegetales y las partes más leñosas de las plantas, y los "gráciles", llamados así por tener una mandíbula débil que limitaba su alimentación a su capacidad de masticar. Visto desde la evolución, los robustos eran una mejor adaptación al medio, mientras que los gráciles eran una especie rezagada condenada a desaparecer.

Los gráciles debieron comenzar a disminuir con mayor velocidad que los robustos, pero en algún punto muy cercano a la extinción, el destino de la especie y de la Tierra misma cambiaría. En el corto plazo los robustos ganaron, pero a largo plazo fueron los gráciles quienes triunfaron.

—Pero, ¿cómo fue eso? Si los robustos podían acceder a vegetales y raíces que los gráciles ni siquiera podían masticar –cuestionó Layar, suponiendo que Escan hacía un juego de palabras.

—Esto no tiene que ver con los vegetales o las raíces, sino con la inteligencia, la astucia, la capacidad de transformarse a sí mismos en momentos de mucha adversidad. Los últimos gráciles optaron por incluir en su dieta la carne y, ya que no podían masticarla, fueron los primeros en fabricar herramientas para cortar. Ello les permitió despellejar y trocear la carne de animales, con lo que ampliaron su base de nutrientes. En cambio, la dieta de los robustos no fue suficiente, ya que comenzaron a extinguirse, mientras que la población de gráciles se recuperó y expandió. Esas modestas herramientas de piedra fueron el inicio de la tecnología en la Tierra; los humanos modernos son descendientes de ellos, no solo heredaron sus genes, sino también el uso de tecnología como medio para modificar la naturaleza en su favor y también en su contra.

Layar escuchaba sin pestañear el relato de Escan y cuando terminó expresó su admiración.

—Eso fue muy audaz, no me extraña que los terrícolas hayan estado a punto de convertirse en una Civilización Planetaria. ¿Cómo, entonces, destruyeron el planeta?

—No lo sé, pero la historia comienza aquí, porque los primeros humanos salieron de África como hombres libres buscando más y mejores recursos, poblando todos los continentes mientras sufrían cambios morfológicos como resultado de su adaptación al medio.

—¿Hombres libres?, ¿entonces hubo esclavitud en la Tierra?

—Sí, en distintas épocas Layar. Existió un periodo en que a este continente llegaron barcos con sus bodegas llenas de ron para ser cambiadas por seres humanos que eran vendidos en otros continentes como ganado.

—¿Por qué venían a aquí y no a otro lugar?

—Porque venían por la gente de piel negra.

—¿Gente de piel negra?

Layar se descubrió el antebrazo y lo miró detenidamente mientras lo giraba, trataba de imaginar cómo sería su piel si fuera negra. A pesar de los cientos de lugares que había visitado nunca había visto seres con otros tonos de piel que no fuera el blanco; por el contrario, había conocido especies casi trasparentes. Aunque entendía bien la causa que hacía que la piel cambiara de tono no dejaba de sorprenderlo esa idea. Sus dudas no quedaron ahí.

—¿Por qué la gente con piel negra debía ser esclava?, ¿qué había en su color, Escan?

—Nada, es solo pigmentación. De acuerdo con los documentos que revisé en el museo de Aquitania, el motivo por el cual fueron esclavos tiene que ver con la idea que impuso el grupo de los individualistas: el capitalismo liberal; los siglos XVI al XIX, conforman un periodo en que la economía comenzó a girar en torno a la mercancía. Históricamente los productos eran intercambiados: leche por carne, tela por piel, pero al convertirlos en mercancías fueron vendidos, lo que les permitía obtener una ganancia; por lo tanto, si podías incrementar la necesidad del producto o su producción, podías obtener grandes beneficios. Por ese tiempo el grupo de los individualistas comenzó a derribar las barreras que limitaban el comercio y la producción, de modo que crearon un mundo a su medida, lo que despejó el camino para el triunfo de las mercancías.

—Entiendo –las pupilas de Layar se abrieron a su máxima capacidad– se dieron cuenta que todo lo que pudieran convertir en mercancía les dejaría una ganancia; los seres humanos con piel negra solo fueron una más de ellas.

Escan enmudeció, imaginar cómo el grupo individualista había creado todo un mecanismo para justificar sus medios para reclamar la riqueza le daban una idea de hasta dónde podían llegar. No obstante, aún no alcanzaba para contestar cómo y cuándo los individualistas habían provocado el cataclismo que terminó con la Tierra.

Ya habían cubierto todo el territorio por el que se extiende el Valle del Rift, así que Escan se elevó por encima de las grises nubes hasta poder contemplar las grandes extensiones que van desde El Congo, Zambia, Zimbabue, Botsuana y la inundada Sudáfrica, donde en el pasado los leones rugieron, las estampidas de elefantes resonaron como tambores o las aves cantaron, y ahora solo se escuchaba un decepcionante silencio. Estaba claro que no había nada más que hacer.

III

Escan hizo un veloz movimiento en forma de C para detenerse en Uganda, y sobrevolar el Lago Victoria, cuyas aguas dulces se habían mezclado con aguas saladas y todas juntas con químicos que habían acabado con la vida acuática. Ciudades como la dinámica Kampala estaban de pie, pero desiertas... ¿a dónde habían ido los hombres y las mujeres?

Siguiendo el curso que una vez recorrió el Nilo en su camino hasta su desembocadura en el mar Mediterráneo, ascendieron rumbo al norte desde el Ecuador. A partir de Mozambique, Tanzania, Kenia, Somalia y Etiopía, el océano Índico había avanzado sobre sus costas devorando kilómetros de playa.

El mar Arábigo había hecho lo mismo sobre Omán, Yemen, Eritrea y Arabia Saudita, solo que allí el agua se había mezclado con el "oro negro" –el petróleo–, que se quedó en la superficie asfixiando la vida marina y a los que vivían de ella, rompiendo una importante cadena alimenticia.

Al llegar al Trópico de Cáncer, Escan se elevó otra vez hasta alcanzar una altura en la que se podía contemplar la zona que se conoció como la Media Luna Fértil. A medida que avanzaban los exploradores la

Tierra iba develando su historia.

—Mira, Layar, el ordenador indica que estamos en el Creciente Fértil o Media Luna Fértil (Egipto, Fenicia, Asiria y Mesopotamia), llamada así por la forma de creciente o media luna. En ella se encuentran ríos muy importantes como el Nilo, Éufrates, Tigris o el Jordán, así como por el hecho de que recibe una importante radiación solar en el año, condiciones que de acuerdo con el ordenador permitieron que surgiera la agricultura y, por lo tanto, las primeras civilizaciones humanas occidentales.

—¿Eso quiere decir que es aquí donde debemos buscar los motivos del fin de la civilización?

—No, de acuerdo con el ordenador aquí solo se pusieron las bases. Espera lo pondré en altavoz, escucha:

> A partir de que el hombre comenzó a hacer herramientas (1.5 millones de años), paulatinamente fue perfeccionando sus habilidades para cazar. Al llegar el paleolítico superior (50 000 a 10 000 a. C.) se había convertido en un cazador especializado que contaba con gran variedad de herramientas de caza (venablos, azagayas y arpones). Tal vez porque la casa nocturna les proporcionaba mayores ventajas que la diurna, el hombre comenzó a interesarse más en la luna que en el sol. La forma tan visible en que todos los días hacía pequeños cambios hasta completar fases, los llevó a la creación del calendario lunar de 28 días. Pero más aún, la luna se incorporó, al igual que toda la naturaleza, a la veneración de la Diosa Madre. Sus cuatro fases: creciente, llena, menguante y oscura, eran una analogía de lo que sucedía con la naturaleza y la vida misma. La fase oscura tuvo una importancia relevante para los hombres y mujeres de aquella época, ya que los tres días que duraba significaban la etapa en

que la vida nueva se gesta; es decir, un periodo de espera o renacimiento.

—¡Ahí está Layar! –Escan interrumpe abruptamente el audio– esa es la respuesta.

—¿La respuesta al fin de la civilización humana?

—No, todo lo contario. Verás, la figura que encontramos en el museo de Aquitania es una representación de la Diosa Madre y su veneración. La Luna y sus fases son una analogía de los ciclos de la vida, incluida la humana. La vida que se crea en la oscuridad del vientre de la madre se asemeja al periodo en que la Luna no es visible: los tres días de oscuridad. Al cuarto día aparece la Luna en su primer creciente; es decir, ha surgido la vida. Lo mismo sucede con todos los ciclos de la naturaleza.

—No lo había visto de esa manera, entonces es por eso que la Diosa Madre toca con una mano su vientre grávido, y con la otra el cuerno de bisonte que es una representación simbólica de la luna creciente. ¡Fascinante analogía! –exclamó Layar recordando la figura en su mente.

—Pero esto no queda ahí Layar, fueron capaces de medir esos ciclos, no solo porque crearon un calendario lunar, sino porque podían medir el año a través de la fase creciente de la Luna. Ahí es donde tienen sentido las 13 muescas que aparecen en el cuerno que sostiene la Diosa Madre: si se multiplican las muescas por los 28 días del calendario lunar, nos da un año de 364 días, uno menos que el año solar.

—Parece bastante lógico compañero, pero, ¿qué quiere decir esto?

—Que tal vez ellos no entendían cómo se creaba la vida dentro del vientre, pero sí comprendían la importancia de los ciclos de la naturaleza; de esta manera fueron capaces de medirlos usando la analogía de la Diosa Madre. Por lo tanto, ella es central en este periodo.

—¡Asteroides!, tienes razón, aunque no deja de ser primitivo –añadió Layar–. Ahora falta conectar esto con el surgimiento de la civilización, Escan.

—Creo tener la respuesta. Escucha: la comprensión que estos hombres y mujeres tuvieron de los ciclos de la naturaleza, usando la analogía de la Diosa Madre, puso las bases para una sociedad que respetaba la naturaleza y además era igualitaria, porque para una madre todos sus hijos son iguales. A demás, sus "sencillas mediciones" fueron el cimiento para desarrollar sistemas más complejos. En ese sentido comprendieron que de la misma forma que un hombre depositaba una semilla en el útero de la mujer, se podía depositar una semilla en la tierra y que luego de permanecer oculta –fase oscura de la Luna–, emergería una vida nueva: una planta. Fue así como nació la agricultura al tiempo que la Diosa Madre se transformó en la Madre Tierra, madre de todos los seres vivos y representación de los ciclos de la naturaleza.

—¿Madre Tierra? –preguntó Layar frunciendo el entrecejo, ya que nunca había escuchado hablar de ese término.

Para los detrianos era difícil entender el concepto de madre, en Detrix se creaban nuevos seres solo cuando requerían aumentar la población o reponer aquellos miembros que habían sido desintegrados por alguna causa. Existía un banco de genes en el que se ingresaban las características específicas del individuo que se requería, tomaban de sus anaqueles los genes necesarios y los unían simulado la concepción. El resto del proceso continuaba en una máquina llamada Fase 2, en la que el óvulo se dividía y comenzaba a desarrollarse, al mismo tiempo que se sustituían los órganos y partes más vulnerables por otras intercambiables. Cuando el proceso estaba completo eran enviados a la Fase 3, en la que un equipo de híbridos los adiestraba hasta volverse totalmente independientes; era durante ese periodo en que se les desconectaba el sistema límbico o cerebro emocional, en una especie de ceremonia de bautizo.

¿A quién podían llamar los detrianos madre? Al banco de datos, a la Fase 2 o a la 3. En cambio, los humanos podían sentir cómo el agua de un río los refrescaba en un día soleado, cómo la semilla de maíz, arroz o trigo los alimentaba, cómo el sol los acariciaba en una mañana fría, cómo las hierbas los curaban; podían disfrutar de la belleza de los montes, de las otras especies o las flores. En otras palabras, estando en medio de la naturaleza encontraban el tierno abrazo de una madre amorosa.

—A mí tampoco me queda claro el concepto, pero entiendo que a pesar de su simpleza es muy complejo –contestó Escan cavilando cómo sería su vida si hubiera tenido una madre–, pero es evidente que para los terrícolas la veneración a la Madre Tierra les ayudó a entender la complejidad de los ciclos de la naturaleza mucho antes de descubrir la ciencia y su lugar en el cosmos.

* * *

Escan y Layar habían decidido que si la Media Luna Fértil era el lugar en donde estaban los orígenes de la civilización humana, como indicaba el ordenador, entonces debían de internarse y tratar de encontrar qué relación había entre la veneración a la Madre Tierra y el surgimiento de la civilización, tal vez eso les ayudaría a comprender su colapso.

Primordialmente les interesaba explorar las ciudades del Alto y el Bajo Egipto, así como las de la región de Mesopotamia. Sin embargo, la tarea no sería fácil ya que nuevamente se enfrentaban al avance del mar sobre los territorios que ellos tenían en sus mapas. Optaron por dividirse nuevamente: Layar iría a Mesopotamia y Escan a Egipto.

A su regreso los detrianos tenían una visión más clara de cómo había surgido la civilización en la Tierra, a diferencia de otros lugares de la galaxia. Escan comenzó a exponer sus hallazgos pausadamente, como era su estilo.

—Con el surgimiento de la agricultura los humanos abandonaron las cuevas y el nomadismo, comenzando a crear asentamientos cerca de los ríos, tal vez no mayores a 50 personas, basados principalmente en la veneración a la Madre Tierra; es decir, sociedades igualitarias de redistribución de los recursos y con un respeto excepcional por la naturaleza.

—De acuerdo, compañero, escucho.

—Eso dio como resultado el aumento de la población. Fue entonces que líderes guerreros guiaron ejércitos a la conquista de las aldeas, concentrándolas en ciudades –Layar hizo una mueca en sigpor la tarde escanno de desaprobación y procedió a explicar cómo se desarrolló el proceso en Mesopotamia.

—Bueno sí, empezamos bien, pero terminamos diferente. Ciertamente la agricultura impulsó el crecimiento de la población y el surgimiento de comunidades rivereñas entre el Éufrates y el Tigris, teniendo como base los principios de la Madre Tierra que ya mencionaste. Sin embargo, en Mesopotamia las aldeas se reunieron en ciudades principalmente atraídas por el culto a una imagen considerada milagrosa.

—Si bien el proceso es diferente entre Egipto y Mesopotamia, Layar, el resultado es el mismo: la ciudad, la urbanización. Con todo, la ciudad implicó, en ambos casos, desafíos que demandaron una mejor organización. Ahí fue donde los avances logrados por sus antecesores del paleolítico superior se aprovecharon al máximo, llevándolos a desarrollar la escritura, las matemáticas, la astronomía y la agricultura; todo ello se convertiría en sinónimo de civilización. No obstante, algo no se conservó, al contrario, se sustituyó o de plano se eliminó.

—Nuevamente me confundes compañero –Layar interrumpe–, creí que ya podíamos partir de esa idea para comenzar nuestra investigación, no veo nada extraño.

—Te hago una pregunta: ¿cuáles eran los principios de la veneración a la Madre Tierra? –Layar comienza a caminar de ida y vuelta en un espacio de cinco metros.

—El respeto por la naturaleza y sus ciclos, así como la igualdad entre todos los miembros de la comunidad, ¿acaso eso fue lo que se perdió?

—Sí, plantearé mi hipótesis: a diferencia de otros lugares de la galaxia, la civilización humana resultó tener un rostro oculto, porque su organización requirió dividir a los seres humanos en clases sociales –estratificación–, al mismo tiempo que se iniciaba el proceso de sobrexplotación de la naturaleza.

—Ahora lo entiendo –dijo Layar decepcionado y alzando su tono de voz gradualmente– la estratificación de la sociedad era opuesta a la veneración de la Madre Tierra, porque en ella el acceso a los recursos era igual para todos, mientras que en una sociedad estratificada el acceso a los recursos está determinado por el estrato al que perteneces, creando desigualdad. En ese sentido, los líderes guerreros o los sacerdotes administradores, junto con sus favoritos, debieron ser quienes gozaban de mayores privilegios, mientras que los campesinos, artesanos, pequeños comerciantes, pescadores, los mantenían.

—También parece ser que fue la creación de esos centros urbanos civilizados los que por primera vez sobreexplotaron los recursos naturales –añadió Escan–, con la creación de sequías, la tala de bosques, erosionando la tierra o acaparando recursos a costa de la destrucción de poblados pequeños. Y dado que la veneración a la Madre Tierra representaba todo lo contrario a los intereses de la clase gobernante de guerreros o sacerdotes, decidieron sustituirla con deidades masculinas guerreras. Su imagen fue difamada creando relatos en los que sus símbolos, como la oscuridad, la luna, la serpiente, y en general la femineidad, aparecían como malos, perversos o embaucadores. Sin embargo, muchos de esos dioses en realidad no fueron otra cosa que la desmembración de los ciclos de la naturaleza en diferentes deidades.

—¿La femineidad? –de repente Layar se abstrajo de la conversación.

Nunca se había puesto a pensar cómo era una mujer; de hecho, nunca había tenido necesidad de pensarlo. Lo más cercano a conocer una era la silueta que acompañaba al humano en la placa colocada a un costado de la sonda Pioneer-10.

Escan lo interrumpió con una pregunta:

—¿Acaso esa clase dirigente tiene alguna conexión con el grupo individualista?

Layar pensaba que sí, pero no contestó, prefirió esperar a tener más evidencias.

IV

Los detrianos atravesaron el mar Rojo con la idea de que tal vez el continente asiático les podría ofrecer pistas acerca de cuál había sido la causa y el momento del cataclismo de la civilización humana. Volaron sobre Arabia Saudita, Irán, Afganistán y Pakistán hasta que el ordenador les avisó que estaban sobre la cordillera del Himalaya, barrera natural de la India.

—Por las mismas causas que surgió la civilización en la Media Luna Fértil, también lo hizo en el Valle del Indo; esto es, por los beneficios hídricos y climáticos que la región ofrecía al desarrollo de la agricultura, las concentraciones urbanas y por último la civilización humana.

—Entiendo –contesta Layar, quien se mantenía con los brazos cruzados dentro de la cápsula de navegación, mientras el ordenador les proporcionaba información sobre el lugar a través de una pantalla holográfica– parece que es el camino por el cual pasaron todas las sociedades para convertirse en civilización.

—El ordenador dice que en ella surgió una filosofía llamada budismo entre el 560 y el 480 a. C.

—¿No te parece contradictorio, Escan, que una filosofía surja en una de las regiones en donde se alcanzó un importante desarrollo económico, científico y material?

Escan planeaba sobre la otrora vasta extensión de la India: Paradid, Berhampur, Kakinada, Ongole, como el resto de las ciudades costeras circundantes, estaban inundadas. Sri Lanka, famosa por ser parte de la Ruta de las Especias (Ceilán), había desaparecido por completo.

—A primera vista coincido contigo, Layar, pero si lo analizas de nuevo verás que esa civilización, como otras muchas, no tuvo como meta común crear bienestar para todos sus habitantes. En ese sentido, el budismo denunciaba a la sociedad de su tiempo como incapaz de llevar al hombre a la felicidad; en todo caso, ella sería la causa de la infelicidad –Escan hace una pausa y continúa:

—En la cosmovisión de Buda, el hombre no necesita de cosas materiales, incluso podía prescindir en cierta medida de las necesidades biológicas. Parece obvio pensar que esa era su forma de aliviar la miseria de las clases bajas, y al mismo tiempo denunciar el lujo, el despilfarro y el hedonismo de las clases altas. Es un periodo de enormes desigualdades en el que las clases dirigentes se han liberado de la veneración a la Madre Tierra, símbolo de la armonía y equilibrio entre los hombres y con la naturaleza. De esa manera se encontrarán en completa libertad de dictar nuevas reglas avaladas por los sacerdotes que ahora incluyen en su panteón a deidades masculinas. En consecuencia, fue también un periodo de denuncia en el que surgieron voces por todas partes (Buda, Jesús, Confucio, Sócrates…) que tuvieron la claridad y el valor para criticar al grupo gobernante, no porque odiaran a la civilización, sino porque se oponían al rostro oculto que ella tenía.

A los detrianos no les quedaba claro por qué en la Tierra el surgimiento de la civilización tenía ese lado negativo; es decir, esa búsqueda de beneficios solo para un grupo en detrimento del resto de los habitantes, así como el deterioro del medio ambiente. Mientras que en otros lugares de la galaxia la civilización era sinónimo de bienestar para todos, era claro que el grupo de los individualistas tenía sus raíces en los orígenes de la civilización humana.

V

Escan y Layar viraron hacia el otro lado del continente asiático, a la estepa mongola, donde un grupo de hombres nómadas y especialistas en disparar flechas mientras montaban a caballo, liderados por Gengis Kan, devoraron la mayor parte del continente, llegando incluso hasta Europa central y fundando en China la dinastía mongola denominada Yuan, durante el siglo XIII.

Luego se trasladaron al noroeste de Rusia, entre el lago Baikal y el Círculo Polar Ártico, aquel que fuese el vaso lacustre más profundo de la

Tierra. Desde esa esquina pudieron admirar la inmensidad del continente, pero también la devastación.

Contemplaron majestuosas y milenarias ciudades que dejaron testimonio del nivel de desarrollo que los terrícolas habían alcanzado, pero en todos los casos estaban desiertas, había claras huellas de destrucción de un periodo final en el que el caos había reinado.

Los azules océanos de las imágenes capturadas años atrás ahora eran de un color grisáceo y sobre ellos flotaban los restos materiales de la civilización humana, como si hubieran puesto las construcciones en una licuadora para luego esparcirlas.

Mientras levitaban, los exploradores sabían que su tarea estaba inconclusa. Layar entendía que sus posibilidades de volverse un consciente no tenían un rumbo claro. Por su parte Escan comprendía que su deber iba más allá de simplemente entregar un informe, poder entender qué fue lo que provocó el cataclismo de la civilización humana, podía ser una gran lección para el resto de la galaxia y el propio Universo; si bien no todos los humanos habían deseado este destino. Mientras se miraban el uno al otro en silencio, volvieron a escuchar aquel suave murmullo. Layar dijo:

—¡Ahí está otra vez ese sonido, Escan! Tenemos que averiguar de dónde proviene.

—¡Sí!, es como si algo o alguien intentara comunicarse con nosotros.

Trataron de seguirlo usando los sistemas de rastreo de la nave. Avanzaron por el océano Pacífico, apartándose del conglomerado de continentes; lo último que vieron de él fue Japón. El susurro los llevó a internarse en el gran océano Pacífico y ahí sutilmente se perdió.

Fue entonces que se dieron cuenta que solo les quedaba una porción de Tierra para encontrar las respuestas. Layar pensó que si la misión fracasaba sus posibilidades de convertirse en un consciente prácticamente se esfumarían. Por su parte, Escan sabía que estaban ante un hecho casi inédito en la galaxia: la destrucción de un planeta por sus propios habitantes.

—Debemos averiguar a toda costa qué sucedió en la Tierra, Escan.

—Solo queda un continente por explorar, América, y parece que alguien se ocupó de borrar las evidencia de lo que aquí sucedió.

—Tal vez pudieron borrar las pruebas materiales, pero si tan solo un terrícola sobrevivió, debe saber algo –Layar se reacomodó en su asiento, cerró de un golpe la cápsula de navegación–. Si aún queda vida inteligente en la Tierra debemos encontrarla, cueste lo que cueste.

IV

LA MADRE TIERRA COMO REPRESENTACIÓN DE LOS CICLOS DE LA NATURALEZA

Ellos tenían muy claro que, si los ciclos de la naturaleza se llegaran a interrumpir, la vida también lo haría; por lo tanto, la Madre Tierra merecía un respeto excepcional, un respeto que la volvía sagrada y a la vez venerada.

I

Un tanto intranquilos, comenzaron a adentrarse en la inmensidad del océano Pacífico, que poco a poco los fue envolviendo. En el punto en donde se cruzan el Trópico de Cáncer, el Ecuador y el Antimeridiano, las condiciones se tornaron fuera de control; se trataba de un conflicto entre las fuerzas climáticas. Las grises y viscosas nubes se iluminaban con los rayos que en su interior estallaban; en el agua, un enorme remolino capaz de tragarse una ciudad entera batía y regurgitaba toda clase de objetos hechos por el hombre, vestigios de su civilización.

Los vientos y la lluvia provocados por un mega huracán chocaban entre sí, formando remolinos de agua. Se había perdido el orden, ahora reinaba el caos. Si ese desorden de las fuerzas de la naturaleza implicaba el rompimiento con el equilibrio que garantiza la existencia de las especies, entonces la vida en la Tierra –pensaron los exploradores– debió extinguirse irremediablemente.

Escan se agitaba con los fuertes vientos mientras trataba de ajustar su aerodinámica. En su interior, Layar saltaba como un jinete que baja la montaña apresuradamente. Después de casi 25 minutos de luchar contras las descontroladas fuerzas de la naturaleza, las nubes comenzaron a despejarse y la fiereza de los vientos a menguar. A la distancia pudieron ver la masa de tierra irregular que formaba el continente americano. Lo primero que apareció fue la parte norte, y al acercarse lograron distinguir Centroamérica, el Caribe y luego Sudamérica. Un cierto aire de esperanza refrescó a los detrianos al ver el contorno continental extenderse de norte a sur. Ambos comenzaron a revisar la información que tenían disponible.

—¿Qué encontraste? –preguntó Layar mientras continuaba separando información con su dedo índice.

—Parece ser que la historia de América se divide en dos: antes y después de 1492.

—¿Qué diferencia hay entre ambos periodos? –Layar detiene abruptamente su búsqueda.

—Entiendo que hace 335 millones de años todos los continentes formaban uno solo: Pangea. Fue hace 175 millones de años que comenzaron a separase, dando lugar a las actuales masas continentales. La deriva continental, como la llamaron, provocó que una misma especie desarrollara diferentes adaptaciones en cada continente. En América había una gran cantidad de especies, excepto humanos, quienes comenzaron a llegar mucho después, tanto por el norte como por el sur, para dispersarse por todo el territorio.

—¿Esos hombres también veneraban a la Madre Tierra?

—El ordenador dice que sí, aunque con sus particularidades. Tanto en América como en el resto del mundo en donde surgió la veneración, el concepto fue prácticamente el mismo: una madre amorosa que no solo proporcionaba la vida, sino que proveía todo lo necesario para que continuara. Nunca la vieron, pero la experimentaron a través de los ciclos de la naturaleza: cuando cazaban a un animal para alimentarse y vestirse, cuando pescaban en el río, cuando esperaban a que el sol germinara las semillas humedecidas por la lluvia.

Ellos tenían muy claro que, si los ciclos de la naturaleza se interrumpían, la vida también lo haría; por lo tanto, la Madre Tierra merecía un respeto excepcional, uno que la volvía sagrada y a la vez venerada.

Al igual que en el resto del mundo, en América, al surgir la civilización, hubo un choque de ideologías representadas por la veneración a la Madre Tierra y el culto a los dioses masculinos, por lo general guerreros. Fue el caso de los aztecas, la última gran civilización de

Mesoamérica, que pasó de ser una tribu agrícola a un Estado guerrero y conquistador que exigía tributos.

Al mismo tiempo la Madre Tierra, Coatlicue, origen de todos los dioses, fue perdiendo su protagonismo ante el ascenso de su hijo Huitzilopochtli, dios de la guerra. Ello implicó la estratificación de la sociedad y una sobreexplotación de recursos naturales.

—¿Qué pasó en 1492 que dividió la historia en dos partes? –preguntó Layar, quien para ese momento ya se encontraba cautivado por la filosofía de la Madre Tierra.

—Por lo que he revisado, ese es el punto en que el destino del continente y el de la Madre Tierra cambiarían. Según encontré, en Europa y en los países que acogieron el culto cristiano, la Madre Tierra fue asociada como representación de las caóticas fuerzas de la naturaleza, mientras que el dios masculino, adoptó el rol de someter u ordenar las fuerzas de la naturaleza. En el mejor de los casos, María –que es la máxima figura femenina de la cristiandad europea– heredó parte de sus funciones, solo que desde una perspectiva mística, a veces mágica; situación que contrastaba con su representación de los ciclos de la naturaleza. En 1492, cuando los europeos comenzaron a llegar al continente, impusieron su civilización y eso significó el culto a un dios masculino y la sustitución de la Madre Tierra por María. Los nuevos habitantes del continente establecieron una estratificación social que garantizaba que fueran ellos quienes primero se beneficiaran de los recursos; además se aplicó una nueva lógica de explotación de la naturaleza, cada vez más intensiva y extensiva, que se propagó por el continente. En relación con la iconografía de la Madre Tierra, representada por deidades como la Coatlicue azteca o la Pachamama andina, se desató una persecución. A pesar de todo sobrevivió su esencia en lugares apartados de la nueva civilización: la europea.

Layar se quedó sin hablar por algunos minutos. Estaba uniendo los cabos en su cerebro-ordenador.

—Layar, Layar, ¿me escuchas?

—¡Sí, sí! –volteó el detriano con la mirada extraviada–, es solo que recién comprendí que existe una línea que une a todos los grupos y que consiste en que han buscado de una u otra forma el acaparamiento de los recursos en beneficio propio: los que crearon las primeras civilizaciones, en la Media Luna Fértil; los burgueses que durante el Renacimiento impulsaron cambios trascendentales, entre ellos los económicos y científicos, y aquellos que a partir del siglo XVI implementaron el capitalismo liberal y cambiaron el destino de la humanidad.

—Pensé que solo yo lo había notado. Se trata de una ideología que únicamente cambió de actores y escenarios, pero que cuando tuvo los medios necesarios: la ciencia y la tecnología, modificó las reglas del juego a su favor dando lugar a la riqueza individual ilimitada.

—Escan, sabes que no gusto de esas cosas, pero creo que su ideología no era otra que el egoísmo matizado de progreso.

La tortuga se quedó en silencio, ambos habían llegado a la misma hipótesis por caminos distintos. Lo que faltaba era comprobarla y saber cómo y cuándo ese grupo individualista generó la destrucción de la civilización humana.

II

Cautelosamente se acercaron al continente, temiendo espantar a los posibles habitantes. Escanearon desde el norte, por donde llegaron los antiguos pobladores de Asia, que siguieron las caravanas de alces y cruzaron durante la última era glacial el estrecho de Bering.

Contemplaron lo que quedaba de la selva amazónica y su río; el desierto de Atacama, ahora inundado; la cordillera de los Andes derretida. Parecía que los esfuerzos que habían hecho al atravesar desde un extremo a otro de la galaxia habían sido en vano.

Layar sentía que de entre sus manos se escapaba la posibilidad de convertirse en un consciente. ¿Debían entonces prepararse para elaborar un informe de la extinción de los humanos? Los detrianos tenían que plantear cuando menos una teoría de lo que aconteció en la Tierra. Mientras conjeturaban sobre las causas, volvieron a oír el canto de las sirenas.

—¿Lo escuchas? –preguntó Escan girando su cabeza en intervalos.

—Sí, se mete por los oídos y hace que mi cabeza retumbe.

Esta vez no solo era más claro sino más fuerte. Intentaron seguirlo hasta su madriguera como un leopardo a su presa. Avanzaron con dirección norte, desde lo que fue el Parque Nacional Cabo de Hornos –hoy bajo el mar–, atravesaron Argentina y continuaron por Paraguay. Lo hacían con lentitud, como quien teme que la vela se apague en medio de la oscuridad.

Luego siguieron erráticamente por Bolivia, parte de Brasil, Ecuador hasta llegar a Colombia, donde el sonido palideció y casi desapareció. Enseguida, el susurro volvió con más fuerza y prosiguieron por Centroamérica. El sonido ahora se tornaba más como un lamento o una llamada de auxilio. Pronto atravesaron el centro de América hasta llegar al Golfo de México, muy cerca de la Florida, pero de nuevo comenzó a apagarse; debían haber pasado el punto de origen. Se detuvieron y retornaron con rumbo al sur, justo sobre la península de Yucatán, donde el mar no había inundado la costa y en el siglo I de la era cristiana una civilización había desarrollado uno de los sistemas astronómicos y matemáticos más avanzados de su época. El llamado era fuerte y claro, debía ser allí. Sin perder tiempo aparcaron sobre la selva maya.

III

Desde el cielo la selva maya parecía un felpudo verde. Por algún extraño motivo el equilibrio de la naturaleza se había conservado y era de esperarse que también la vida. Escan aterrizó en el primer claro que encontró atraído por el paisaje. Al tocar el suelo sacó las pezuñas y se aferró a este. En su costado izquierdo se inició el ritual: se abrió la compuerta, luego descendió la escalera, y detrás de ella lo hizo Layar.

Los detrianos nunca habían visto una vegetación tan pródiga y colorida, estaban rodeados de jacarandas con flores aterciopeladas en colores rosa, amarillo y morado. Respiraron hondo, no había CO_2 en el aire, y siguieron el murmullo tratando de ubicar su génesis. Escan lo hacía desde la cámara dron, pero ahora ya no solo se trataba de ese sonido, sino del que producían las parvadas de aves alzando el vuelo, del gutural rugido de un felino a la distancia, el chillido de los monos asustados, las ramas de los árboles y palmeras agitándose con el viento; no cabía duda que la selva tenía vida, pero, ¿había vida humana?

Esponjosas ceibas creaban una techumbre compacta que los cubría del sol mientras seguían el llamado. Layar jugaba con cada rayo que se filtraba entre la espesura cortándolo con la mano; justo estaba a punto de dar un paso cuando Escan le gritó:

—¡Detente! ¡Mira!

Apuntando con un láser le señaló una tortuga terrestre que estaba con el caparazón hacia abajo mientras pataleaba, intentando girarse. Escan observaba con detenimiento los esfuerzos del reptil por voltearse mientras se cuestionaba si debía hacer algo. No acababa de decidirse, cuando, de entre la vegetación salió una segunda tortuga, como si hubiera sido llamada por la primera.

Esta miró a su compañera y la rodeó con lentitud; se detuvo, avanzó y retrocedió indecisa. Intentó girarla empujándola por la cola, pero solo la recorrió. Al ver su fracaso sacude la cabeza, se mueve hacia su costado y de nuevo intenta voltearla haciendo un movimiento de abajo hacia arriba; esta vez la logra girar, pero cae sobre sus escamas costales. Nuevamente se detiene frente a su compañera –luce exhausta–, extiende sus patas y se pega al suelo. Por un momento parece que la abandonara, pero luego se abalanza sobre ella con mucha decisión y de un solo empujón la vuelve a su posición normal; enseguida la incita a caminar, y ambas se pierden entre lo agreste de la hierba.

Los detrianos quedan sorprendidos por la forma en que la segunda luchó hasta salvar a su compañera.

—¡Vaya tesón el de estos seres, Layar!

—Sí, además son iguales a ti, pero más pequeños, ¡je, je!...

—Tienes razón, no me había percatado.

La verdad es que Escan ya se había dado cuenta de que eran igual a él. ¿Acaso alguien en Detrix conocía de la existencia de las especies terrícolas o simplemente se había llegado al mismo diseño por analogía evolutiva? En cualquiera de los casos, y rompiendo con todo protocolo, Escan sintió una pequeña conexión –equivalente a un bit– con aquellos seres que de alguna manera tenían como código: no abandonar a su compañero. Entonces volteó hacia Layar y le dijo:

—Como las tortugas, Layar, ¿hasta el final?

—¡Sí!, hasta el final compañero.

Continuaron avanzando a través de la flora cuando, de manera imprevista, emergió un claro. Lo que había al centro de él estremeció a los exploradores: se trataba de un socavón de unos 20 metros de diámetro y unos 50 de profundo; sus paredes estaban cubiertas con un aterciopelado musgo, enredaderas que trepaban hasta el borde como queriendo escapar, bellas flores con formas geométricas y colores brillantes. Al asomarse, los detrianos se deslumbraron con los destellos que se reflejaban en el turquesa del agua cristalina. Era como si la Tierra terminara y justo allí comenzara otro mundo.

Ambos habían visto cualquier cantidad de ecosistemas en sus múltiples viajes por la galaxia; no obstante, quedaron fascinados porque lo que estaban presenciando se asemejaba al centro de la nebulosa de Orión con sus miles de destellos y sus colores exóticos, moviéndose y mezclándose con exquisitez.

Mientras estaban en su embeleso, las aguas rompieron su quietud y giraron en dirección de las manecillas del reloj cada vez más rápido, formando un torbellino por el que subía el agua como una víbora ascendiendo por el tronco de un árbol. Ante los ojos extrañados de los detrianos el tubo de agua se transformó en una figura. Retrocedieron mientras observaban con asombro el fenómeno.

—¿Quién eres? –preguntó Layar luego de unos segundos en estado catatónico.

—No tengan miedo, soy la Madre Tierra, Gea, Coatlicue, Pachamama, Venus, Nerthus, Danu, esos son algunos de los nombres con lo que mis hijos me conocen –la diosa se campaneaba delicadamente sobre las aguas del cenote sagrado.

—¿Eres tú quien nos ha estado llamando?

—Sí, he sido yo.

—¿Qué deseas de nosotros?

—Sé que vienen de muy lejos en busca de respuestas, pero dentro de poco todo lo que queda de mí será destruido, y con ello todas las formas de vida; incluso ustedes.

—¿Qué debemos hacer?, ¿partir?

—Deben hacer lo que consideren correcto.

—Si es así debemos quedarnos y averiguar qué sucedió en la Tierra. Necesitamos llevar respuestas al Consejo Intergaláctico. ¿Tú sabes qué sucedió?

IV

La Madre Tierra accedió a contarles lo que sabía.

—Después de la guerra por el Todo Esencial, la materia se dispersó sin rumbo fijo. La fuerza de gravedad unió de nuevo las partículas de gas y polvo que flotaban, dando lugar a lunas, planetas, estrellas, sistemas solares, galaxias y todo lo que se mueve en el Universo. Hace 4 600 millones de años la Tierra se formó, pero pasaron millones de años antes de que surgiera un equilibrio, solo entonces aparecieron los ciclos de la naturaleza, permitiendo el inicio de la vida y su evolución. Los ciclos fueron la base no solo de la vida sino de la continuidad. Hace 3 500 millones de años apareció el primer ser vivo en el océano; hace 500 millones el primer pez; las primeras plantas en tierra firme, hace 435 millones; los primeros animales terrestres, hace 395 millones; las aves, hace 145 millones. Pero una especie tomó un camino innovador, que de hecho me sorprendió, porque a diferencia de las otras –que ponían huevos–, aquella llevaba a su cría en el interior, en su vientre, y cuando nacía, ella misma lo alimentaba con delicadeza a partir de sus mamas, lo que generaba una relación íntima que no existía en las otras especies. Eso sin duda trajo ventajas respecto del resto de los seres vivos, que debían abandonarlas para proveerles alimento cuando aún eran indefensas. Yo amé a todas las especies, incluso a los dinosaurios; todos ellos fueron mis hijos y lamenté mucho que se extinguieran. Cuando los homínidos fueron separados del resto de los primates por causas geológicas, pensé que sería una especie más que desaparecería; sin embargo, me sorprendió tanto que lograran no solo sobrevivir, sino progresar hasta evolucionar en el homo sapiens africano. Fue muy enternecedor verlos apoyarse en sus piernas traseras; al principio su andar fue torpe y se balanceaban graciosamente como pingüinos. Como niños que aprenden jugando, crearon herramientas que les permitieron ampliar su dieta y modificar su morfología; luego perdieron el pelo y se revistieron con una brillante piel oscura. No conformes con eso, y siempre en búsqueda de las mejores posibilidades de supervivencia para ellos y sus criaturas, se dirigieron a todas partes del mundo, y a medida que lo hacían se fueron destiñendo, les volvió a salir pelo, sus ojos se alargaron, su cabello se volvió lacio, sus narices se estrecharon; en otras palabras, desarrollaron cambios que les permitieron adaptarse mejor al medio al que llegaban. Entonces desarrollaron el espíritu. Fue una gran alegría cuando por primera vez una especie agradeció, a su modo, por lo que la Tierra les daba, viéndola como a una madre amorosa que da la vida y provee lo necesario. A pesar de que introdujeron la guerra como una forma de obtener aquello que no podían alcanzar por medios naturales, siempre existió un respeto hacia la Madre Tierra, pero todo cambió cuando aprendieron cómo funcionaban los ciclos de la naturaleza, cuando notaron que estaban desnudos; entonces, el hijo perdió el respeto y se volvió contra su madre, pues ya no se conformaba con lo que le daba y decidió tomar aquello a lo que creía tener derecho, quebrantando en su ambición los ciclos de la naturaleza y poniendo en riesgo su propia vida y la del resto de las especies. Todos los seres se mueven a partir de leyes naturales que consciente o inconscientemente respetan. El mandato principal o instinto es el de sobrevivir, para ello deben de conseguir alimento que les proporcione energía, que luego queman para procrear, construir su hábitat y volver a conseguir más combustible. Por ello el lobo mata para vivir, no para tener un trofeo que presumir, solo toma lo que necesita; en la estepa africana, el feroz león es inofensivo cuando está satisfecho. Eso permite que otras especies se reproduzcan y de esa manera el león vuelve a tener presas para alimentarse. Los castores derriban árboles y cavan pozos para crear sus madrigueras en la orilla de los ríos, siendo capaces de desviar o bloquear la corriente mediante estanques artificiales. De esa manera todos sus actos giran en torno a las leyes de la naturaleza que garantizan la vida de las especies y de los ecosistemas. La veneración a la Madre Tierra consistía en respetarla por encima de cualquier cosa o persona, y compartir lo que tuvieran entre los miembros del grupo. Solo el hombre fue capaz de profanarla al cazar, pescar, talar bosques, desecar ríos y lagos, liberar sustancias tóxicas más allá de lo que necesitaba, llevándola al límite de su capacidad de auto regularse y autogenerarse. Al hacerlo hirió de muerte a su madre, la Tierra, poniendo en peligro todas las formas de vida, incluida la suya. La Madre Tierra comenzó a desvanecerse al tiempo que decía con la voz quebrada: "Los humanos fueron mi gran orgullo, eran como niños traviesos que juegan en el regazo de su madre y trepan por sus ensortijados cabellos. Sin embargo, no solo besaron mi mejilla, sino que mordieron mi oreja. Ahora debo partir porque estoy muy cansada, pero antes tienen que saber que si interactúan demasiado con la Tierra y sus criaturas pueden convertirse en humanos".

Escan y Layar no dejaron pasar la oportunidad de preguntarle:

—Señora, ¿aún existen humanos?

—Sí.

—¿Dónde los podemos encontrar?

—Aquí, en Chicxulub –luego fue desapareciendo como suave brisa otoñal.

Cuando se hubo desvanecido por completo, Layar golpeó su palma con el puño cerrado.

—¡Sí! ¡Hay humanos en la Tierra! ¡Debemos encontrarlos a toda costa; de eso depende el éxito de la misión!

Escan podía notar un brillo en los ojos de su compañero, pero a pesar de que para él también era muy importante saber qué había sucedido en la Tierra, no sabía qué haría cuando lo supiera.

V

¿Cómo encontrar a los humanos? Escan puso en marcha la cámara dron, hizo unos movimientos torpes para luego elevarse a una altura en la que pudo apreciar casi la totalidad de la península de Yucatán y sus alrededores; era hermosa.

La zona estaba distribuida en una mezcla de biotipos de selva húmeda y seca, así como manglares y tulares en la costa. Debido a eso había una variada fauna como el jaguar, la boa, el flamenco, el cocodrilo de pantano, la tortuga carey, el cenzontle, el colibrí, la guacamaya, el murciélago, el mono, la nutria, el armadillo, la chachalaca, la rana, el sapo... La consistencia de la selva hizo imposible que la cámara dron, aun bajando a nivel del suelo, identificara vida humana; antes bien los habitantes podrían esconderse al verla, por lo que Escan decidió regresar.

—Es prácticamente inviable avistar vida humana de esta forma, Layar.

—Igual de complicado que buscarlos por toda la península. Tal vez podamos atraerlos.

—¿Cómo?

Escan volteaba en ese momento al cenote cuando un ave giró alrededor de él y luego descendió en picada para beber agua. Otras aves hicieron lo mismo al ver que era seguro.

—¡Lo tengo!, no tenemos que buscar ni atraer a los terrícolas; ellos requieren constantemente de agua para sobrevivir, tarde o temprano alguien debe venir por agua al cenote –como lo llamó la mujer-, solo debemos esperar sin ser vistos.

Por la tarde, Escan se mimetizó con la flora del lugar, mientras Layar se dispuso a mandar un reporte de sus avances al Consejo Intergaláctico.

Después de unas horas de paciente espera comenzó a caer la noche. Entendieron que las probabilidades de que un humano fuese en la oscuridad, cuando los depredadores abundaban, eran remotas.

Los detrianos no dormían como tal, pero requerían de reposo para reponer energías, así como para que su sistema de supervivencia revisara todas sus funciones y reparara cualquier posible falla. A partir del día en que habían llegado a la Tierra, no habían parado de explorar; por lo tanto, consideraron que era el momento de aprovechar la noche terrícola y hacer una pausa.

VI

Ningún humano se hizo presente como lo sospechaban, solo algunos felinos, murciélagos y serpientes. Al amanecer, los rayos del sol comenzaron a reflectarse sobre el costado derecho del caparazón de Escan, y poco a poco fueron abarcándolo de extremo a extremo hasta hacerlo brillar como un diamante.

Los exploradores habían experimentado el fenómeno astronómico más singular de la Tierra: el amanecer. Sin duda estaban sorprendidos por su fuerza y belleza. En Detrix solo se trata de un tenue rayo que viaja desde Eta Carinae y que les suministra una limitada cantidad de luz, motivo por el cual son tan pálidos.

El sol estaba en el cenit arrojando grandes cantidades de luz a la Tierra cuando los detrianos percibieron el sonido de hojas secas quebrándose, ¿sería un humano u otro felino hambriento? Sin embargo, el ruido subía de intensidad a cada paso.

Los exploradores se prepararon para lo que fuera, incluso si se trataba de un humano belicoso. Escan liberó la cámara dron en su versión de seguridad. Ahora podía ver la maleza sacudirse y cómo a su paso iba dejando un camino. Abruptamente, justo antes de llegar al pozo, la criatura, fuese lo que fuese, se detuvo. A ambos les extraño su comportamiento, ¿acaso los habían olfateado?

Layar decidió bajar, antes tomó la red de captura, que de forma automática podía detectar el movimiento, solo había que lanzarla; al hacer contacto con la presa se cerraba desde sus cuatro esquinas impidiendo que escapara. La echó sobre su hombro y encorvado comenzó a avanzar sobre sus puntas. No podía dejarlo escapar, aunque en realidad no tenía la seguridad de que fuera un humano, debía averiguar cómo había colapsado la civilización, eso lo pondría a un paso de convertirse en un consciente.

Con esa motivación avanzó sigilosamente. Se reanudó el sonido de las hojas quebrándose. De un momento a otro el ser aparecería, Layar lo podía percibir.

—¿Tal vez es muy grande y fuerte para la red? –pensó, pero ya no había tiempo para dar marcha atrás.

Layar descolgó la red, la tomó de los extremos como a una sábana y apenas se asomó; giró la red y la lanzó sobre la criatura, quien se atoró y cayó en el acto como si le hubieran jalado el suelo. Había sido un lance perfecto.

—¡Bien hecho! –dijo Escan que flotaba en versión dron.

El detriano se acercó a la criatura con suma cautela. Al llegar se detuvo justo frente a ella con el compás abierto y las manos en la cintura. Escan venía detrás de él. Al verlos la criatura se asustó y se cubrió el rostro con los antebrazos.

—¿Quiénes son?, ¿qué quieren?

Layar giró alrededor del ser intentado descubrir de qué o de quién se trataba. Su cerebro ordenador tomaba impresiones para luego compararlas con miles de especies terrícolas que había en su base de datos. En segundos, miles de imágenes fueron descartadas, hasta llegar a un perfil que se repetía insidiosamente. Layar estaba sorprendido, no podía creerlo: estaba justo frente a una mujer.

Se apresuró a quitarle la red, mientras las manos le temblaban. La mujer bajó despacio los brazos hasta que dejó al descubierto su rostro, el explorador estaba en el límite de la razón y las emociones. Sus cabellos eran castaños, largos y trenzados; su piel rojiza y brillante; sus ojos, grandes, cafés y ovalados; sus senos turgentes y núbiles; sus labios carnosos y húmedos como duraznos; sus piernas torneadas y fuertes como árboles; sus caderas sinuosas; su nariz amplia... Llevaba puesto un vestido hasta las rodillas y brazaletes en sus muñecas; cubría sus pies con unas sandalias tejidas, y en su pecho portaba un bello pectoral hecho de jade. Layar se quedó sin palabras, pero, ¿cómo era que un explorador de la galaxia, habiendo visitado los lugares más recónditos y las especies más alucinantes del Universo se haya asombrado al ver a una simple terrícola?

Tampoco ella había visto a una especie de hombre como él, con las facciones tan marcadas, como esculpidas en mármol, la piel tan pálida, los ojos tan negros. Ambos se contemplaron por largos segundos sin siquiera gesticular, mientras toda clase de sensaciones circulaban por sus palpitantes cuerpos.

Layar se sentó frente a la mujer, estiró su brazo hasta acariciar su mejilla con los dedos; ella reaccionó agachándose un poco sin asustarse. Entonces tomó con delicadeza el antebrazo de la terrícola quien no opuso resistiera, descubrió el suyo y los comparó por unos instantes y enseguida miró sus avellanados ojos; era lo más cerca que había estado de una piel oscura. Sonrió; simplemente le parecía atractiva en el sentido más textual de la palabra. Entonces Escan intervino:

—Nosotros somos exploradores de la galaxia, venimos del planeta Detrix. ¿Quién eres tú y qué haces?

—Yo soy Tikal y vengo por agua al cenote sagrado. ¿Qué es la galaxia?

Escan y Layar coincidieron con la mirada en que la mujer no se parecía a aquella que estaba representada en la sonda espacial Pioneer-10.

—¿Acaso ustedes son los que prometieron volver por nosotros?

—¿Volver por ustedes? ¡No! Nosotros estamos aquí por una misión de reconocimiento y debemos averiguar qué ocasionó el cataclismo de la civilización humana.

Layar se incorporó y luego le ofreció a Tikal sus manos para que ella hiciera lo mismo, pero el impulso que ella tomó provocó que sus cuerpos se atrajeran poderosamente como imanes. Layar la detuvo tomándola de los brazos, pero incluso ese pequeño contacto con su piel liberó una gran cantidad de energía en ambos, hasta que Tikal, por instinto, dio un paso atrás y sacudió su vestido.

Los exploradores tenían muchas preguntas y no sabían por dónde comenzar.

—¿Sabes qué sucedió en la Tierra?

—Solo sé que hubo un cataclismo que terminó con lo que los notables llaman la civilización humana. Yo nací aquí, en Chicxulub, y mis padres murieron cuando yo era muy pequeña, casi no los recuerdo. Este lugar es todo mi mundo.

—¿Quiénes son los notables?

—Son los viejos, las personas más sabias de nuestra aldea.

—¿Sabrán ellos qué sucedió en la Tierra?

—Si ellos no lo saben, no creo que nadie lo sepa.

—¿Puedes llevarnos hasta donde están ellos?

Sin contestar, los miró con detenimiento, avanzó hacia el cenote, echó su cabeza hacia atrás y trenzó su ondulada cabellera; desenredó de su cintura una soga que usó para amarrar uno de los recipientes que llevaba, luego lo lanzó al agua, donde se hundió al tiempo que los peces se escondían. Con mucha destreza lo extrajo lleno del líquido y repitió la acción con el otro contenedor; los amarró a cada extremo de un travesaño de madera que encontró, lo subió a sus hombros flexionando sus rodillas, dio media vuelta y les dijo:

—Síganme.

VII

Llegaron a una aldea ubicada dentro del perímetro que forma el cráter de

Chicxulub, en Yucatán, México, donde hace más de 65 millones de años un meteorito de unos 11 kilómetros de diámetro se estrelló, creando un boquete de unos 180 kilómetros de diámetro entre tierra y océano. El impacto fue tal, que causó una extinción masiva a finales del Cretácico, principalmente de dinosaurios, que eran la especie dominante en ese momento. Pero fue su extinción la que brindó grandes oportunidades a otro grupo que terminaría tomando su lugar: los mamíferos.

Después del cataclismo de la civilización humana, Chicxulub se convirtió de nuevo en aquella región que por sus características brindaría una segunda oportunidad no solo a la humanidad, sino a la vida en general.

Chic, como llaman los pobladores a la aldea, se encuentra dentro del cráter. Cuenta con unos 10 000 habitantes; la obtención de alimentos se da de manera grupal: intercambian sus excedentes o bien los comparten. Si alguien se enferma o accidenta, los demás le ayudan hasta que se recupera. Nadie es dueño de nada, más que de sus propias herramientas; por lo tanto, no hay estratificación social. Está rodeada de diversos biotipos, como los manglares o la selva, donde habitan flamencos, tortugas, delfines y otras muchas especies exóticas.

El verde de la vegetación, el blanco de la arena y el azul del océano son el arcoíris que enmarca aquel primoroso lugar, aislado del caos. Los exploradores claramente entendieron por qué la vida había sobrevivido en Chic. La aldea estaba construida modestamente, pero a la vez era muy pintoresca, hecha con materiales del lugar y algunos aditamentos sobrevivientes de la civilización.

Al llegar a la aldea los habitantes salieron a recibirlos a su manera: con música y algarabía. Tikal los presentó como la gente en busca de respuestas y solicitó a la Junta de Notables se reuniera para escuchar lo que tenían que decir y preguntar. Los notables eran las personas que tomaban las decisiones en representación de toda la aldea; además, conservaban la tradición oral y escrita de lo que había sucedido con la civilización humana.

Tikal los condujo a la plaza principal de la aldea a través de las calles, mientras los pobladores los miraban con extrañeza, asombro y curiosidad. La Junta ya los esperaba.

—¿Quiénes son ustedes? –preguntó el vocal en representación de los pobladores.

Layar dio un paso al frente.

—Somos exploradores y venimos de un planeta llamado Detrix, que se encuentra en el otro extremo de la galaxia.

Tikal había dado antecedentes a los notables, pero esa aseveración los dejó mudos, no podían creerlo.

—¿Cómo atravesaron la galaxia? –preguntaron mientras dirigían sus ojos al cielo.

Layar les explicó que Escan era una nave inteligente, mitad biológica y mitad ordenador, capaz de asumir las características que el viaje les requiriera, además de que se cargaba con energía solar y tenía un mecanismo de auto-reparación.

—¿La tortuga es una nave? –preguntó Doyun, miembro de la Junta.

Ante la incredulidad, Layar le pidió a Escan que hiciera una demostración.

Este sacudió la cabeza en señal de desacuerdo, se sentía como una atracción, pero viendo que no había otra forma en que les creyeran, comenzó por retraer sus extremidades al tiempo que comenzó a flotar ante el asombro de los habitantes. En unos segundos alcanzó una altura de unos 45 metros, entonces aceleró y voló haciendo círculos mientras giraba sobre su propio eje.

La tortuga iba y venía como un león marino jugando en un estanque. Comenzaba a divertirse cuando Layar le indicó que era suficiente.

Los chicxos, habitantes de Chicxulub, son personas que han nacido en la península y por lo tanto no tienen ninguna referencia de una tecnología de ese tipo.

Por su parte, los notables habían llegado en barcos, aviones o vehículos terrestres cuando niños buscando escapar del Gran Cataclismo. Sus visiones de la etapa final de la civilización humana eran borrosas. Sin embargo, entendían en qué consistía el desarrollo tecnológico y científico. Más aún, sabían que en la parte final de la civilización un grupo al que llamaban el 1% de la población –porque ellos solos tenían más riqueza que 89% de la población mundial– usaron su poder económico y político para construir grandes naves con las cuales abandonaron la Tierra rumbo al planeta Marte, pero antes de partir prometieron regresar un día para rescatarlos. Fue por eso que no pudieron dejar de hacer la pregunta a los exploradores.

—¿Acaso son ustedes los que prometieron volver para rescatarnos?

—No, no somos a quienes esperan. Nuestra misión en su planeta es averiguar cuál fue el motivo que acabó con la civilización humana. ¿Acaso podrían ustedes ayudarnos?

Tanto los nativos como los notables se mostraron decepcionados al enterarse que no eran ellos quienes los rescatarían. Si bien no estaban seguros de qué los debían rescatar o para qué, esa imagen se había grabado en su mente como un día importante.

De entre los notables, Ramsi se puso de pie, salió del modesto estrado en el que sesionaban, caminó hacia el centro de la plaza, agachó la cabeza, restregó su barbilla y comenzó a hablar con esa voz rasposa que los distinguía.

—Los primeros años de nuestra vida también fueron los últimos de aquel mundo caótico que había perdido el espíritu, la conciencia. Recuerdo cuando mi padre fue asesinado brutalmente por una turba de forajidos tratando de proteger los últimos trozos de pan que teníamos para comer. Antes de morir nos dijo a mi madre y a mí: "Escapen a otro lugar; aquí ya se perdió lo más elemental, el respeto, vayan al sur". Abandonamos nuestra casa y nos refugiamos en los bosques, donde encontramos a otras personas que también huían de los desastres naturales y de la barbarie humana. No sabemos con exactitud qué fue lo que provocó el colapso, pero sí que lo que sucedió fue consecuencia de la acción humana, porque los adultos lo repetían todo el tiempo, reprochándose unos a otros. Todos los días se sumaba una calamidad nueva: los deshielos en los polos liberando bacterias para las cuales no existían medicamentos; los tsunamis que sepultaban las costas o los tornados que destruían las ciudades; la muerte masiva de especies marinas; las prolongadas sequías o los incendios que arrasaban con el ganado, y como habían pronosticado los científicos: si las abejas desaparecían solo le quedarían unos años de vida a los humanos, ya que eran las encargadas de polinizar las flores y los árboles del mundo; así sucedió. Se desató una hambruna que comenzó matando a los más vulnerables; los ricos resistieron un poco más. Cuando parecía que ya no podía suceder algo peor, cierto día una nube gris de CO_2 bajó desde el cielo como una catarata, y sucedió que algo tan básico como respirar se volvió imposible si no se contaba con una mascarilla, sin ella solo era cuestión de semanas para morir asfixiados; la gente mataba para obtener una y prolongar la miseria de su vida. Cuando la nube cubrió todo, la mascarilla fue insuficiente. Los que tuvieron los medios consiguieron concentradores de oxígeno o tanques para prolongar la vida, pero solo eso, porque al final también murieron atrincherados en sus casas cuando ya no hubo quien suministrara el oxígeno o la luz, por más dinero que tuvieran. Fue en ese momento que el grupo del 1% –de nuevo ese grupo pensaron los exploradores– usó grandes naves para salir del planeta, con la promesa de volver para rescatar no solo a las personas que habían construido sus naves y extraído el combustible para su escape, sino a todos aquellos sobrevivientes. A partir de ese momento la gente tuvo una sensación de desamparo, sintió que era hora de hacer lo mismo, de partir a cualquier lugar en vez de aferrarse a que las cosas podían mejorar o que los suministros alcanzarían hasta que eso sucediera. Hombres y mujeres intentaron huir hacia donde pudieran sobrevivir, pero ¿dónde era ese lugar? En barcos, autos, aviones, animales, a pie, las personas intentaron encontrar en donde prolongar la vida o morir de una manera digna. Mi madre y yo vivíamos en Nebraska y encontramos una caravana que se dirigía al sur, no había ninguna garantía de nada, pero cuando menos huiríamos de ese aire asfixiante. En el camino vimos personas dirigiéndose justo en el sentido contrario con la misma intensión que nosotros: sobrevivir. El viaje fue una locura, hubo histeria, discusiones, pleitos... muchos terminaron por renunciar y seguir su propio camino; otros murieron en el trayecto. Después de meses de caminar sospechábamos que no debíamos estar lejos de Centroamérica, pero no teníamos medios de comprobarlo. Luego de cinco meses de andar, una mañana vimos como aparecía una tenue vegetación, como surgían pequeños arroyos que se fueron convirtiendo en ríos de agua dulce llenos de peces. Al principio dudábamos de si lo que escuchábamos era el canto de las aves, pero entonces no solo las oímos, sino que vimos a los hermosos quetzales extender sus coloridas alas y alzar el vuelo. Nos refrescamos en los cenotes sagrados, comimos de los frutos que ayer les fueron ofrecidos a los reyes mayas, supimos que estábamos en alguna parte del sureste de México o Centroamérica. Mi madre me abrazó con fuerza y me dio un beso. Mientras lloraba me susurró al oído: "Lo logramos Ramsi". Siempre se reprochaba haberme traído a un mundo miserable, pero al final me regaló este maravilloso lugar; creo que entonces ella entendió que había reparado su daño y un día ya no despertó. Murió tranquilamente bajo la sombra de una ceiba con el cabello completamente encanecido a sus 36 años; ahí la enterré y nunca la he olvidado –aunque muchos de los pobladores ya habían escuchado la historia, no pudieron evitar derramar lágrimas–. Por razones que aún desconocemos esta parte del planeta sobrevivió intacta al cataclismo; sus pobladores, descendientes de los mayas históricos, nos acogieron sin ningún recelo. Esta tierra alberga a las razas de todo el mundo, sin excepción. Todos dejamos nuestra cultura al llegar aquí, adoptando la autóctona, porque asumimos que, si los pobladores del lugar y sus antepasados habían sobrevivido al desastre, entonces debíamos de aprender de ellos y honrarlos, así como al lugar que habían escogido como su hogar. La Madre Tierra era su principal deidad y la aceptamos cuando entendimos que ella simboliza el equilibrio que permite la vida y fue precisamente este lugar el único en donde los ciclos naturales se conservaron. Rescatamos muy poco de nuestro pasado, solo algunos artefactos, libros e informes que con el tiempo estudiamos e hicimos parte de nuestra historia. Como ven, es poco lo que les podemos ofrecer sobre qué fue lo que provocó el cataclismo de la civilización humana.

Todos se encontraban en un solemne silencio cuando Ramsi terminó de hablar.

VIII

Los detrianos habían escuchado con atención el relato de Ramsi. Ahora tenían información oral que apoyaba la hipótesis de que los humanos habían causado el cataclismo. Pero ¿por qué habían llevado a la naturaleza al borde de sus fuerzas? Más aún, siendo conscientes de lo que podía suceder, ¿por qué no se detuvieron?, ¿por qué no usaron el conocimiento para revertir el daño provocado a la naturaleza?, ¿qué o quién se los impidió? Preguntaron a los notables con insistencia. Sin embargo, no supieron contestar, reconocieron que ellos mismos desconocían las razones que habían llevado a sus antepasados a la destrucción.

Layar hizo conexión con Escan y al mismo tiempo entendieron que no podían regresar a Detrix sin averiguarlo.

Los exploradores solicitaron permiso a la Junta de Notables para quedarse por un tiempo más hasta encontrar las respuestas, ignorando las advertencias que la Madre Tierra les había hecho. Ramsi se puso otra vez de pie y se dirigió no solo a los detrianos, sino a todos los pobladores.

—Amigos: pueden quedarse el tiempo que gusten. Son ustedes bienvenidos en nuestra tierra; todos los habitantes de Chicxulub les damos la bienvenida.

En ese momento la gente expresó de distintas maneras su alegría por tenerlos como huéspedes, entregándoles algunos modestos presentes autóctonos del lugar. Ellos nunca habían hecho contacto con otras personas que no fueran de su aldea o de los poblados que se habían formado en un principio y que con el tiempo se fueron integrando. Eran gente sencilla, confiada, hospitalaria, sin la arrogancia y sin la xenofobia que caracterizó al periodo final de la civilización humana.

Ramsi y la Junta de Notables comenzaron a retirarse, pero antes de hacerlo les reiteraron su ayuda para que cumplieran su misión, y ordenaron a Tikal que fuera su acompañante y guía durante el tiempo que estuvieran, no solo en la aldea, sino más allá.

Al escuchar eso Layar buscó aquellos ojos almendrados, pero ella los escondió con timidez y desvió la mirada; le llenaba de alegría la idea de poder compartir su tiempo con el detriano. Si bien ya había sentido interés por otros hombres, nunca había experimentado la gran emoción que le provocó el solo hecho de escuchar a Ramsi darle esa orden. Por su parte, Layar, que siempre se había preguntado cómo sería la vida con emociones, ahora experimentaba en cada una de sus células una descarga capaz de darle otro significado a su vida, uno muy distinto del que había planeado.

* * *

Al llegar la noche, como todas las tortugas, Escan entró en un estado letárgico, mientras se auto-reparaba. Por su parte, Layar hacía lo mismo, pero en el asiento de navegación, donde ya no solo la misión que el Consejo Intergaláctico les había encomendado era lo que ocupaba su mente.

Mientras especulaba con las posibles causas del colapso de la civilización, cual piezas de un rompecabezas, la encantadora sonrisa de Tikal, sus brillantes ojos, su bronceada piel, llegaron a su mente como una fragancia seductora. Él se dejó caer sobre el sillón, recargó la cabeza sobre sus manos entrelazadas, subió los pies al nivel de los controles y se entregó al dulce momento. Mientras pronunciaba su nombre:

—Tikal, Tikal…

V

LA COLABORACIÓN: PRINCIPAL CARACTERÍSTICA DE UNA CIVILIZACIÓN

Si la escala para medir el nivel de civilización hubiese sido la capacidad de sus miembros para ayudarse desinteresadamente, en vez del desarrollo tecnológico o el consumo de energía, nuestra amada Tierra aún existiría.

I

Los habitantes de Chicxulub –también conocido como Chic–, sin importar de donde vinieran, habían desarrollado mecanismos para adaptarse al medio ambiente caluroso, húmedo y de alta exposición a los rayos solares.

En menor o mayor medida todos tenían la piel bronceada; tal vez por eso la palidez de Layar les causaba extrañeza, así como su marcada delgadez, que comparaban con las varas de bambú que se encorvan al crecer. Por eso, los chicxos tuvieron a bien llamarlo: Bambú.

Por su parte Escan, quien durante su estancia en la aldea se desplazaba a través de la cámara dron, generaba asombro; lo asociaban con los alebrijes, que en el folclor oaxaqueño eran seres imaginarios cuya fisonomía estaba conformada por elementos de diferentes animales, dando como resultado criaturas alucinantes.

Ya habían pasado varias semanas desde la llegada de los detrianos. Se habían concentrado en revisar los documentos y artefactos sobrevivientes al cataclismo de la civilización; sin embargo, aunque les ayudaban a entender mejor lo que había sucedido, no terminaba de explicar las causas. Era como dar vueltas en círculo.

Con todo, algo estaba cambiando la relación entre ellos y la Tierra, se trataba de una fuerza de atracción más poderosa que aquella que unió la materia luego del Big Bang; esa energía ahora estaba comenzando a unir a Tikal y Layar y se llamaba amor.

Cada mañana, desde que habían llegado, junto con los primeros rayos del sol, Tikal se presentaba en el campamento de los detrianos llevando consigo un ramo de flores como presente.

—Buenos días, Escan.

La bella mujer se acercó y acarició a la tortuga en la mejilla, quien movió la cabeza y le respondió el saludo con gentileza, entendiendo que era una buena costumbre de los humanos hacerlo. Enseguida abrió su compuerta lateral para que ella pasara. Layar estaba en la cápsula de control revisando la hoja de papel que recogió en la biblioteca Codrington, cuando comenzó a ver cómo entraban los rayos del sol y una silueta femenina se proyectaba frente a él; sabía perfectamente que era Tikal y al instante volteó. Ella estaba parada en el marco de la entrada, llevaba entre sus brazos el ramo de flores que con mucho cariño había cortado especialmente para él; lucía un vestido ceñido al cuerpo, el cabello recogido, lindos aretes hechos con ágata y amatista, collares de caracoles. Al verla, Layar no pudo evitar sonreír. Se puso de pie y caminó hasta la puerta.

—¿Son para mí? –le preguntó mientras ella permanecía con la cabeza agachada.

—Sí, espero que te gusten –dijo, levantando la mirada despacio.

—Por supuesto que me gustan, son lindas, pero no más que quien las trajo.

—Ella se ruborizó, las puso en un florero hecho de vidrio soplado con forma de garza al tiempo que su cabello se mecía.

Un día antes Tikal les propuso llevarlos a la playa de las tortugas, donde estaban los restos de una de las varias embarcaciones que trajo humanos a Chic. Sin pensarlo mucho los exploradores aceptaron, pues consideraban que podían encontrar alguna prueba que los llevara a entender las causas del cataclismo.

Iniciaron su viaje a través del hermoso camino de las jacarandas. A su paso, los monos los seguían saltando de un árbol a otro, mientras que las lagartijas se escondían en las grietas que se formaban entre las piedras. Continuaron bordeando la playa rumbo al norte. De su lado derecho se encontraba el turquesa del mar Caribe, con sus hermosas olas de cresta blanca que se enroscaban mientras brillaban como diamantes con los rayos del sol. Los detrianos se admiraban al ver cómo las especies marinas se zambullían entre las olas. Del lado izquierdo las palmeras rebosantes de cocos se agitaban dócilmente con el viento. Los cangrejos se enterraban en la arena blanca al verlos, pero Tikal pudo capturar algunos para la cena.

Durante la primera parte del trayecto la conversación involucró a los tres, pero a medida que avanzaron se centró solo en dos. Tikal y Layar intercambiaban preguntas y miradas.

—Bambú, ¿cómo es tu mundo? –preguntó Tikal mientras jugaba a que las olas no le mojaran los pies.

—¿Sabes?, nunca me habían preguntado eso.

En realidad, él no dejaba de ver sus torneadas piernas huyendo del agua, el vaivén de sus núbiles pechos, los coquetos collares de caracoles saltando en su cuello, el brillo de los aretes de ágata y amatista que ella misma había hecho, su cabello suelto deshilándose al viento, pero, sobre todo, su candorosa sonrisa.

—Layar, Layar, ¿me escuchas?

—¡Oh, sí!, ¡perdón!, solo que pensaba en cómo era Detrix. En realidad, es un lugar muy predecible –dijo volteando hacia otro lado para que no lo descubriera.

—¿Predecible?

—Sí, carece de espontaneidad. En Detrix solo existe un tipo de ecosistema, no importa a donde vayas, todos los paisajes son iguales. Además, no hay estaciones como en la Tierra, todo el año es el mismo clima.

—En eso se parece a Chicxulub, aquí la única estación que hace una diferencia es la temporada de lluvias. ¿Y las personas cómo son?

—¡Je, je, je!… Bueno, como las personas son creadas cuando surge una necesidad o estrategia específica, y esta no se ha modificado en mucho tiempo, son prácticamente las mismas. No es como aquí.

—¿Cómo es aquí? –Tikal quería escuchar algo más que solo descripciones abstractas.

—Aquí puedes caminar y encontrarte con una criatura exótica, hermosa –Layar fue cambiando su tono de voz a la vez que dirigía la mirada hacia ella–, capaz de dejarte sin aliento, de robarte el espíritu y de meterse en tu cabeza.

En ese punto sus miradas se sincronizaron instintivamente. Ella dejó de correr; ambos se detuvieron y se quedaron en silencio sin que ninguno supiera qué hacer, pero por dentro eran como briosos caballos galopando a campo abierto, sintiendo el viento golpearles.

—¿Qué es lo que más te gusta de Chicxulub, Bambú? –preguntó Tikal arrastrando la voz.

Ella finalmente se atrevió a hacer la pregunta impulsada por lo que él le había dicho por la mañana. Tenía la ilusión de que no hubiera sido una mera cortesía, sino que en realidad representaba algo para él; el detriano le había despertado un sentimiento que nunca había experimentado y pensó que el riesgo valía la pena.

Él sintió un enorme deseo de pronunciar su nombre, de gritarlo con tal fuerza que lo pudieran escucharan hasta Detrix. Sin embargo, en ese preciso momento, el Layar que aspiraba a convertirse en un consciente emergió de sus entrañas, ese que tenía muy claro lo que quería, de modo que fue él quien tomó el control de la situación.

—En Detrix no hay preferencias ni escalas, solo se es apropiado o inapropiado.

Tikal agachó la cabeza, cerró los ojos y retomó el paso. Pensó que tal vez había malinterpretado sus palabras; tal vez era solo su deseo de que él sintiera algo por ella lo que la llevó a pensar que existía en su mundo. Por su parte, el Layar enamorado, el que por las noches la soñaba y en el día experimentaba alegría al verla, sintió como si su deber fuera sacrificarse para que el otro Layar, el calculador, alcanzara sus metas y fuera feliz. ¿Valdría la pena el sacrificio?

Al llegar al punto en donde los cerros se prologaban hasta desaparecer en el mar, como si este los devorase, no les quedó otra que escalar. Tikal les mostró cómo. Al pasar al otro lado encontraron los restos bien conservados de un lujoso barco de unos 30 metros de eslora, encallado entre enormes rocas. Se detuvieron un momento para observarlo.

—¿Ese es el artefacto del que nos hablaste? –preguntó Layar a Tikal.

—Sí –confirmó la intrépida mujer sin mostrar señales de molestia.

Escan, quien iba en su formato de cámara dron, se adelantó para revisar si existía algún tipo de peligro. Luego de unos minutos salió de la nave para avisarles que no había nada que temer.

—A menos que les tengan miedo a las lagartijas –dijo burlonamente.

II

Los detrianos buscaban documentos, ya fuesen escritos o en algún tipo de formato digital, que les diera indicios de las causas del cataclismo de la civilización; sin embargo, el tiempo había hecho su trabajo, destruyendo o arrastrando al océano todo aquello que no fue resguardado. Los controles y las bitácoras de viaje habían hecho corto y solo flotaban algunas hojas en los camerinos ubicados en la parte inferior del barco. Layar se dio cuenta de que se trataba del diario de uno de los pasajeros, así que tomó las hojas con mucho cuidado, las secó y ordenó para luego comenzar a descifrar su mensaje.

La embarcación, de acuerdo con el diario, había sido propiedad de un gran magnate que hizo su fortuna en la industria de los combustibles fósiles y que más tarde invertiría en los viajes espaciales. En ella se escapaba al Mediterráneo, particularmente a las islas griegas de Naxos, Santorini, Creta y Mikonos.

También era común que se desplazara al mítico puerto de Alejandría; que cruzara el canal de Suez, atravesara el mar Rojo y visitara la extravagante ciudad de Dubái en el Golfo Pérsico, donde no solo se nadaba en agua sino también en petróleo.

El magnate era parte del exclusivo grupo del 1% de la población y tenía dos boletos asegurados en una de las naves que dejarían la Tierra para salvarse del cataclismo que ellos habían provocado –a comienzos del siglo XXI el 7% más rico de la humanidad generaba 50% de las emisiones mundiales de CO_2. Lo curioso fue que el día en que él y su esposa debían presentarse en el ascensor espacial que los llevaría hasta la nave, ella no llegó.

Aferrado a un tanque de oxígeno que le permitía respirar, el magnate se encontraba apesadumbrado en el momento en que lo llamaron para subir al ascensor; con tristeza se dio cuenta que su esposa, compañera de muchos viajes, jamás llegaría a tiempo, ¿qué le había sucedido? Fue entonces que escuchó una dulce voz femenina que gritaba su nombre: "¡George! ¡George!". Inmediatamente volteó lleno de ilusión, buscando encontrar el amado rostro de su mujer; sin embargo, a quien encontró fue a su secretaria, una joven mujer 30 años menor que él, quien, en cumplimiento de su deber, lo buscó para que le dijera a qué dirección debía mandarle su correspondencia.

El exitoso magnate, siempre con esa mentalidad de pérdida y ganancia, consideró que el pasaje no debía desperdiciarse y optó generosamente porque fuese su secretaria quien tomara el lugar de su esposa. Al final, la promesa era que regresarían por los que se quedaran.

Fue su esposa, la señora Margaret –que por cierto se presentó al día siguiente al ascensor espacial solo para descubrir que ya se habían ido. "¡Maldito!, le di los mejores años de mi vida", pensó–, quien tomó la iniciativa de usar el barco para intentar un arriesgado viaje desde su puerto en Grecia, donde la civilización se caía a pedazos, hasta donde les fuera posible. Luego de hacer una concienzuda y heterogénea lista en la que convocaba a familiares, amigos y algunos extraños, partieron un viernes a las 8:00 a. m.

Aún no estaba claro hacia dónde se dirigirían, algunos proponían Australia, a través del mar Rojo; otros Islandia, cruzando el estrecho de Gibraltar; varios más, Hawái. En realidad, solo eran corazonadas; en ese momento la comunicación satelital ya no existía. Entre la efervescente discusión, un hombre con la frente bronceada, y con una flamante gorra de capitán dijo con voz grave y alta: "¡Chicxulub!".

Se hizo un silencio atronador, el hombre avanzó entre los indecisos pasajeros arrastrando visiblemente la pierna derecha, se puso en medio del grupo, y les dijo haber escuchado que existía una región en el sureste de México en donde millones de años antes un meteorito se impactó provocando el surgimiento de cavernas subterráneas que albergaban agua dulce, mismas que hacían posible la vida de vegetales, frutos y animales. Además, había sido la casa de una de las civilizaciones más importantes del mundo antiguo: los mayas.

Si era una mentira, cuando menos el hombre había mentido con mucha seguridad, pero si no, si en realidad el meteorito que se estrelló había creado un cráter enorme generando un campo de protección que los aislaba de lo que estaba sucediendo en el resto del mundo, entonces había una esperanza. A falta de una propuesta mejor, la mayoría votó a favor de dirigirse a Chicxulub, como aquel extraño hombre lo había llamado, y quien días después desapareció como si el mar se lo hubiera tragado.

De todos los que se embarcaron, menos de 50% sobrevivió al viaje que, dadas las condiciones de deterioro del planeta, fue más peligroso que aquel que Colón había encabezado en el siglo XV. Por si fuera poco, una serie de intrigas y deseos mezquinos se apoderaron de la mayoría de los pasajeros, quienes se veían como el nuevo Cortés conquistando una tierra inhóspita llena de riquezas. Los que no murieron en el camino lo hicieron poco después de llegar. De nuevo fue la sangre joven la que logró prosperar en la nueva tierra.

A pesar de lo interesante que resultaba para los detrianos la información, aún estaban lejos de contestar la pregunta que los mantenía atados a la Tierra. Atardecía cuando Tikal dijo que debían de volver antes de que la marea cubriera la nave. Sin más, emprendieron el viaje de regreso.

Esta vez no hubo conversación, un silencio incómodo fue la constante, excepto cuando Escan preguntaba o comentaba algo. Fue entonces cuando notó que entre ellos algo había cambiado, pero no podía y no quería preguntar qué, por lo tanto, optó solo por guardar silencio y observarlos.

Al llegar la noche, Layar estaba sentado al centro de la nave, había pedido a Escan que hiciera su caparazón traslúcido para poder observar el cielo estrellado. En el horizonte, la luna parecía flotar sobre el océano, se reflejaba en el agua redonda y plateada como un coco partido por la mitad. Las olas iban y venían a la orilla de la playa mientras las tortugas salían del agua para cavar profundos hoyos en la arena y depositar sus huevos que luego cubrían con sus patas.

Layar volteó a ver a Escan, quien estaba muy atento a dicho fenómeno, sabía bien que esos huevos albergaban vida nueva; a pesar de que le parecía una forma primitiva de crearla, no pudo evitar sentir una conexión con dichos seres aun cuando no habían nacido, entonces soltó un chillido. Antes de que Layar cuestionara la manifestación un tanto terrícola de su compañero, una silueta femenina se acercó a las tortugas que despacio se arrastraban de vuelta al océano. El detriano se puso de pie y se aproximó en cuclillas al domo, como tratando de no hacer ruido. Se trataba de Tikal, que acariciaba el caparazón de las hembras y las llamaba por su nombre.

En cierto momento la mujer se incorporó y, mientras su untado vestido estilaba, Layar pudo ver que, entre la luna llena, el profundo océano y la blanca arena de la playa, Tikal era lo más bello que había en la Tierra; más aún, era lo más hermoso que había visto en toda la galaxia, incluso más que la galaxia misma, y si su viaje tenía un significado, se llamaba Tikal. Esa no era solo una conclusión a la que había llegado, sino un sentimiento que se había despertado en él, que ahora reclamaba cada célula de su cuerpo, y ante el cual se sentía indefenso.

Entonces, ¿por qué en la playa había triunfado el Layar calculador, el explorador de la galaxia?, ¿por qué no tuvo el valor de pronunciar su nombre cuando era lo que más anhelaba?, ¿habría otra oportunidad para decirle lo que sentía? Se prometió a sí mismo que la próxima vez que estuviera frente a ella lo haría, pasara lo que pasara, y si ese Layar calculador aparecía, lo estrangularía con sus propias manos.

III

Todas las mañanas eran encantadoras en Chicxulub, y ese 1 de noviembre no era la excepción: el sol ya entibiaba a los flamencos que bebían agua entre los tules, las serpientes salían de sus nidos listas para mudar de piel, las guacamayas de colores exóticos batían sus alas y las abejas danzaban alegres mientras polinizaban las flores; todos hacían su parte.

Las semanas avanzaban desde la llegada de los detrianos y aún no habían encontrado las respuestas que buscaban. El tiempo corría y una doble presión los comprimía: por una parte, la advertencia que la Madre Tierra les había hecho sobre el peligro que amenazaba al planeta, y por otra, ¿acaso regresarían a Detrix sin cumplir con su misión, con lo que eso implicaba para el Layar calculador y sus aspiraciones de convertirse en un consciente?

Luego de revisar cientos de opciones y evaluar las más viables, Escan, en un momento extremo, propuso viajar al pasado, retroceder justo al momento en que los eventos comenzaron a salirse de control y de esa manera averiguar por qué los terrícolas no habían hecho nada al respecto o aquello que intentaron no resultó suficiente. Ese momento crítico debía encontrarse en un intervalo situado entre el año 2020 y 2050, pero no únicamente. Layar escucha a su compañero mientras con un dedo ojeaba un documento electrónico; su idea no le convencía del todo.

—¿Cómo haremos tal viaje?

—Tengo un plan para lograrlo, intentaré explicarte: si hacemos girar un barril pequeño dentro de otro más grande, a medida que la velocidad del barril grande aumente, el barril pequeño girará en el mismo sentido que el grande. Al alcanzar la velocidad de la luz, el barril pequeño se detendrá, y al sobrepasarla comenzará a girar en el sentido contrario; ese sería el punto en el que comenzaremos a retroceder en el tiempo.

Layar se mostraba asombrado y a la vez escéptico, ¿realmente podrían volver al pasado?, pero cuando estaba a punto de interpelar a su compañero, la imagen de Tikal jugando en la playa mientras las olas mojaban su vestido apareció y no pudo, por más que intentó, apartarla de su mente. Se repetía en silencio una y otra vez: "Hoy se lo diré, hoy se lo diré". Por su parte, Escan continuaba con su soliloquio.

—La estructura de la nave sería el barril grande, mientras que la cápsula de control actuaría como el barril pequeño. Tenemos la suficiente energía para alcanzar la velocidad de la luz, solo debemos almacenarla. ¿Qué opinas?

Layar tartamudeó un poco antes de contestar.

—Creo que, que, que sí, que es interesante tu propuesta, pero ¿no consideras que es riesgosa? Porque en el momento en que regresemos al pasado habrá otro Escan y otro Layar existiendo en Detrix, o en alguna otra parte del Universo, y no puede haber dos objetos al mismo tiempo en diferentes lugares, eso provocaría una ruptura en la continuidad del espacio tiempo y pondríamos en peligro la misma existencia del Todo Esencial.

—¡Cierto!, sin embargo, si pudiéramos alcanzar un estado cuántico; es decir, alcanzar partículas subatómicas, reduciendo nuestro tamaño, accederíamos de manera automática a las leyes de la mecánica cuántica y por lo tanto a la capacidad de ubicuidad, pudiendo estar en dos lugares al mismo tiempo.

—¡Vaya!, ¡me sorprendes compañero! Pues trabajemos en cómo acceder a un estado cuántico –dijo Layar para salirle al paso, pues realmente veía en todo lo que Escan le planteaba a Tikal.

Aprovechando que esa sería una ardua tarea, le propuso que fueran a visitar la aldea. Además, Tikal no había llegado esa mañana como siempre lo hacía, ¿acaso le había pasado algo?, ¿había perdido para siempre su oportunidad de decirle lo que sentía por ella? Escan estuvo de acuerdo.

A la distancia, se podía percibir el bullicio que irradiaba la aldea. Al llegar se sorprendieron de la algarabía de la gente, tanto, que habían dejado de ser la atracción. Los habitantes caminaban de un lado a otro con rapidez, llevando racimos de flor de cempasúchil, los nanches, el maíz para los tamales, las corundas y el atole, así como los arreglos en papel picado y los sorprendentes alebrijes.

Al ver a Ramsi caminando por una de las calles de la aldea corrieron a su encuentro:

—¿Qué sucede? –le preguntaron al notable.

—Esto, mis queridos amigos, son los preparativos para la celebración del Día de Muertos.

—¿Día de Muertos? –preguntaron sin poder ocultar su sorpresa.

—Es una festividad oriunda de Mesoamérica, en ella se recuerda a los seres amados que han trascendido más allá del plano terrenal.

A los exploradores les costaba entender el motivo de la celebración, ya que en su planeta lo más parecido a la muerte era la desintegración de los individuos, y eso era generalmente un castigo, no había nada que celebrar. También podían transitar de un estado material a otro, en el que se convertían en energía, el grado máximo de consciencia, pero ello no implicaba la muerte.

En la plaza principal ya estaba montado el altar de altares, construido y confeccionado por quienes no tenían en donde dejar la ofrenda a sus difuntos, la cual consistía principalmente en aquello que en vida les había apetecido más.

A medida que el día avanzaba se fueron concluyendo los altares individuales. Entonces, los chicxos comenzaron a ataviarse para iniciar la procesión. Las mujeres portaban el vestido tradicional de catrina o el huipil, ya fuera en el sobrio color negro o el mosaico de colores, y lucían el rostro pintado de blanco con los ojos, la nariz y la boca delineadas en negro, simulando una calavera. Algunas se colocaban una diadema de flores hecha con listones de colores brillantes y otras con el elegante sombrero con plumas y flores. Su contraparte masculina era el catrín, que podía elegir entre un regio traje en color negro, el típico traje de charro o la modesta indumentaria de los jornaleros que cultivaban el campo mexicano; el rostro, al igual que el de la catrina, era delineado con los rasgos de una calavera.

La procesión inició al caer la tarde, como dictaban las antiguas creencias prehispánicas, ya que era el momento en que el sol comenzaba su descenso hacia el inframundo: el Xibalbá.

El colorido desfile del Día de Muertos empezó en el extremo poniente de la aldea para luego darle una vuelta perimetral. Hicieron una fila para catrines y otra para catrinas; acomodadas paralelamente las parejas, avanzaron por la calle principal mientras la gente los veía pasar y se les unía.

La procesión iba acompañada por una banda compuesta de guitarras, guitarrones, violines y trompetas que entonaban las añoranzas y sueños de los hombres y mujeres del campo que le cantaban a la tierra, al amor o que le reclamaban al hacendado sus maltratos. Al llegar a la plaza principal, bellamente decorada para la ocasión, con imágenes de la catrina en papel picado, el resto de los habitantes veía cómo una por una las parejas entrelazaban los dedos y hacían un arco con los brazos.

Bambú y Alebrije, como llamaban los chicxos a Layar y Escan respectivamente, contemplaban con atención la festividad en medio de la gente. A pesar de la algarabía de la procesión, Layar continuaba preguntándose por Tikal, a quien no había visto desde el día anterior, cuando no tuvo el valor de decirle que lo que más le gustaba de Chicxulub era ella. ¿Dónde estaría?

Todas las catrinas y los catrines se encontraban en la plaza haciendo un círculo, el sol se había ocultado, el lugar era iluminado por la luna llena, velas y antorchas, cuando la banda anunció que entonarían la tradicional canción de "La Llorona".

Curiosamente, ese día lo aprovechaban las parejas para declararse su amor o comprometerse bailando la canción, porque de forma simbólica demostraban que ni siquiera la muerte los separaría. Los catrines rompieron filas para ir en busca de su pareja. Layar miraba con atención cómo los varones hacían una caravana y luego tomaban a su amada de la mano para llevarla delicadamente al centro de la plaza. Fue entonces que le pareció ver a Tikal vestida de catrina. Se quedó helado cuando un joven la tomó de la mano y con mucha delicadeza la condujo a la pista. ¿Acaso iba a bailar con ese desconocido?

Ahora lo entendía, no solo él se daba cuenta de su belleza, era lógico que otros hombres la pretendieran y no iban a ser tan indecisos como él. Había perdido su gran oportunidad por hacerle caso a aquel Layar calculador y ahora pretendía refugiarse de nuevo en él.

—¡Basta!, ya es suficiente de fiestas, debemos de seguir pensando cómo volver al pasado; dejémonos de trivialidades.

Escan arqueó la ceja izquierda.

—No entiendo, tú fuiste el que propuso venir a la aldea, ¿por qué de repente quieres irte?, ¿sucede algo?

—¡Espera!, ¡no, esa catrina no es Tikal!

—¿Qué catrina?, ¿de qué hablas?

—Debo encontrarla y decirle algo muy importante antes de que termine la noche, ¡ya vuelvo!

Corrió entre las parejas gritando su nombre y al mismo tiempo deseando que no le contestara. Las personas se hacían a los lados para dejarlo pasar, confundidas. Se alegró al darse cuenta de que no estaba entre ellas. Entonces, ¿dónde estaría? Una dama se le acercó para decirle que la vio en el desfile, pero al llegar a la plaza se fue.

—¿Hacia dónde se fue? –le preguntó sacudiéndola de los hombros.

—Debió regresar a su cabaña. Dijo que no tenía quién le declarara su amor.

—¡Soy un idiota, soy un idiota; debo encontrarla!

La choza de Tikal se ubicaba al final de la aldea, frente a la rompiente de las olas. Layar corrió sin parar; la distancia le parecía enorme. Su mente era atribulada por imágenes en donde ella se había ido o se besaba con otro hombre a la luz de la luna; el estómago se le revolvió de pensar.

Una vez allí tocó la puerta con desesperación sin que nadie abriera; más aún, sin que alguien si quiera contestara.

—Parece que todo es inútil, si herí sus sentimientos tal vez no quiera volver a verme. ¿Y si decepcionada se fue de la aldea? Ahora, convertirme en consciente sería más un castigo que un premio, un castigo a mi estupidez.

Agobiado como un hombre cualquiera, cayó sobre la puerta apoyado en los antebrazos, con la cabeza hundida en ellos; de pronto, se vio llorando. ¿Cómo su organismo de detriano creó esas lágrimas?, ya no le importaba. Lejos del ruido de la plaza principal, en el silencio de aquel lugar, el croar de las ranas y el cantar de los grillos añadieron a su pena aún más melancolía.

—Eso es, ahora ustedes ríanse de mi desgracia.

La luna llena iluminaba la puerta como un farol, de la nada una sombra se posó en ella. Layar la sintió y al momento volteó.

—¡Tikal!

—¡Layar!, disculpa por no haberte avisado que no los acompañaría hoy, pero…

—No, detente, no tienes que disculparte. Yo soy el que debe disculparse porque ayer permití que el Layar calculador decidiera lo que yo sentía.

Tikal, aún vestida de catrina, se mostró confundida.

—Siempre me pregunté cómo sería la vida con sentimientos, con emociones, pero al mismo tiempo creía que eso era una manifestación de civilizaciones primitivas. Vine a la Tierra para averiguar por qué se había reducido el consumo de energía, ya que eso me garantizaba convertirme en un consciente; es decir, en energía pura. Pero hoy he entendido que la única energía que quiero en mi vida es la energía del amor. ¡Tikal, te amo!, no puedo soportar un día más sin estar a tu lado, acéptame o entiérrame el cuchillo que me libere del tormento de estar sin ti.

Ella se quedó en silenció, después de lo sucedido el día anterior había perdido la esperanza de que él le correspondiera. No sabía qué decir.

—No lo sé, estoy confundida, pensé que no te interesaba –dijo mientras retiraba el cabello que le cubría el rostro y agachaba parcialmente la cabeza.

—Lo comprendo, sé que te decepcioné y me lo he venido reprochando cada instante desde ayer. Si no quieres aceptarme, porque no lo merezco, permíteme ser tu sirviente, tu esclavo, cualquier cosa con tal de estar cerca de ti.

Layar fue cayendo hasta quedar de rodillas ante Tikal. Ella también se arrodilló y lo miró a los ojos.

—La única forma en que deseo que estés a mi lado es siendo el hombre de quien me enamoré. Yo también te amo, y ahora no entendería la vida sin ti.

Sin que nadie les hubiera explicado qué se hacía llegado ese momento, ambos cerraron los ojos y acercaron sus labios tímidamente hasta que hicieron contacto, los retiraron casi al instante como si hubieran sentido una descarga, y en un segundo intento, se fundieron en un apasionado beso que liberó toda la energía de millones de galaxias en todo el Universo, solo que esta vez no era una fuerza destructiva sino todo lo contrario.

Pausadamente fueron separándose, sus ojos se abrieron y la luna se reflejó en ellos; se contemplaron por unos instantes y luego sonrieron. Layar recordó algo.

—¡Tikal, ven!, ¡debemos ir a la plaza principal!

Le ayudó a levantarse y comenzaron a correr.

—¿Por qué?, ¿qué sucede? –ella enredó el rebozo y recogió su huipil para no tropezarse.

—¡Debemos bailar la canción de "La Llorona" y prometernos nuestro amor!

Ella se regocijo aún más al escuchar esas palabras. Al llegar a la plaza la canción acababa de terminar y las parejas regresaban a sus lugares para que continuara el festejo. El detriano irrumpió en la plaza con Tikal de la mano y comenzó a gritar pidiendo que repitieran la canción.

—¿Alguien más va a declarar su amor esta noche?

Los músicos, que ya preparaban el "Cielito lindo", no supieron que hacer; fue Ramsi, quien entendiendo lo que sucedía puesto que ya lo sospechaba y en nombre del amor, accedió a los deseos del explorador.

Salías de un templo un día, Llorona, cuando al pasar yo te vi...

Hermoso huipil llevabas, Llorona, que la virgen te creí…
Ay, de mí, Llorona, Llorona, Llorona, de un campo lirio…
El que no sabe de amores, Llorona, no sabe lo que es martirio…
No sé qué tienen las flores, Llorona, las flores de un camposanto…
Que cuando las mueve el viento, Llorona, parece que están llorando…
Ay, de mí Llorona, Llorona, Llorona, llévame al río…

Sin embargo, Layar no sabía qué hacer y se sintió confundido hasta que Tikal lo tomó de la mano.

—Solo sígueme, Bambú.

Me quitarán de quererte, Llorona, pero de olvidarte nunca…
Todos me dicen el Negro, Llorona, negro, pero cariñoso…
Yo soy como el chile verde Llorona, picante, pero sabroso…
Ay, de mí, Llorona, Llorona, Llorona, llévame al río…
Tápame con tu reboso, Llorona, porque me muero de frío…
Si porque te quiero, quieres Llorona, ¿quieres que te quiera más?
Si ya te he dado la vida, Llorona, ¿qué más quieres?, ¿quieres más?

La pareja bailaba al centro de la plaza como si siempre lo hubieran hecho, sus pasos se armonizaron al igual que sus latidos, sus miradas se entrelazaron sin separarse un solo instante.

Hasta la última célula y el circuito más insignificante se había encendido en ellos. Era un amor que había nacido no de las coincidencias, sino de las enormes diferencias; un amor que tenía todo en contra para siquiera ocurrir y, sin embargo, había cruzado la galaxia entera para hacerse realidad. Si aquel ordenador tenía un propósito al elegir a Layar que no fuera este, entonces el amor es capaz de encontrar sus propios medios.

¡Ay de mí, ay de mí, ay de mí, Llorona!
¡Ay de mí, ay de mí, ay de mí, Llorona!
¡Ay, ay, ay, ay, ay!

Cuando la música paró, Bambú cerró el estribillo diciéndole a Tikal:

—Y aunque la vida me cueste, Llorona, ¡no dejaré de quererte!

Los brillantes labios de la mujer, humectados como arándanos rojos, dijeron las palabras que Layar tanto anhelaba.

—¡Yo tampoco dejaré de quererte, Bambú! No importa a lo que debamos enfrentarnos, lo haremos juntos.

Él la tomó del talle y la estrechó contra su pecho, con sus delgados dedos acercó su barbilla, inclinó su cabeza mientras ella la levantaba, frotaron la punta de la nariz entre sí, y sonrieron un poco. Luego, cerraron los ojos y sus labios se unieron. Fue como si un huracán hubiera descargado toda la lluvia del temporal en un instante. A partir de ese momento, y sin tener la certeza de qué les depararía el destino, juraron no separarse nunca.

Un estridente aplauso coronó el romanticismo del momento. Él tomó el rebozo que le cubría para taparse ambos, mientras ella recargaba su cabeza en su hombro. Caminaron hasta la muchedumbre muy orgullosos uno del otro y se mezclaron entre la gente. Todos sentían que ese amor en parte también era ellos, como si todos fueran sus padrinos.

* * *

Ramsi continuó con la celebración del Día de Muertos, les recordaba que la festividad consistía en que al llegar la media noche los difuntos volvían desde el mundo de los muertos, para establecer contacto con sus seres queridos, y que el altar en donde se ponían las ofrendas en realidad era el lugar de encuentro, y por lo tanto era sagrado. De repente Bambú se puso de pie.

—¡Eso es! ¡No tenemos que viajar al pasado, sino que debemos hacer que el pasado vuelva al presente! –gritó, buscando a Escan con la mirada.

Escan también había entendido la analogía. En realidad, el Día de Muertos era una fecha en que se abría una comunicación entre dos dimensiones: la de los materiales y los inmateriales. El altar era el portal a través del cual se podían comunicar, pero solo permanecía abierto 24 horas, por lo que debían crear su propio portal y comunicarse con aquellos que les podían dar las respuestas acerca de lo que le había sucedido a la Tierra.

IV

Los detrianos comenzaron a pensar qué lugar ofrecía las mejores posibilidades para hacer contacto con la otra dimensión, la de los inmateriales. En otros lugares de la galaxia dicho encuentro se daba de manera natural. Los planos o dimensiones eran uno solo, pero en la Tierra esos planos estaban separados; por ello, cuando una persona moría dejaba la dimensión material, para transitar a otra inmaterial, energía pura, y no podía tener comunicación a menos que se generara una ventana o portal dimensional que los comunicara. Eso solo se podía lograr bajo ciertas circunstancias, como cuando la noche era más larga que el día, entonces, los difuntos o inmateriales, forzaban la apertura de un portal dimensional para comunicarse con los seres del otro plano. Las culturas mesoamericanas vieron que ese día era el 2 de noviembre, cuando pedían auxilio para no ser devorados por la noche; esa fue la semilla que dio lugar a la celebración del Día Muertos.

Con esa idea en mente, y con ayuda del ordenador, buscaron el lugar en donde el evento alcanzaría su cenit, de esa manera les brindaría las mejores posibilidades para el encuentro con los seres de la otra dimensión.

De acuerdo con la computadora, ese lugar era el Arco del Tiempo, en Ocozocoautla, Chiapas. Para ello, había que atravesar los estados de Campeche y Tabasco, para luego seguir por el río Mezcalapa corriente abajo hasta la que fue la presa de Malpaso, siguiendo por el sinuoso cañón Río La Venta, hasta la Reserva de la Biósfera Selva El Ocote.

Sin embargo, consideraron prudente preguntar a la gente del lugar. Tikal dijo no conocer el sitio, porque para ellos era una zona prohibida y les sugirió preguntar a la Junta de Notables.

Por segunda vez la Junta se reunió para contestar las dudas de los detrianos. Pero en esta ocasión, dadas las festividades del Día de Muertos, lo hicieron en un modesto salón construido con materiales del lugar, a pocos metros de la plaza principal, lo suficientemente grande como para albergar a todos.

Tikal no se separó de Bambú; además, fue la encargada de anunciarlos. En esta ocasión la Junta estaba inquieta al saber la intención de los detrianos de ir al Arco del Tiempo. El viejo Chancalá, un tipo baja de estatura, de piel marrón, nariz arqueada y cabello lacio, que era descendiente de los pueblos originarios, se puso de pie, con la mano derecha frotó su frente, luego expresó:

—Ese lugar está más allá del río Usumacinta, en la zona prohibida. Nadie que haya ido allá ha regresado, solo lo conocemos a través de relatos anteriores al Gran Cataclismo de la civilización. Sabemos que la selva es tan espesa que fatiga, confunde a los hombres y termina por devorarlos, es el hogar de los dioses y demonios de nuestros antepasados, quien osa perturbar sus dominios no vive para contarlo.

Chancalá intentó trasmitirles su preocupación por ingresar a la zona prohibida usando todo tipo de ademanes que rayaban algunas veces en lo cómico.

A pesar de todo, los exploradores mostraban una gran determinación, sabían perfectamente que era su deber presentar a los conscientes una explicación de las causas que generaron el cataclismo de la civilización humana.

—Entendemos el riesgo que ello representa, pero debemos ir sin importar lo que suceda –dijo Layar mirando a su compañero.

Tikal entrelazó su mano con la del detriano en señal de apoyo y preocupación. Los notables le dijeron a la valiente mujer que a pesar de que le habían dado instrucciones de acompañarlos a todos lados, no podían en este caso obligarla a cumplir dicha orden. Layar hizo lo mismo.

—Cierto, creo que lo mejor es que nos esperes aquí.

Sin embargo, para ese momento Layar era todo su mundo, era quien le había dado sentido, ya no entendía la vida sin él.

—Yo iré a donde tú vayas, tu tierra será mi tierra, viviré donde tú vivas y moriré donde tú mueras.

En vista de la convicción que mostraban los tres, Chancalá les advirtió que la única oportunidad que tenían de salir vivos de la zona prohibida era obteniendo una dispensa de los dioses del inframundo que gobernaban el lugar y para eso debían interpretar el mensaje del bajorrelieve que fue tallado en el sarcófago del rey Pakal siglos atrás.

—¿Dónde se encuentra ese sarcófago? –preguntaron los exploradores sin poder ocultar su asombro.

—En la ciudad de Palenque, en el Templo de las Inscripciones.

Para que tuvieran más oportunidades de lograr su objetivo, Chancalá preguntó a Copán, un joven taimado de sangre maya, versado en la fabricación de armas, la caza y las artes del más allá, si deseaba acompañar a los exploradores a tan peligroso viaje. Copán, sin pensarlo mucho, dio un paso al frente.

—Sí para ellos es importante ese viaje, para mí también lo es.

V

Escan adoptó la aerodinámica necesaria para la travesía, luego preparó dos cápsulas más de viaje para Copán y Tikal. Layar les explicó cómo accionarlas y antes de cerrar se acercó a su amada, la miró a los ojos y le agradeció su apoyo con un beso.

Escan se elevó hasta alcanzar una altura de 200 metros, se inclinó sobre su lado derecho y aceleró con rumbo al suroeste. Su primer objetivo era llegar a la ciudad de Palenque. El portal se abriría a las 00 horas 01 minuto, del día 2 de noviembre, y se cerraría 24 horas después.

Al poco tiempo de haber iniciado el viaje ya sobrevolaban la frontera que divide Yucatán de Campeche, señalada por el poblado de Huntochac, donde había una pequeña construcción de origen maya.

Dentro de la nave se respiraba un ambiente tenso. Tikal se frotaba las manos, mientas Layar pensaba que esa podría ser la última oportunidad para responder la pregunta que los había llevado a atravesar la galaxia misma. Ya no le importaba convertirse en un consciente, pero sabía que era su deber cumplir con la misión que les habían encargado.

Por su parte, Copán, más que inquieto, estaba sorprendido por la cantidad de luces, palancas, botones y tableros que veía regados por toda la nave, a la que él llamaba "la casa voladora", y pensaba que si en su cabaña hubiese tantos aparatos no podría dormir; tal vez esta ingenuidad era mejor que la incertidumbre.

Estaban ingresando al estado de Campeche, ya podían ver la espléndida Reserva de la Biosfera Calakmul, seguida por la Reserva de la Biosfera Maya. A su lado derecho, como una verde gema brillaba la laguna de Términos, bordeada por la Isla del Carmen y flanqueada por el azul turquesa del Golfo de México. Del lado izquierdo apareció su destino: la espléndida ciudad maya de Palenque y el Templo de las Inscripciones.

Escan apagó los motores, extendió sus patas, caparazón y cola como paraguas. Con el impulso que llevaba planeó en dirección al objetivo, haciendo círculos cada vez más pequeños hasta descender en forma vertical, quedando a su lado izquierdo El Palacio y atrás de este el Templo de la Cruz.

Frente a ellos se erguía el enigmático Templo de las Inscripciones, que en la cosmogonía maya representaba con sus nueve cuerpos superpuestos los distintos niveles del inframundo o Xibalbá, lugar oculto a donde iban los muertos.

El Arco del Tiempo, sitio donde debían colocar el altar, se encontraba en la zona prohibida que estaba protegida por los espíritus del inframundo. La única manera de hacer contacto con los testigos del fin de la civilización humana era develar primero el mensaje encriptado del altorrelieve de la tumba de Pakal y solicitar a las deidades del inframundo su venia para llegar al Arco del Tiempo.

VI

Los exploradores, que ahora incluían a Copán y Tikal, eran como los argonautas, que a bordo de la nave argos van en busca del vellocino de oro sin saber que su misión es prácticamente imposible.

Una vez en el Templo de las Inscripciones, se fueron introduciendo uno por uno en la cámara funeraria adornada por grandes figuras que representaban los nueve dioses de la muerte. Era imposible no sorprenderse ante el intrincado bajorrelieve tallado en una piedra de 3.8 metros de largo, 2.2 de ancho y 25 centímetros de espesor, que cubría el sarcófago monolítico del otrora rey Pakal.

Más imponente aún que sus dimensiones era su interpretación iconológica. Los argonautas miraban desde distintos ángulos el grabado. Copán se ubicó justo enfrente y pudo ver con claridad la figura de un hombre en posición fetal.

—Parece ser una representación del viaje de Pakal al cielo. El rey debía seguir el camino del árbol que está justo encima de él. En la tradición mesoamericana el árbol une los tres planos existentes: las raíces simbolizan el inframundo, sus ramas el cielo, el tronco, que une ambos planos cósmicos, representa el mundo de los vivos. Pakal se dirige al cielo y está representado por el Dragón Celeste Nocturno: Itzamnaaj –murmuró en voz alta.

Escan, como navegante de la galaxia, se da cuenta que el dragón es una representación maya de la vía láctea, vista desde alguna de sus orillas.

—Sin duda su visión era cósmica y cíclica.

Copán lo escucha con atención y continúa con su lectura.

—El árbol, que simboliza el camino al cielo, está rodeado por una serpiente bicéfala. La cabeza izquierda es Kawiil, mientras que la derecha es Huunal, ambos símbolos de dragones celestes, quienes velan para que el rey llegue a su destino en algún lugar de la Vía Láctea. Pero todavía falta algo por develar –interpone Copán–, ¿quiénes son los dragones celestes? Si los invocamos podemos solicitarles, al igual que a Pakal, que nos acompañen en nuestro viaje; sería muy peligroso ingresar a la zona prohibida sin su venia.

—Pakal se encuentra en posición de recién nacido –añade Tikal mientras da vueltas alrededor de la tumba– y está sobre una vasija de sacrificios de la que dependen los dioses. Pero Pakal no puede llegar al cielo como un niño, sino que debe convertirse en adulto.

—¡Cierto!, y para ello debe alimentarse en su trayecto y convertirse en adulto. ¡Ahora comprendo! –se le ilumina el rostro–, Pakal está representando a todos los hombres y su necesidad de alimento a lo largo de la vida; por lo tanto, Kawiil, es quién se lo ha de proporcionar, al igual que a los hombres, ya que es el dios de la agricultura y del maíz –grita Copán, sin darse cuenta que ya inició el 2 de noviembre y que la comunicación entre el mundo de los vivos y los muertos ha iniciado.

Al ser invocado, Kawiil se hace presente en la noche de los muertos, primero como una ráfaga de viento que se arrastra y luego como una enorme serpiente que comienza a rodearlos mientras bate su lengua bífida. Los osados argonautas se han quedado sin saber qué hacer, hasta que Copán habla ocultando hábilmente su miedo.

—Gran Señor de la Agricultura y del Maíz, padre de los hombres, dios todo poderoso…

Kawiil lo interrumpe.

—Yo no soy el dios más poderoso, pero sé a lo que vienen –dice ante la confusión de los intrusos–. Yo solo soy parte de un ciclo más grande, el de la naturaleza. La semilla crece cuando el viento la esparce, la tierra es fértil, el sol brilla y la lluvia riega el suelo. Cada año se realizaban rituales para recordar a esos dioses cuál era su función, y luego ellos alegremente daban vida al ciclo agrícola fertilizando la tierra; entonces surgía el milagro del maíz. Algunas veces era tanta su alegría por cumplir con su parte del ciclo que creaban inundaciones, sequías o deslaves, pero en la mayoría de los casos el resultado eran las generosas cosechas. Un día el hombre dijo saber cómo hacer que la tierra produjera más, y tenía razón, porque llegaron a producir alimentos para 12 000 millones de personas, cuando la población mundial era de 7 900 millones. A pesar de ello, los seres humanos continuaron muriendo de hambre, o no tuvieron alimentos en su mesa tres veces al día. En cambio, esa forma de producir sobreexplotó la tierra, acidificó el aire y contaminó las aguas, provocando que el ciclo de la naturaleza se interrumpiera y a la larga se volvió estéril. Entonces no se escucharon más los cantos ni los bailables, solo el llanto de los hombres. Los dioses que interveníamos en el ciclo agrícola entendimos que el hambre del mundo no era solo cuestión de producir más alimentos, sino de distribuirlos mejor. No es posible dejar a las leyes del mercado una tarea tan importante, ya que mientras unos tenían tanto que comían hasta reventar, otros no tenían nada y morían con un gesto de dolor en su rostro, mientras los sobrantes se echaban a perder en refrigeradores o caducaban en anaqueles. Sin embargo, sé que vienen a buscar respuestas al cataclismo de la civilización humana, ¿no es así?

—Exacto, queremos que nos des tu venia para entrar a la zona prohibida y llegar al Arco del Tiempo antes de que se cierre el portal entre vivos y muertos.

—Mi venia la tienen porque he visto que su fin es noble, confío en que ustedes podrán no solo encontrar las respuestas, sino las soluciones a esta devastación. La única manera en que les puedo ayudar es dándoles la semilla del maíz, con la que podrán alimentar a un ejército completo hasta saciarse, y si la siembran respetando los tiempos de la naturaleza, siempre tendrán alimento para ustedes y todos sus descendientes.

—Gran Señor de la Agricultura y del Maíz –interrumpió Tikal–, ¿podrías decirnos quién es Huunal?

El dios volteó instantáneamente al escuchar ese nombre y miró a la mujer sin parpadear mientras todos sus anillos se contorsionaban.

—Ese es el dios embaucador, el gran mentiroso. Deben tener cuidado y no confiar jamás en él, ya que buscará sabotear su misión de cualquier forma posible.

Una vez dicho eso se fue como había llegado. En el sitio de la epifanía quedó una semilla de maíz dorada. Copán se agachó para recogerla, la envolvió con sumo cuidado en un paliacate y la puso en su morral de henequén, en el que guardaba sus modestas pertenencias. Estaban contentos por conseguir la venia del dios del maíz Kawiil, pero a la vez temerosos por su advertencia. Sin perder tiempo retomaron su camino hacia su encuentro con los testigos del cataclismo de la civilización humana.

VII

La estrategia para llegar al Arco del Tiempo consistía en seguir el cauce del río Grijalva hasta la inmensa presa Netzahualcóyotl o Malpaso; luego atravesarla en dirección oeste, muy cerca de la frontera entre los estados de Veracruz y Chiapas. Enseguida, debían continuar por el nacimiento del río La Venta e internarse unos 18 kilómetros por el sinuoso cañón del mismo nombre, donde se encontrarían con su objetivo.

Volaron siguiendo el cauce del Grijalva entre la oscuridad de la noche y el tintinar de las estrellas sin ningún contratiempo, hasta llegar a la presa; luego Escan descendió e hizo las modificaciones necesarias a su estructura para la navegación en agua.

En el interior de la nave todo parecía ocurrir muy rápido, el nerviosismo continuaba a flor de piel porque todos sabían que el portal dimensional ya había conectado los dos planos y el tiempo estaba corriendo en su contra.

Por su parte, Copán, quien se sentía agobiado por la tecnología que había al interior de Escan, introdujo la mano a su morral confeccionado con henequén, sacó un bule –un ingenioso recipiente hecho con una calabaza vinatera, ya seca–, en el que llevaba una bebida espirituosa, a la que le dio un buen trago, para luego secarse con el antebrazo el excedente derramado en sus labios y mentón. Layar, que lo miraba con el ojo derecho casi pegado a su oreja, le preguntó:

—¿Qué es esa bebida?

—Pox.

La respuesta lo hizo quedar aún más intrigado que antes.

—¿Y qué es el pox?

—Se trata de una sustancia que se hace a partir de la destilación del maíz y la caña. El pox o posh forma parte de la cultura maya y de los pobladores del estado de Chipas y más allá. A través de ella, dicen algunos, se puede lograr una conexión con el mundo espiritual. Desde tiempos ancestrales se consume en celebraciones religiosas y familiares. Tiene un grado de alcohol de 18%, que es lo que a mí más me gusta, calma la ansiedad y endulza las tristezas.

Luego levantó el bule y le ofreció, pero antes de que lo pudiera probar, Escan los interrumpió.

—Estamos entrando a la zona conocida como La Garza.

Por sus muchos islotes la presa era como un laberinto para las embarcaciones grandes y a la vez remanso de infinidad de especies. Estaba rodeada por inmensas zonas que tiempo atrás habían sido campos de cultivo, principalmente del maíz, y escenario de festividades en honor al inicio de la siembra o el levantamiento de la cosecha en la cuenca del río Grijalva.

Las personas de esa región sin duda tuvieron una relación muy íntima con la tierra, pues creían en el concepto del "tiempo justo", en el que la vida y la naturaleza estaba en equilibrio; ahí tenían sentido sus dioses y festividades. Se oponían al "tiempo exacto", por ser el tiempo del reloj y del comercio, ya que subordinaba a la naturaleza y a los hombres a los intereses de empresas trasnacionales que habían profanado la semilla y los campos sagrados con transgénicos que erosionaban la tierra; en otras palabras, la veneración de la Madre Tierra había sido sustituida por los nuevos dioses: el mercado y la ganancia.

El primer gran embate lo recibieron con la introducción de las políticas neoliberales, cuando su amada semilla, aquella que los dioses les habían entregado, dejó de tener valor para solo tener un precio en el mercado.

Luego sucedió que ese precio fue manipulado por enormes consorcios que, usando mano de obra empobrecida, acaparamiento de recursos comunales como el agua, y la implementación de ingeniería genética, sacaron del mercado a los pequeños y medianos agricultores.

Además, el cambio climático, provocado por la sobreexplotación de la tierra y la quema desmedida y absurda de hidrocarburos, provocaron sequías prolongadas en las que las presas no tuvieron suficiente líquido, o inundaciones extremas en las que no fueron capaces de contenerlo. El aumento de la pobreza y el extermino de sus medios de vida orilló a muchos campesinos a incorporarse a las filas de la delincuencia, ya fuese sembrando estupefacientes o formando parte del crimen organizado. Por ello, mucho antes del Gran Cataclismo su mundo se había terminado cuando las campanas de la iglesia ya no llamaban a dar gracias por el levantamiento de la milpa.

VIII

Los argonautas enfilaron hacia el embudo formado por la parte final de la presa, justo antes de comenzar el sinuoso río La Venta, confiados en que, si bien no habían conseguido la venia de Huunal, sí tenían el beneplácito del dios de la agricultura. Con emociones encontradas iniciaron la navegación rumbo al pretendido Arco del Tiempo.

Esa parte del cañón era bastante ancha, lo que les facilitó la navegación. A ambos lados la vegetación se desbordaba de lo fecunda que era; aun así, Escan pudo maniobrar con tranquilidad los primeros kilómetros.

En algunos meandros el follaje dejaba espacio a pequeñas playas de arena amarilla en donde el río se tornaba de un color azul a uno verde. A medida que avanzaban, las orillas comenzaron a estrecharse de 150 metros de extremo a extremo, a poco más de 50, y en los casos en los que las playas se extendían, el río se angostaba a menos de 30 metros, situación que provocó que Escan bajara la velocidad para no salirse del cauce.

Según fueron avanzando, la profundidad del río disminuyo peligrosamente, casi a punto de desaparecer, para luego hacerse más profunda súbitamente. Una vez que pasaron la zona llamada La Junta, el río se bifurcó. Layar, que venía anticipándose a los movimientos, avisó a Escan para que se detuviera. La zona era muy amplia, por lo que no tuvo problemas para hacerlo.

¿Hacia dónde seguir? Soltaron entonces la cámara dron para ver si tenían una mejor perspectiva; sin embargo, la selva parecía un brócoli de tan tupida, y el cauce del río a la distancia se estrechaba hasta que se perdía. No parecía muy conveniente seguir ese camino cuando el reloj no estaba a su favor.

Mientras los cuatro viajeros discutían qué camino seguir: derecha o izquierda, apareció nuevamente Kawiil en su manifestación de serpiente, enredado en un enorme árbol y con la cabeza al viento.

—Amigos viajeros, ¿qué los preocupa? –todos se sorprendieron y a la vez se alegraron.

—Gran Señor de la Agricultura y del Maíz, ¿qué camino debemos seguir si queremos llegar pronto al Arco del Tiempo?

La serpiente contestó mostrando sus colmillos hipodérmicos.

—Mis valientes amigos, deben seguir el camino de la derecha sin siquiera pensarlo, ya que sus calmas aguas los guiarán con suma delicadeza hasta llegar a su destino, pero apúrense, porque pronto será de día.

Los viajeros agradecieron a la deidad e inmediatamente después de que se perdieron en la selva, la serpiente se transformó en Huunal, el embaucador.

—¿Creen que es suficiente con pedir la venia del dios del maíz?, ¿consideran que saldrán con tan solo una semilla? ¡Nadie entra en la zona prohibida sin mi consentimiento y luego vive para presumirlo!

IX

Ahora los viajeros estaban optimistas, confiaban en llegar a su destino antes de que el portal dimensional se cerrara y finalmente saber cuál había sido la razón del cataclismo que acabó con la civilización humana.

Sin embargo, no tenían idea de que en realidad fue el gran embaucador, el saboteador por excelencia, y no el dios Kawiil, quien los había mandado por esa ruta. El camino por el que ahora transitaban no era cualquiera, sino un territorio en el que vivía Sak Baak, el ciempiés de los huesos blancos, que tenía un apetito insaciable y merodeaba todo el tiempo en los bordes del río en busca de presas que devorar.

Al inicio el río fue amable con ellos. Parecía como si les diera la bienvenida, pero una vez que se adentraron en sus intestinos, con pocas posibilidades de regresar o incluso de escapar, lanzaría su ataque.

Escan fue el primero en darse cuenta de que las condiciones de navegación se estaban complicando. El resto del grupo comenzó a sentir cómo los movimientos bruscos pasaban de ser ocasionales a volverse constantes.

Las curvas se manifestaron cada vez más sinuosas y el río, siguiendo la inercia de su camino, se estrellaba contra las paredes provocando un sonido como el de hielo quebrándose, para luego regresar al caudal, creando olas y remolinos.

Las condiciones ya eran muy difíciles cuando el río se estrechó aún más incrementando la presión del caudal, punto en el que Escan perdió el control; en una vuelta se estrelló contra la pared de roca comenzando a patinar sobre el agua hasta impactarse con un montículo que lo hizo girar como una tortilla y terminar patas hacia arriba.

Los pasajeros quedaron atrapados mientas el agua entraba a raudales por un boquete que se creó con el impacto. En ese punto, salir de las cápsulas implicaba ahogarse, pero tampoco podían permanecer ahí por mucho tiempo, ya que se les agotaba el oxígeno.

Por su parte, Escan luchaba por voltearse ante el grave peligro de que su bioelectric se fuera hacia el ordenador central, provocando que todos sus sistemas operativos colapsaran, llevándolo prácticamente a un estado vegetativo.

Antes de abandonar la nave había que salir de las cápsulas, pero existía un inconveniente: al abrirlas el agua entraría con tal fuerza que, de no ser lo suficientemente fuertes para escapar, se ahogarían ahí mismo.

Layar entendió que no iban a poder luchar contra la presión del agua. Lo más prudente era dejarla entrar en las cápsulas igualando la presión dentro y fuera de ellas, liberándolos para nadar hacia el boquete antes de que se les acabara el oxígeno. Él no sabía que desde el mismo momento en que comenzó a sentir algo por Tikal había iniciado su transición a humano, por eso creyó que era el más indicado para salir de la cápsula de navegación y liberar al resto.

Al estar construida la cápsula con cristal era muy dura y a la vez muy frágil, de modo que había que encontrar el punto exacto en donde un golpe transmitiera la vibración a toda la cubierta, provocando su estallido y evitando que el agua entrara en ella en chorro. Layar comenzó a golpearla con el puño cerrado, como cuando alguien protesta sobre una mesa, con la otra mano trataba de percibir la vibración. El lugar idóneo sería aquel en el que toda la cápsula vibrara. De repente creyó haber encontrado el lugar, se alegró, y sin perder tiempo se dio a la tarea de buscar un percutor capaz de generar la onda expansiva que necesitaba. Pero el interior de la cápsula contaba con objetos en su mayoría de materiales flexibles o sintéticos que no tenían la capacidad de generar la sacudida suficiente.

Desesperado, y sin posibilidades de acceder al exterior, se fue hacia atrás hasta desplomar su cuerpo en la pared de la cápsula, para luego deslizarse hasta llegar al piso, que en realidad era la parte superior de la nave; ahí hundió la cabeza entre sus rodillas.

Frustrado, pero sin rendirse, comenzó a sentir cómo Escan se sacudía en un intento por regresar a su posición normal, levantó entonces la cabeza y vio cómo el cinturón de seguridad se balanceaba golpeándolo en el cráneo y provocando al mismo tiempo que se desabrochara. Fue entonces que quedó al descubierto el brillante gancho, que era el percutor ideal que necesitaba.

Intentó ponerse de pie, pero el violento vaivén que generaba Escan lo derribaba una y otra vez como a un ciervo recién nacido. De nuevo se iluminó su cerebro y optó por solo añadir mayor fuerza al balanceo del gancho, de tal manera que tuviera la suficiente fuerza para hacer estallar la cápsula. Sucedió en el tercer intento que la cápsula se desintegró y pasó de estar seco a empapado en un instante.

Se lanzó al exterior sin dudarlo, recogió un trozo de metal y nadó hasta la cápsula en donde Tikal se encontraba postrada sobre sus rodillas con la cabeza agachada y el cabello cubriéndole el rostro. Concentrando toda su fuerza, asintió un golpe tras otro, hasta que, al asestar el cuarto impacto, la cápsula explotó. Layar la tomó en sus brazos, nadó como pudo hasta el orificio, la puso sobre el abdomen de Escan y regresó por Copán.

X

El peligro no había terminado, Escan perdía impulso en su intento por regresar a su posición normal, si no la recuperaba a la brevedad, colapsaría irremediablemente.

Tikal, que era una enamorada de las tortugas, y que siempre que podía dedicaba tiempo a cuidarlas, lo entendía bien. Tuvo entonces una idea: tomó de las manos a Copán y Layar y les pidió que corrieran junto con ella sobre el abdomen del reptil, acompañando su balanceo y brincando justo en la orilla para potenciar el empuje de Alebrije, como ella lo llamaba cariñosamente. Una y otra vez repitieron la maniobra entre resbalones y tropiezos, contribuyendo a incrementar su balanceo.

—¡Ahora! –gritaban al llegar a la orilla mientras brincaban con todas sus fuerzas.

Escan emitía un chillido estridente con cada intento, mientras sus sistemas se iban apagando como las luces de una ciudad al amanecer.

Sabiendo que el colapso estaba cerca, Escan concentró todas sus fuerzas y, cuando sus compañeros gritaron: "¡Ahora!", sumó su esfuerzo al de ellos. La tortuga se balanceó hasta quedar atorada sobre su costado en posición vertical. Estaba a un paso de lograrlo, sus compañeros lo veían desesperados sin poder hacer nada. Alebrije lucía tan indefenso, como una tortuga recién nacida. Tikal nadó hasta él y, viéndolo a los ojos, acarició su nariz mientras este parpadeaba agonizante, al tiempo que abría su hocico como tratando de jalar aire.

—¡Vamos!, ¡solo una vez más! –le susurró con dulzura.

Su reserva de energía se había agotado prácticamente en ese último intento, no quedaba suficiente como para un esfuerzo más; ahora dependía de lo que sus compañeros hicieran o dejaran de hacer.

Faltaba muy poco, todos lo sabían; sin embargo, en la posición en que se encontraba un impulso lo podía poner en su posición correcta o, todo lo contrario. Rápido comenzaron a lanzarle piedras para ver si podían hacerlo caer de frente, pero estas solo rebotaban y se perdían en el agua. Luego usaron cocos, que implicaban un mayor volumen, pero no podían aplicarles la fuerza suficiente.

Arrancando los cocos descubrieron que la palmera se doblaba como si fuera de hule; luego, cuando se desprendían, volvía a su estado normal. Se preguntaron por qué no lanzarlos directamente desde la palmera; es decir, utilizar su flexibilidad para producir energía convirtiendo los cocos en proyectiles con la suficiente fuerza como para que Escan cayera con el abdomen al piso.

Sin derrochar tiempo escogieron aquella palmera cuya ubicación, a su juicio, estaba en la dirección correcta como para impactar el caparazón y hacerlo caer. Copán trepó veloz por el esbelto tronco, con la habilidad de un mono, hasta llegar a la punta, luego se colgó de una rama y dejó caer todo su peso hasta que Layar por ser el más larguirucho, lo tomó de los pies. Entre todos, y con ayuda de una correa hecha de henequén, doblaron la palmera hasta que tocó el suelo, ahí la sujetaron a una enorme piedra.

Tikal tragó saliva, sacó su cuchillo de sílex y de un solo tajo cortó la soga. Los cocos salieron con tal velocidad que se podía escuchar como cortaban el viento. Se habían convertido en proyectiles.

La primera andanada pasó cerca, pero sin siquiera tocar el caparazón, la segunda lo golpeó y lo hizo menearse, pero sin voltearlo. El último grupo dirigió tres balas directamente a la parte superior del caparazón, haciendo impacto secuencialmente, y sumando impulso con cada nuevo golpe. El tercer proyectil no era el de mayor tamaño, pero sí el de mayor fuerza, y al estrellarse se partió en dos; entonces, la encallada estructura se inclinó hacia el frente y de súbito Escan cayó con el abdomen a tierra, provocando un resonante sonido que hizo que las aves volaran espantadas.

XI

Todavía festejaban su victoria los exploradores cuando de las profundidades del río emergió Sak Baak, el ciempiés de los huesos blancos, con sus anillos en color amarillo y un negro difuminado, provocando una gigantesca ola. El ciempiés, dueño del territorio, era un glotón insaciable que tenía la firme intención de devorarlos, de modo que tomó con una de sus patas a Tikal y cuando Layar intentó ayudarla lo aplastó contra la arena.

—¡Devórame a mí! –le gritó con fuerza.

—¡Tú no estás en posición de ofrecer nada!, de cualquier manera, terminaré devorándote, y a ese también –dijo cínicamente señalando a Copán.

El guerrero maya no se dejó intimidar, se incorporó y sacudió la arena y los restos de follaje que se le habían pegado al cuerpo, miró al quilópodo y le lanzó un desafío.

—¡Oye, tú!, gusano con patas –el ciempiés batió la lengua en señal de molestia–, si nos devoras, e incluso si devoras a todas las especies que crucen por este río, siempre seguirás teniendo hambre porque eres un esclavo de tus necesidades, en cambio, yo tengo el alimento que te quitará el hambre para siempre y una vez libre podrás dedicarte a hacer otras cosas, incluso más importantes. Serás como los dioses que no tienen hambre, pero si me engulles o alguno de mis amigos nunca lo probarás.

El ciempiés era una criatura a quien los dioses le habían impuesto como castigo la insatisfacción, jamás se llenaba, era una representación de la civilización humana, por tal motivo nunca había disfrutado de un atardecer o caminar bajo la lluvia sin preocuparse por qué iba a comer, por ello la oferta del humano le sonaba deliciosa. Decidió entonces darle una oportunidad, contorsionó su oblongo cuerpo y avanzó hasta poner sus ojos frente a los del maya.

—De acuerdo, haré un trato contigo. Si satisfaces mi hambre, no solo les perdonaré la vida, sino que seré su amigo, pero si es un truco, te devoraré parte por parte, despacio, hasta llegar a tu cabeza y entonces morirás.

—¡Trato hecho! –gritó Copán mientras introducía la mano en su morral. Extrajo su pañuelo, lo abrió y le mostró la dorada semilla de maíz que le había dado el dios Kawiil.

El ciempiés al ver lo brillante que era se cubrió los ojos con el antebrazo.

—¡La quiero, la quiero!

Sak Baak gritaba virulentamente al tiempo que se acercaba a Copán, quien levantó el brazo con la mano empuñada y mientras gritaba le lanzó la semilla. El ciempiés la cogió con su hocico. A medida que bajaba por su tubo digestivo, cada uno de sus anillos se sacudía reconfortándolo hasta llegar al punto de sentirse completamente lleno.

En su rostro se coloreó una enorme sonrisa de satisfacción. Fue entonces que, habiendo eliminado la necesidad material que lo tenía encadenado, comenzó a ver la vida desde otra perspectiva muy distinta. No solo les perdonó la vida, sino que se ofreció a ayudarlos para que pudieran llegar a su destino.

El sol había salido y Escan recuperó rápidamente la energía perdida, de lo contrario, habría sido imposible reactivarlo. Reinició todos sus sistemas, entre ellos los de auto-reparación. Los robots modulares taparon una vez más el orificio que se había formado en su costado, luego regresaron con su característico andar apingüinado. El ciempiés los escoltó personalmente hasta la intercesión con el río La Venta, donde se despidió de ellos y les reiteró su eterno agradecimiento y amistad.

—Y no olviden, sí algún día necesitan de su amigo solo deben de llamarlo.

Una vez reanudado el camino al Arco del Tiempo, Copán interrumpió el silencio con una estridente carcajada, haciendo que todos, incluso Escan, se preguntara qué le sucedía. Él no podía contestar. Sin embargo, tanta era la curiosidad de sus compañeros que metió la mano en su morral, sacó su pañuelo, lo desenvolvió y les mostró la semilla dorada de maíz que el dios Kawiil les había dado. Todos se extrañaron, porque lo habían visto lanzársela al ciempiés.

—¿Qué clase de magia es esta, acaso no se la diste al ciempiés? –preguntó Tikal a nombre de todos.

—No.

—¿Entonces qué le diste? –preguntaron, pero ahora con voz de reclamo.

—Lo que le mostré al ciempiés fue efectivamente la semilla dorada que nos fue entregada por el dios Kawiil, dios del maíz, pero la que le lancé era una semilla como cualquier otra.

¿Cómo es que una semilla ordinaria surtió tal efecto en su organismo? –inquirió Tikal.

—Porque sus necesidades estaban en su mente no en su estómago.

En realidad, la glotonería del ciempiés era la forma en que los dioses representaban la insatisfacción de la civilización humana. No importaba lo que hicieran nunca estuvieron satisfechos.
Los exploradores continuaron su viaje.

XII

A partir de su reinserción en el río La Venta, la navegación se había vuelto más fluida. En el horizonte se podía distinguir cómo los rayos del sol habían pasado del rojo intenso del amanecer al naranja brillante del medio día. Tikal permanecía en silencio cuando sintió una mirada, volteó a su derecha y vio que se trataba de Layar, al instante los dos sonrieron, ahora se sentían más confiados de lograrlo.

La entrada al cañón enclavada en la Reserva de la Biosfera Selva El Ocote era la parte final de su viaje, por tal motivo Escan redujo la velocidad y avisó al grupo que en cualquier momento llegarían a su destino.

Las paredes del cañón pasaron de lucir la copiosa vegetación y las nutridas cascadas a la desnudez de la piedra, volviéndose más altas y estrechas a cada paso. Estaban entrando en la cueva La Venta, donde los rocosos muros alcanzaban hasta 80 metros de altura al tiempo que se angostaban cada vez más, haciendo que la fronda en la parte superior impidiera el acceso de la luz, salvo por algunos esporádicos orificios.

En ese punto, Escan aprovechó su aerodinámica para nadar como una tortuga de río, impulsándose con sus patas delanteras y traseras, estirando el cuello para orientarse con la cabeza y respirar por la nariz.

Su siguiente punto de referencia fue la cascada El Ensueño, una hermosa caída de agua que se proyectaba por una pared irregular de rocas que la hacían dispersarse hasta llegar al río en forma de una vigorosa lluvia.

Entraron en la zona más reducida del cañón, una especie de túnel hecho de roca jaspeada. Al final de dicha estructura lo que vieron los estremeció: ahí estaba el espléndido Arco del Tiempo, un monolito que se había mantenido intacto por más de 80 millones de años, incluso antes de que el gran meteorito se estrellara en Chicxulub. A través del espléndido arco ojival se colaban los rayos solares reflectándose en las paredes creando una ilusión en la que parecía de oro puro. Al centro sobresalía el segmento de una enorme roca que bien podría ser lo que quedó del meteorito que terminó con los dinosaurios si este no se hubiera desintegrado. Enseguida estaba un pequeño islote de arena amarilla rodeado por el agua del río La Venta en destellante color verde. En suma, el lugar era sobrecogedor, era como una versión terrícola del Megaron detriano.

Escan y Layar, quienes habían viajado a los lugares más recónditos de la galaxia, e incluso Copán y Tikal, que conocían de las majestuosas bellezas del lugar, se quedaron en sus lugares sin moverse, intercambiaron miradas sin decir nada, el silencio era el mejor adjetivo. Se dejaron llevar por la corriente.

—Hemos llegado –indicó Escan.

* * *

De acuerdo con el ordenador, El Arco del Tiempo era el lugar en donde se encontraban las mejores posibilidades para que la dimensión de los vivos pudiera tener contacto con los muertos.

Apenas recuperaron los sentidos, se apresuraron a buscar el mejor lugar para poner el altar de muertos siguiendo la tradición prehispánica-católica.

Tikal propuso situarlo en la enorme roca que se encontraba junto al islote, ya que los primeros altares, hechos para sacrificios, fueron erigidos en piedras no solo en el mundo prehispánico sino incluso en el judaísmo. Eso lo sabía porque algunos de los llegados a Chicxulub pertenecían a esa tradición.

También sugirió que el altar debía de ser de tres niveles ya que, al igual que el árbol, simbolizaba el cielo, la tierra y el inframundo. Precavidamente, los argonautas habían traído algunos de los objetos tradicionales de los altares de muertos. Iniciaron su construcción mezclando dichos elementos con otros propios del lugar. Era un ir y venir que provocaba que se encontraran todos en el estrecho y resbaloso camino que llevaba del islote a la roca.

Tikal subía con algunos adornos en papel picado dedicados a la catrina, creada por el ilustrador José Guadalupe Posadas e inmortalizada por el muralista Diego Rivera, cuando coincidió con su amado Bambú. Su brillante piel bronceada y la blanca textura exterior de Layar quedaron tan unidas como una ficha de dominó; luego ella resbaló un poco, él la tomó por la cintura y no pudo evitar estrechar su cuerpo y cantar el estribillo que decía: "Y aunque la vida me cueste, Llorona, no dejaré de quererte".

Acarició con suavidad su mentón, acercó sus labios como un pintor que desea difuminar una imagen, pero al primer contacto quedaron atrapados y ya no pudieron separarse mientras un caudal de emociones y sensaciones los arrollaron en ambos sentidos. No había necesidad de hablar ni de conocer mucho acerca del Universo, los agujeros negros, la teoría de la relatividad; ese instante para Layar había valido la pena viajar de extremo a extremo de la galaxia, y para Tikal significaba que la vida tenía un sentido, algo por qué luchar.

XIII

Ya habían pasado el mediodía, momento en el que el portal había alcanzado su punto máximo de apertura, para enseguida comenzar a cerrarse minuto a minuto. Por tanto, la cuenta regresiva para hacer contacto con aquellos que podían tener las respuestas del porqué de la destrucción de la civilización humana había comenzado.

Al punto de las 14:00 horas el altar estaba terminado y la ventana que comunicaba los dos planos estaba abierta, solo faltaba la ofrenda que presentarían a los muertos. De hecho, se habían concentrado tanto en la confección que la habían olvidado. ¿Qué podían ofrecerles para que se interesaran en visitarlos en vez de acudir al llamado de otros peticionarios?

—¡Ya sé! –dijo Copán– pongamos la semilla de maíz que el dios de la agricultura y el maíz nos dio.

Con mucho entusiasmo y optimismo, y siguiendo el ritual correspondiente, la colocaron en el altar para luego sentarse a esperar.

Pasaron dos horas y nadie había aparecido. La sombra que

proyectaba el altar descendió haciendo que el ambiente se pusiera tenso.

—¿Qué sucede?, ¿acaso esos seres se resisten al alimento que da la energía, y por el que los humanos claman, incluso pelean? –preguntó Copán con irreverencia.

—Tal vez esa sea la razón, estos seres no necesitan de este tipo de alimentos, necesitan de algo que nutra su mente, su espíritu, no su cuerpo –inquirió Escan dirigiendo la mirada a Layar, quien estaba distraído.

—¡Eso puede ser!, debemos atraer a pensadores, críticos y opositores del sistema de consumo, gente que analizó su sociedad desde distintos ángulos. Incluso algunos de ellos, en el mejor de los casos, debieron ser ignorados, desacreditados, pero en otros fueron perseguidos y asesinados por denunciar lo que sucedía.

A partir de ese razonamiento, el detriano decidió poner aquel trozo de papel encontrado en la biblioteca Codrington.

—Es como lanzar un conjuro para convocar a las mentes más intrépidas y reaccionarias de la Tierra.

Minutos después de haberlo puesto, una gran escalera conectó el altar con el inframundo, parecía que en cualquier momento aparecerían.

Con un renovado optimismo retomaron la espera; a medida que pasaba el tiempo, y ante los nulos resultados, lo fueron perdiendo. Otra vez no funcionó. Sin duda, algo faltaba en su altar, que no era capaz de hacer que los seres de la otra dimensión subieran. ¿Qué falta?, se preguntaban unos a otros con miradas que se traducían cada vez más desesperadas.

Copán, que estaba sentado en el islote y recargado en una piedra, tomó su morral de henequén y lo puso atrás de su cabeza a manera de almohada, pero al recargarla sintió que algo se le encajaba en la nuca, trató de acomodarlo varias veces sin lograrlo, le seguía siendo incómodo, podía sentir su forma con la palma de la mano, pero no recordaba qué era.

Intrigado abrió el morral y sujetó con su mano el objeto al tiempo que decía:

—¡Eso es!, ¡esto debe de atraer hasta el espíritu más díscolo!

Voltearon al unísono para contemplar cómo lo sostenía con su mano.

—¿El pox? –preguntó Tikal sorprendida.

—Por supuesto, esta bebida ha sido usada en ceremonias, rituales, pero, sobre todo, es un desinhibidor social, tiene la capacidad no solo de atraer a las personas a las reuniones sino de aflojar su lengua.

Se puso de pie y caminó sosteniendo el bule por encima de su cabeza con ambas manos, luego se hincó frente al altar y profirió unas palabras.

—Señores del conocimiento, apóstoles de la verdad, mártires de sus ideas, los convocamos porque solo ustedes pueden contestar nuestras preguntas. Hoy, en el día que está permitido entablar diálogo con su dimensión sin molestarlos, queremos escuchar lo que nos puedan decir.

Enseguida, colocó el recipiente con sumo cuidado, agachó la cabeza y extendió sus brazos frente al altar con las palmas extendidas; después retrocedió batiendo las manos como sonajas.

Habían pasado cuatro horas desde que terminaron el altar y solo faltaban seis para que la ventana se cerrara y todavía no habían conseguido hacer contacto con nadie, ni siquiera el pox lo había logrado. Se encontraban en un estado por demás pesimista. Layar, que estaba junto a Tikal acariciando su cabello, se incorporó y caminó hasta Escan, lo miró directo a los ojos y le dijo:

—Creo que debemos de pensar en un nuevo plan, parece que no le simpatizamos a estos seres.

Tikal y Copán los veían sintiendo pena por ellos, dado el gran esfuerzo y peligros que habían pasado para llegar al lugar, compartían su ilusión de contactar a aquellos seres y obtener las respuestas que tanto anhelaban. Los detrianos se dirigieron a sus compañeros con palabras de agradecimiento por su esfuerzo y apoyo.

—Dado que el objetivo por el cual nos hemos trasladado hasta esta recóndita región del planeta no se ha logrado…

Fueron entonces interrumpidos por una extraña vocecilla.

—Destapa el bule.

Layar volteó inmediatamente y exclamó.

—¿Quién dijo eso?

La vocecilla se volvió a escuchar.

—Eso no importa, solo destapa el bule.

Todos dieron vueltas tratando de ubicar de dónde provenía la voz que no dejaba de decir:

—¡Vamos, solo hazlo!

Hasta que en una esquina del altar se materializó un diminuto sujeto con rostro de anciano, rasgos mayas y la cabeza recargada en su brazo izquierdo.

—¡Es un alux'Ob! –gritó Copán inmediatamente al verlo.

—¿Qué?

—¡Un aluxe!

Tikal había escuchado historias acerca de cómo los aluxes guiaban a las personas que se extraviaban en la selva hacia el camino de regreso, pero pensaba que solo eran cuentos del folclor local.

—¿Qué es un aluxe? –preguntaron Layar y Escan con insistencia.

—Son geniecillos que cuidan la selva de extraños.

Entonces retrocedieron, pero Tikal se acercó a él con su gracia femenina y le preguntó:

—Amiguito, ¿qué quieres de nosotros? –mientras arpegiaba con los dedos la nariz del aluxe.

Este se ruborizó, se dio la vuelta y flotó despacio hasta la bóveda del arco. Cuando regresó de las alturas les dijo:

—Mi nombre es Balam, tienen que abrir el bule.

Copán interpeló:

—No podemos hacer eso porque es una ofrenda para los seres de la otra dimensión.

El geniecillo se cruzó de brazos y entrecerró los ojos en señal de enfado.

—Los seres de la otra dimensión no solo vienen para conversar con los de esta, sino porque en este día pueden revivir las costumbres y hábitos que cuando era mortales disfrutaban; tanto, que incluso algunos de ellos los llevaron a la muerte, ¿me explico? Ellos no vienen por la botella sino por lo que contiene: el pox.

Tikal saltó hasta donde estaba el bule sin decir nada, lo sujetó del cuello con la mano izquierda, pegó el cabo a su cuerpo, mientras que con la otra tiró con fuerza del tapón, en un santiamén los vapores del destilado de maíz y caña se esparcieron como un enjambre de abejas furiosas. Balam se acercó, tomó el contenedor con sus pequeñas manos y se sirvió en un jarro de barro para luego beberlo sin hacer pausa mientras desaparecía.

Como atinadamente había señalado el aluxe, los seres de la otra dimensión no tardaron en subir por la escalera, atravesaron el portal y bebieron el pox. Uno por uno fue encontrando un lugar en el islote mientras pasaban de solo mirarse con extrañeza a hacerse preguntas como: "¿Cuándo moriste?", o, "¿qué hacías antes de morir?", para luego conversar sobre diversos temas.

El día seguía avanzando mientras el sol comenzaba a buscar un lugar entre las montañas para ocultarse. Los detrianos se dieron cuenta que ya nadie subía por la escalera, era el momento para averiguar cuál había sido el motivo del cataclismo de la civilización humana, por qué de repente habían disminuido su consumo de energía.

Layar caminó hacia el altar con la cabeza agachada, dubitativo, tal vez nervioso; al llegar raspó la garganta en dos ocasiones para captar la atención de los asistentes y luego se dirigió a ellos.

—Venimos de un planeta llamado Detrix, que está en el otro extremo de la galaxia. El Consejo Intergaláctico nos envió para averiguar por qué de pronto la Tierra pasó de un planeta en camino de convertirse en una civilización planetaria, a un páramo que consume una minúscula fracción de energía. Para el Consejo, saber lo que aquí sucedió puede ayudar a que esto no se repita en otras partes de la galaxia.

Los seres de la dimensión inmaterial, que eran en gran parte quienes denunciaron por todos los medios posibles el cambio climático, sus causas, sus consecuencias –y más importante aún– sus causantes, comenzaron a murmurar. La mayoría comprendían la misión de los detrianos, les parecía loable, y se mostraban dispuestos a cooperar. Algunos pocos no estaban seguros de sus motivos, pero una vez bajo los efectos del pox, se manifestaron abiertos a cualquier cosa, con tal de seguir la tertulia.

—Nos entusiasma poder contribuir a que no vuelva a suceder un desastre como el de la Tierra, ya sea en la galaxia o incluso en el Universo; estamos en la mejor disposición de contestar sus dudas.

Habiendo escuchado eso, Layar sintió que ahora sí estaban en el camino correcto y sin mayor ceremonial lanzó la pregunta que tanto les inquietaba.

—¿Cuál fue la causa del colapso de la civilización humana?

Lo abrupto de la pregunta tomó por sorpresa a los miembros de la resistencia, los inmateriales. Después de mirarse entre ellos, Enrico, un tipo flaco de nariz puntiaguda y rostro áspero, se puso de pie, metió las manos en el pantalón y comenzó a hablar.

—La respuesta es fácil. La podemos resumir diciendo que fue el egoísmo de las elites el que llevó al colapso.

—¿El egoísmo? –preguntaron los exploradores al mismo tiempo con cierto aire de incredulidad.

—¡Je, je!… esperaba esa reacción. Faltó decirles que era fácil, pero no sencilla. Me explico: estamos enterados de las investigaciones que ustedes han hecho en la Tierra; es un buen avance. Ciertamente desde los albores de la humanidad surgió una visión colaborativa, por necesidad igualitaria y respetuosa de la Madre Tierra. También es verdad que con el nacimiento de la civilización vino el individualismo, cuyas características principales fueron las que ya describieron: la estratificación social y la sobreexplotación de la naturaleza. Ambas visiones estarían confrontadas desde sus inicios y hasta el final de la civilización.

Ese antagonismo se volvió aún más radical cuando a través de la ciencia, el hombre comenzó a entender cómo funcionaba el mundo; esencialmente en los siglos XVI al XVII, el surgimiento de la Modernidad. Aquellos comerciantes provenientes de los burgos finalmente ocuparon los puestos de poder en Europa, con un nuevo concepto de riqueza bajo el brazo: el individualista. Francis Bacon, estadista inglés del siglo XVI, sería uno de los primeros en convencer a las elites de su tiempo sobre que la idea de la Tierra como una madre eran un estorbo para que el hombre accediera de forma ilimitada a sus recursos, "a sus entrañas". A partir de ahí todo comenzó a cambiar, no solo fue válida la explotación de la naturaleza sino la del hombre por el hombre. No es una coincidencia que en la mayoría de los casos en donde se dio la sobreexplotación de los recursos, también sucedió la del hombre.

Enrico caminó con pasos alargados, pero lentos a la vez, y mirando a los ojos a Layar, continuó.

—La visión colaborativa estuvo representada por monjes, clérigos, filósofos, idealistas y en general humanistas como Tomás Moro (siglo XV-XVI), quienes vieron en el nuevo conocimiento la posibilidad de un futuro mejor para todos, un nuevo amanecer. Sin embargo, en la mayoría de los casos, fue el grupo de los individualistas el que se impuso, no por la razón, sino por la fuerza. Los siglos que van del XVI al XIX atestiguan cómo fueron consolidando su ideología a medida que iban dominando la ciencia y la tecnología, convirtiendo al mundo en su campo de juego, el del capitalismo liberal.

Enrico sacó las manos de los bolsillos, tomó el bule y empapó su garganta con el pox, enseguida buscó un lugar donde sentarse; era todo lo que tenía que decir, o tal vez era todo lo que quería decir.

Los detrianos ahora corroboraban la hipótesis de que el grupo individualista se impuso al colaborativo, quienes se caracterizaba por una nueva forma de producción basada en el conocimiento científico, el uso de la tecnología, la explotación del hombre y el extractivismo. Pero ese no era el problema, sino el hecho de que ese modelo ahora estaba al servicio de un clan que, con tal de satisfacer sus excentricidades, podía llevar al planeta al colapso.

—Pero, ¿en qué momento perdido el control? –preguntaron los detrianos.

Un sujeto de nombre Andreas, quien lucía una barba rala y un aspecto descuidado, tomó la palabra sin levantarse de su lugar.

—Los acontecimientos dieron un nuevo giro a finales del siglo XVIII y principios del XIX.

Así comenzó Andreas dirigiendo su mirada primero a los exploradores, y luego a sus compañeros.

—El grupo individualista se había fortalecido y ahora mandaba no solo en Europa sino en América, y otro tanto en África y Asia. Entonces, el destino del mundo cambió para siempre. Los individualistas desarrollaron la producción industrial, con todo lo bueno y malo que ello representó para la Tierra. Dicho modelo giraba en torno a una máquina que era capaz de producir movimiento autónomo, casi como magia, acelerando exponencialmente la producción y la ganancia. La máquina de vapor se convirtió en la principal estrategia de un periodo que reafirmaba la cara oculta de la civilización. Por una parte, la estratificación y la desigualdad social; esta última representada en el surgimiento del exclusivo grupo del 1%, que llegó a concentrar una riqueza igual a la de 89% de la población mundial. La otra fue la sobreexplotación de la naturaleza y el daño al medio ambiente, en especial cuando se cambió de la energía producida con molinos de agua, a la extraída con la quema de grandes cantidades de carbón, seguida del petróleo. La combinación de ambos factores, máquina y combustibles fósiles, resultarían ser la cicuta de la humanidad.

Escan interrumpió con su característica sutileza.

—Lo que comentas es muy entendible, y de hecho ha sucedido en otros sistemas solares; me refiero a la producción industrial y el consumo de combustibles fósiles, pero por sí solos no son capaces de destruir un planeta entero. ¿En qué punto esto se salió de las manos y por qué?

Andreas dudó en contestar cuando una mujer tocó su hombro y le hizo una seña para indicarle que ella continuaría explicando, se trataba de

Emira, quién había dedicado su vida a estudiar las causas del cambio climático de los últimos siglos.

—En esencia la producción industrial no era mala, como tú apuntas, incluso fue una gran aportación de la gente de aquellos siglos y latitudes; usada de manera colaborativa podría haber satisfecho muchas necesidades humanas y evitado la aberrante desigualdad, pero en las manos incorrectas y ligada a los combustibles fósiles se convirtió en todo lo contrario.

Emira se acercaba paso a paso hacia el altar mientras explicaba cómo los individualistas le dieron forma a su modelo económico: el capitalismo liberal industrial.

—Las elites capitalistas de aquella época tenían la máquina que quemaba combustibles fósiles haciéndolos más ricos y poderosos con cada exhalación de CO_2, pero para ellos no era suficiente; esa era otra característica de su modelo económico, nunca estar satisfechos. ¿Cómo incrementarían la producción? La solución llegó en la primera mitad del siglo XX, cuando se creó el consumidor en masa, una especie de autómata que no solo compraba lo que necesitaba, sino principalmente aquello que no necesitaba; un individuo que nunca estaba satisfecho sin importar lo que consumiera o cuánto. En ese sentido era igual que la máquina, que necesitaba literalmente consumir algún tipo de combustible fósil para poder transmitir movimiento. La principal razón por la cual se consumía sin medida, era debido a una sutil manipulación de los valores de la sociedad, que hacían ver al derroche y la superficialidad como el estilo de vida ideal, exitoso, triunfador, y para asegurarse de que nadie lo alcanzara, lo reajustaban cada cierto tiempo. Pronto, ese estilo comenzó a ser exportado en todas partes, e incluso se volvió aún más derrochador, más egocéntrico.

Fue entonces que el petróleo ya no solo se convertía en combustibles fósiles, ahora tomaban el lugar de materias primas como la madera, las fibras y las sustancias naturales. Gobiernos y empresas se vincularon a ese gran negocio, ya fuera extrayendo materias o transformándolas en productos y servicios. A medida que se generalizó el consumo en masa, ninguna parte del planeta estuvo a salvo: deforestación de bosques y selvas, contaminación del aire, acidificación del agua, extinción masiva de especies, fracturación hidráulica (fracking), transformación de petróleo en todo tipo de productos con alta huella de carbono, pero sobre todo la quema desmedida de combustibles fósiles, principales culpables de liberar el CO_2 a la atmósfera e incrementar la temperatura del planeta.

—No entiendo –interrumpió Layar, que no se estaba quieto en su lugar– nosotros encontramos evidencias sobre acuerdos para eliminar los gases de efecto invernadero: la Cumbre de Río 1992, en Johannesburgo 2002, el Protocolo de Kioto 2005, París 2015… Además, generaron fisión nuclear: 1945, en Hiroshima y Nagasaki, y lanzaron una sonda al espacio en 1972; eso implica asumir, o cuando menos entender, que la energía solar, eólica y otras podían sustituir a los combustibles fósiles, y de esta manera evitar un colapso.

Emira se detuvo para escuchar al detriano, lo miraba con atención desde el otro extremo del arco, percibía sus dudas y trato de ser más clara.

—Indiscutiblemente hubo varios acuerdos para reducir las emisiones de CO_2, algunos con muy buenas intenciones como el de París 2015, pero fueron solo eso, buenas intenciones. También se desarrollaron tecnologías limpias capaces de sustituir en gran medida el consumo de hidrocarburos: los paneles solares, los aerogeneradores, el combustible de hidrógeno. Hubo programas enfocados a la reforestación, a la captura del CO_2, la economía circular, etcétera. Sin embargo, ninguna propuso reducir la fabricación; todos formulaban continuar produciendo en la misma cantidad preocupados por la economía, más que por el medio ambiente. Hacía falta un programa conjunto para reducir la producción superflua.

—¿Superflua?, no comprendo, ¿qué es eso? –dijo Layar mirando a Escan, quien también lo ignoraba, ya que era un término que solo existía en la Tierra.

—Producción superflua; es decir, existía una serie de productos y servicios que eran necesarios, incluso indispensables; no era posible prescindir de ellos. No obstante, había otros, los superfluos, cuya principal característica era que si se dejaban de producir nada sucedía. Para ello era necesario alterar el modelo económico y dirigirse hacia un sistema en donde no fuera el consumismo el engrane motriz. Por ejemplo, haber dejado de usar la plata para la ornamentación o la acuñación de monedas y orientarla a la fabricación de celdas fotovoltaicas; eliminar la obsolescencia programada que convertía a los productos electrónicos en basura en muy poco tiempo; controlar la industria de la moda que empujaba a las personas a comprar más de lo que ya tenían. No importa si se produce con petróleo o paneles solares o incluso si se recicla, si la producción superflua no se elimina, sólo es otra forma más de extractivismo.

—¿Y por qué no se eliminó?

Los exploradores cada vez se sorprendían más de la indolencia del grupo del 1% y sus aliados, al grado de molestarse.

—Porque era uno de los tres pilares del modelo económico capitalista: producción superflua, combustibles fósiles y consumismo. Juntos permitían que el grupo del 1% y sus aliados acumularan cada vez más riqueza y poder. Eliminar cualquiera de ellos implicaba que cayera su castillo de cristal teniendo que renunciar a sus privilegios, y no estaban dispuestos a hacerlo por ningún motivo.

Dicho modelo alcanzó su cenit con el Neoliberalismo, a principios de la década de 1990, cuando la riqueza individual ilimitada llegaría a cifras astronómicas, convirtiendo a ciertos empresarios en celebridades, y quienes, debido a eso, lo defenderían a toda costa. En cambio, para el resto del mundo representó el periodo de mayor desigualdad en la historia de la humanidad, así como el momento en que las emisiones de gases de efecto invernadero se salieron de control. Los climatólogos constataron a principios del siglo XXI que la temperatura del planeta se estaba incrementando, a partir de la Revolución Industrial, en correlación con la quema de combustibles fósiles, resultado de la producción superflua.

Entonces, en el año 2019, el Grupo Intergubernamental de Expertos sobre el Cambio Climático (IPCC) alertó sobre la imperiosa necesidad de reducir a cero las emisiones globales de CO_2 entre los años 2020 y 2050, sustituyéndolas con energías limpias. El objetivo era reducirlas en las siguientes tres décadas evitando llegar a los 1.5 grados. De ser así, las posibilidades de no sobrepasar los 2 grados y llegar a cero emisiones en 2050 eran muy alentadoras. De lo contrario, muy probablemente se sobrepasarían y eso implicaba el punto en el que los daños al medio ambiente y a las especies serían irreversibles. Por lo tanto, no solo se debía impulsar la energía solar, eólica o cualquier otra que no contaminara, sino la reducción de la producción y el consumo superfluo.

La aguda mujer jaló aire y continuó con su exposición cronológica, siendo cada vez más contundente.

—Los estudios realizados por el IPCC dirigieron los reflectores hacia el grupo del 1%, y su elite fósil; es decir, no solo quienes se enriquecían con la extracción de hidrocarburos, sino aquellos que los quemaban en exceso: empresas, gobiernos, ejércitos, magantes y celebridades. La llegada del Covid a finales de 2019 reavivó la idea de que lo que estaba sucediendo era el resultado de una sobreexplotación de la naturaleza, era el momento de transitar a un modelo económico que promoviera el cuidado del medio ambiente y disminuyera la desigualdad. Aún no se terminaban los confinamientos por completo, cuando se retomó la guerra por el control del mundo entre Oriente y Occidente, teniendo como epicentro Ucrania. La escasez de gas natural y petróleo derivada de las sanciones aplicadas a Rusia, fue utilizada como una justificación para retomar el carbón como fuente de energía, esa solo fue la primera de varias guerras que se suscitaron. Nuevamente se puso en evidencia la importancia de los energéticos: quien los controlara aseguraría su supremacía en el mundo para las siguientes décadas. Fue un periodo en el que, en vez de promover la disminución de hidrocarburos, se archivaron las advertencias del IPCC. En medio de ese contexto surgió un nuevo conflicto: la guerra por los elementos que permitían la transición a las energías limpias. Los principales países del mundo veían en ellas una especie de brebaje mágico, una forma de acallar sus consciencias sobre el desorden climático que habían provocado con su trinomio: producción superflua, combustibles fósiles y consumismo. La principal guerra se dio en la industria automovilística, que se había propuesto sustituir el auto de gasolina –en 2021 había 1 400 millones– por el de baterías de litio. Por lo tanto, y al igual que en los mejores tiempos de los hidrocarburos, lo que se le hiciera a la naturaleza estaba justificado en nombre del progreso, incluso "acceder a las entrañas" de la Tierra. Los lugares de donde se medró el oro blanco y otros elementos como el cobalto, cobre, cerio, europio, etcétera, experimentaron una grave contaminación del agua, el suelo y el aire, provocando graves daños a la salud de los trabajadores y de aquellas comunidades circundantes que no fueron desalojadas por los consorcios. Sin embargo, poco importaba si alguien en alguna ciudad de primer mundo podía manejar un automóvil que no contribuyera al cambio climático. Las energías limpias se volvieron sucias. La extracción masiva de metales, con el argumento de la transición a energías verdes, solo aceleró el desastre. En ese punto, el grupo del 1% urdió un plan partiendo de dos premisas: primero, no estaban dispuestos a perder sus privilegios por ninguna circunstancia; segundo, ellos mejor que nadie sabían que el trinomio –producción superflua, combustibles fósiles y consumismo– terminaría por rebasar los 2 grados, ya fuera antes o un después del año 2050. Por tal motivo, decidieron su propio camino, que partía de la idea de que había llegado el momento de consolidar una Civilización Planetaria tipo I, y si para esto la Tierra debía ser sacrificada, valía la pena hacerlo, ya que ellos eran los elegidos para llevar a la raza humana más allá de las fronteras del sistema solar, e incluso convertirse gradualmente en una Civilización Galáctica tipo III, que fuera capaz de consumir la energía de millones de estrellas. Ellos eran los herederos de aquel grupo que creó la civilización en Egipto y Sumeria, de aquellos que había impulsado los cambios en la Europa del siglo XVI, de quienes habían construido en Inglaterra la máquina que quemaba combustibles fósiles y exhalaba CO_2, aquellos que habían inventado el consumismo, y por lo tanto, debían preservar su glorioso legado; el resto del mundo solo era como niños a los que se les entretiene con un juguete. No obstante, la raza humana nunca había contado con tales recursos humanos, científicos y tecnológicos; cuando menos en eso el capitalismo había hecho bien las cosas. Sin embargo, en vez de ponerlos al servicio de la humanidad, los individualistas hicieron creer al mundo que trabajarían en favor de la conservación de la Tierra en todo evento en el que participaban, cuando en realidad enfocaron grandes recursos para escapar del planeta llegado el momento, mientras mucha gente aún moría no solo por falta de vacunas contra el Covid y sus variantes, sino de hambre. El grupo del 1%, que ya no eran solo aquellos que se ubicaban en el norte global, sino que para ese momento incluía a las monarquías árabes y los nuevos millonarios de Asia desarrollada, comenzaron a gastar miles de millones de dólares en expediciones para establecer la primera colonia en Marte, dando inicio a su expansión allende el sistema solar. Para ello se requería de algo más que los hidrocarburos o incluso de la fisión nuclear: se necesitaba la fusión nuclear. Acceder a esa energía solo fue una realidad en el año 2075, después de millones de dólares gastados en investigación, cuando ya se habían rebasado los temidos 2 grados. A partir de ese momento los esfuerzos se concentraron, no en salvar a la Tierra, sino en hacer todos los preparativos para trasladar los recursos a Marte y crear una flotilla de naves en la que pudieran huir.

En los primeros años de la década de 2050 nada hacía pensar que se experimentaría algo diferente a lo que ya se había vivido antes. Tal vez los expertos se habían equivocado, pensaron muchos. Pero el aumento de medio grado centígrado –de 1.5 a 2– activó los ciclos de retroalimentación, provocando un incremento en la capacidad de concentración del agua en la atmósfera, alterando primero el ciclo hidrológico y después generando como consecuencia tormentas más fuertes, descenso en las temperaturas invernales con copiosas nevadas, desproporcionadas inundaciones en primavera, prolongadas sequías en verano e incendios, poderosos huracanes de categorías 4 y 5, así como los nunca vistos de categorías 6 y 7. Al mismo tiempo en los océanos, que habían hecho la función de absorber el calor extra que se había generado por la producción industrial superflua, se extinguieron los arrecifes de casi todo el mundo, provocando una mortandad masiva de especies. El hielo marino del Ártico, cuya gran aportación era reflectar los rayos solares, regulando la temperatura de la Tierra, se volvió líquido, propiciando que las costas de todo el mundo se inundaran, mientras islas completas desaparecían. En las regiones árticas el deshielo dejó expuesta la tundra y con ella los cuerpos de animales que habían muerto por patógenos que ni siquiera se conocían. La tierra fue perdiendo su fertilidad hasta volverse inocua. Especies indispensables para la supervivencia humana y los ecosistemas como las abejas, el plancton o el salmón desaparecieron, nunca más se les volvió a ver. En ese punto las pandemias y las hambrunas fueron el azote de la población. Por si fuera poco, la delincuencia organizada pasó del tráfico de drogas al acaparamiento del agua, los alimentos y los insumos médicos esenciales como el oxígeno. Las naciones organizaron guerras sin ningún argumento más que su derecho a sobrevivir por encima de todos, se apoderaron de recursos vitales como el agua y el grano. La base de la civilización, el respeto a lo ajeno, desapareció por completo; los gobiernos poco pudieron hacer, más bien se preocuparon por ellos y los suyos; los ciudadanos quedaron a su suerte. Hacia el año 2125, el grado de desarrollo científico y tecnológico que se había alcanzado era suficiente como para detener los efectos del calentamiento global. Sin embargo, todos los recursos existentes estaban enfocados en mantener a salvo al grupo del 1% y en producir los insumos para la primera colonia marciana. Por momentos parecía que la Tierra se regeneraba y que poco a poco la campiña inglesa reverdecería; que habría de nuevo una regularidad en las lluvias monzónicas; que las tierras del delta del Nilo serían otra vez fértiles y las mariposas monarcas retomarían su viaje migratorio a través de Canadá y Estados Unidos de América para pasar el invierno en Michoacán y el estado de México; que los osos polares encontrarían salmones saltando en los ríos luego de terminar su hibernación, o que los pingüinos emperador volverían a mostrar su sentido de colaboración al ceder su lugar en el centro del grupo y pasar al perímetro, para que otro se calentara. Pero no fue así, eran los vanos intentos de la Madre Tierra por salvar a los miles de millones de hombres y mujeres que irremediablemente morirían con ella. En los cinco años previos a 2150, sucedió lo que se conoce como el Canto del Cisne o el Gran Cataclismo: cuando todas las fuerzas de la naturaleza convergieron y después de la destrucción de los ciclos naturales y las especies, siguió la destrucción de los humanos. Ahí salió su parte más oscura: cuando el grupo del 1% sacrificó al resto de la población en su megalómano deseo de convertirse en una civilización planetaria; cuando la sociedad colapsó por completo, las ciudades fueron abandonadas y se borró toda evidencia de civilización. Incluso en ese punto se habría podido hacer algo, al menos para aminorar el sufrimiento. Por el contrario, la carrera por escapar del mundo que ellos mismos estaban destruyendo –el grupo del 1%– incrementó la cantidad de residuos y aceleró el calentamiento del planeta. Fue como darle el último empujón al que de todas formas caerá al precipicio. El día 1 de enero de 2150 a las 12:00 del día, el grupo del 1%, los individualistas, los que iniciaron y terminaron todo, partieron hacia Marte en las flamantes naves construidas por el resto de la población; nuevamente era una máquina la que salvaba a unos, y a otros los condenaba a morir. Al llegar hicieron un brindis y comieron todo tipo de exquisitos alimentos traídos de la Tierra, inaugurando el año 1 de la primera civilización planetaria del sistema solar.

A pesar de que Amira era energía, sus ojos derramaron destellos de electricidad mientras caminaba con la cabeza agachada y recordaba una alabanza de la tribu de los indios Seattle.

—La Tierra era lo más hermoso que ha existido, lo más fantástico que puedes imaginar, lo más sublime a lo que puedes aspirar:

"La Tierra es nuestra madre, por eso todo lo que le pasa a ella les pasa a sus hijos. La Tierra no les pertenece a los hombres, son ellos los que le pertenecen".

XIV

Los detrianos estaban tratando de ordenar lo que habían escuchado. El caso de la Tierra sin duda era atípico en la galaxia. Sin embargo, no había sido la ciencia o la tecnología, la producción industrial, el capitalismo liberal o incluso aquella máquina que expelía nubes de CO_2 lo que había llevado a la civilización humana a la catástrofe; esas solo eran manifestaciones del tipo de mentalidad que había prevalecido, detrás de ella estaba algo que parecería insignificante, pero que era la causa de todo: el egoísmo de un grupo que prefirió sacrificar a la humanidad antes que perder sus privilegios, y si eso se desperdigaba por el Todo Esencial, entonces, el peligro de una nueva guerra universal era real.

De manera espontánea inició en el Arco del Tiempo un debate acerca de qué era lo que definía la civilización.

Los historiadores, antropólogos y sociólogos presentes identificaban a la civilización a partir de su grado de organización social, mientras que los físicos y químicos la asociaron a un medio cuantitativo: la cantidad de energía que eran capaces de consumir, pero no fueron las únicas propuestas.

De entre la multitud surgió una voz que reclamaba por respuesta.

—En sus inicios, ningún tipo de sociedad habría logrado progresar e incluso subsistir sin el trabajo colaborativo, luego entonces, ¿cómo esas sociedades se convirtieron en civilizaciones al tiempo que abandonaban la colaboración para imponer el trabajo individual?, ¿es el individualismo la principal aportación de la civilización?

En medio de un silencio incriminador, una antropóloga se levantó, poniendo las palmas hacia el suelo llamó a la calma.

—Queridos hermanos y hermanas, la civilización surgió, creo yo, cuando un hombre fue capaz de ayudar a otro sin ningún interés, cuando alguien experimentó el dolor ajeno en carne propia, cuando hubo empatía. Así lo muestran los restos fósiles que se encontraron en una cueva, donde un hombre del paleolítico, luego de romperse el fémur, vivió hasta la vejez, sin duda, gracias a la ayuda de sus compañeros; de otra forma no le hubiera sido posible ni siquiera alimentarse, mucho menos cazar, hacer fuego, fabricar su ropa o defenderse de una bestia. Esos hombres y mujeres que vivían en cavernas, de quienes a veces dudamos que fueran inteligentes, eran capaces de sentir empatía; ahí fue cuando surgió la civilización, lo demás fueron avances que no implican necesariamente progreso. Si la escala para medir el nivel de civilización hubiera sido la capacidad de sus miembros para ayudarse de manera desinteresada, en vez del desarrollo tecnológico o el consumo de energía, nuestra amada Tierra aún existiría.

Ya no hubo más tiempo para discutir, el portal dimensional comenzó a cerrarse y todos empezaron a irse con cierto aire de nostalgia, pensando que pudieron haber hecho más por salvarla, mucho más. Antes de que se fueran Layar les preguntó si el grupo del 1% regresaría algún día, como había prometido, y ellos le contestaron al tiempo que le entregaban valiosa información sobre las causas de la catástrofe.

—Volverán, ténganlo por seguro que volverán.

El día había terminado, los argonautas estaban dubitativos, incluso Tikal y Copán, que sabían muy poco sobre lo que le había sucedido a la Tierra y que no entendían gran parte de los términos que usaban esos individuos raros, les quedó claro que la causa del Gran Cataclismo y la posibilidad de evitarlo no había sucedido por la falta de conocimientos, sino de voluntad.

Escan preguntó sin buscar una respuesta.

—¿Acaso no fue ese el mismo motivo que terminó con el Todo Esencial: el egoísmo? Pensábamos que con aquella gran explosión había sido extirpado para siempre, pero al parecer los humanos lo trajeron de nuevo a la vida.

La luz de la luna brillaba sobre las paredes del imponente Arco del Tiempo cuando Escan extendió sus patas y se elevó como un globo aerostático. Layar sabía que su misión en la Tierra había terminado, debían presentar su informe al Consejo Intergaláctico; eso implicaba dejar a Tikal, aunque fuese por un tiempo. Sin decir nada la abrazó y al instante pudo sentir el calor de su cuerpo junto al suyo; no se apartó de ella en todo el viaje.

Llegaron a Chicxulub mucho antes de que el sol saliera. Cansados por tantas emociones se quedaron dormidos, incluso Layar. Escan había pasado al modo recarga, por lo que sus sistemas estaban en pausa.

SEGUNDA PARTE

De cómo los humanos lucharon hasta el final por salvar a la Madre Tierra

VI

LA VISIÓN MATERIALISTA DEL PROGRESO

Para los humarcianos las formas de vida que estaban a punto de eliminar no representaban nada, incluso era completamente válido que fueran sacrificadas en nombre del progreso, un progreso justificado por los beneficios materiales que les aportaba

I

Ya había salido el sol cuando Escan reactivó sus sistemas operativos. Sin embargo, el primero en despertarse fue Layar, quien solo estiró los brazos y bostezó, pero no había terminado cuando se dio cuenta de lo que estaba haciendo y lo que ello implicaba: por primera vez había dormido; se quedó paralizado y tuvo otra reacción humana: se sorprendió. En ese momento Tikal despertó y, como estaba frente a él, apenas lo vio, sonrió.

—¿Entonces no fue un sueño?, ¿de verdad estamos juntos?

Layar se sentó a su lado y rodeó su cintura delicadamente, la besó con ternura en la mejilla; ella entrecerró los ojos sin dejar de sonreír.

—Fue tan real como este beso. No importa lo que suceda, no me separaré de ti, luz de mi día.

Copán los interrumpió.

—Me pareció escuchar en la madrugada algunos ruidos que venían de la aldea, pero estaba tan cansado que no pude identificar de qué se trataba.

Al escucharlo Tikal volteó hacia él.

—Sí, yo también creí escuchar algo.

Escan, por su parte, exclamó:

—Percibo algunas vibraciones extrañas, no estoy seguro de qué tipo son.

Decidieron entonces ir a la aldea para ver qué sucedía, ¿acaso continuaba la celebración del Día de Muertos? Bajaron uno a uno por la compuerta lateral. Aguardaban a que Escan los siguiera con la cámara dron como de costumbre cuando por encima de su cabeza aparecieron tres naves con forma de triángulo isósceles. En su parte superior llevaban una torreta que giraba y lanzaba destellos de color rojo y azul; eran solo un poco más pequeñas que Escan. Se trataba de naves de combate.

Todos se sorprendieron, Tikal y Copán nunca habían visto algo así, mientras que Layar y Escan no podían creer que después del cataclismo hubiera naves de ese tipo en la Tierra.

Para su mayor asombro, el cielo se ensombreció con la aparición de una enorme nave nodriza. Escan reconoció que se trataba de una flotilla y retrocedió sobre sus patas traseras, adoptando una posición de defensa. Entonces las tres naves le dispararon al mismo tiempo y luego de convulsionarse quedó completamente inmovilizado. Un haz de luz cilíndrico se proyectó sobre los exploradores y se escuchó una voz como si alguien hablara desde adentro de una caja de metal.

—¡No intenten nada!

Layar se salió del espectro de luz y los enfrentó.

—¿Quiénes son y qué pretenden de nosotros?

—Solo manténganse debajo de la luz y no les pasará nada.

Layar tenía los puños cerrados, pero consideró que hasta no saber de qué se trataba era mejor obedecer; junto con los demás fue elevado al interior de la nave nodriza que se dirigió a la aldea, donde ya los esperaban.

Al aproximarse se podía ver desde la altura una humareda en forma de espiral que a medida que se elevaba se desenrollaba. Un día antes, mientras los argonautas estaban en la zona prohibida, y sin ningún aviso, naves de combate habían atacado la aldea arteramente, destruyéndola casi en su totalidad. Solo quedaban restos de madera, piedra y palma de lo que fueron las modestas chozas de los habitantes de Chicxulub, aquellas a las que llamaban hogar.

Soldados bien equipados no dudaron en golpear o incluso matar a todo aquel que se resistía o intentaba escapar. Cuerpos mutilados y otros carbonizados yacían esparcidos por las calles en donde apenas un día antes hombres y mujeres rebozaban de alegría prometiéndose amor eterno. ¿Cómo iban a saber que su dicha duraría tan poco?

Los sobrevivientes se encontraban aterrorizados, apiñados en la plaza principal, con grilletes en los tobillos, incluso los niños y las mujeres. No entendían qué sucedía; los notables habían sido torturados para que dijeran en dónde estaban los exploradores, pero estos no les creyeron.

A medida que la nave nodriza se acercaba a la plaza los pobladores entraron en pánico, recordando los momentos de terror que habían vivido durante el ataque, pero cuando descendieron Layar, Tikal y Copán, se alegraron. Los soldados los trasladaron hacia lo que quedaba del estrado, donde sesionaban los notables. Por su parte, los chicxos expresaban su alegría de verlos con brincos, abrazos o gritando su nombre; los veían como sus salvadores.

Los miembros del consejo de notables, golpeados y maltrechos, yacían en una esquina en calidad de rehenes. Al centro de la plaza tres sujetos, pálidos y robustos, permanecían sentados a la mesa del presidio, flanqueados por dos soldados a cada lado, aún más robustos y que, además de vestir trajes espaciales, portaban armas de defensa personal. Layar hizo de nuevo la misma pregunta en tono de demanda.

—¿Quiénes son y qué pretenden de nosotros?

De los tres sujetos, uno, el más robusto, esbozó una sonrisa agria, y se dispuso a contestar mientras permanecía con los brazos cruzados y el cuerpo echado hacia el respaldo.

—Mi nombre es Percival, soy el comandante de esta importante misión. Hace muchos años nuestros ancestros prometieron volver a la Tierra por aquellos que no pudieron llevarse en ese momento.

Layar jaló aire y preguntó con una visible preocupación.

—¿Acaso ustedes pertenecen al grupo del 1%?

Percival miro de reojo a los sujetos que estaban a su extremo y luego sonrió ácidamente.

—¡Ja, ja, ja!... Sí, así solían llamar a nuestros progenitores.

—¿Entonces vienen por nosotros? –preguntó Copán sorprendido.

De nuevo los hombres se voltearon a ver.

—Me temo que hay una confusión, ¡je, je!... En el año 2150 ellos hablaron de volver por la gente, si bien nunca fue su intención regresar por nadie, ya que lo consideraban una pérdida de tiempo y recursos, nosotros hemos cambiado de idea. Creemos que hay algo en la Tierra por lo que vale la pena regresar: los recursos que quedan y que en Marte no hay; eso permitirá consolidar nuestra colonización de la galaxia.

—La Tierra está muy debilitada –protestó Layar–, nosotros mismos la hemos recorrido y en todas partes hay desastres ambientales y devastación. En este momento todos sus recursos son valiosos para seguir albergando la posibilidad de que se regenere, llevárselos implicaría condenarla a desaparecer junto con Chicxulub.

—¿Eres el explorador que viene de Detrix, no es así? –preguntó Percival lanzando el cuerpo al frente.

—Efectivamente.

—Entonces estás consiente que no puedes interferir en los asuntos del sistema solar.

—Sí, lo estoy, pero de cualquier manera debo presentar un informe detallado sobre todo lo que encuentre en mi visita a la Tierra, y lo que he visto es una masacre.

Percival y el resto de los humarcianos –descendientes de humanos nacidos en Marte– sabían lo importante que era no despertar sospechas que llevaran al Consejo Intergaláctico a abrir una investigación en su contra; eso podía frustrar sus planes expansionistas.

—En otras circunstancias lo habríamos lamentado, incluso hubiéramos tratados de aminorar la masacre, como tú la llamas, pero hemos venido eliminando aquellas partes del cerebro en donde se generaban sentimientos de debilidad; la colonización de la galaxia requiere de mentes fuertes, no de sentimentalismos inocuos.

Percival continuó dando sus justificaciones, que desde su perspectiva eran completamente válidas.

—La colonia que establecieron en Marte fue la plataforma para crear las naves y los seres que partirán al planeta Kepler 186F. Los recursos de la Tierra son indispensables para garantizar el éxito, no podemos fallar, debemos de actuar rápido sin escatimar en el uso de la fuerza, sin misericordia alguna.

—¿Entonces para ustedes es válido que una civilización sea sacrificada para que otra pueda alcanzar sus objetivos?

—Detriano, nosotros no vamos a destruir ninguna civilización, fueron los humanos quienes la destruyeron; lo que hay aquí son solo los restos de lo que fue.

—Sí, fueron los humanos y su modo de vida consumista y superfluo, estilo de vida creado por sus antecesores, quienes al final huyeron. ¿Ahora ustedes quieren llevar ese estilo de vida a toda la galaxia, pasando por encima de este planeta?, ¿es eso justo?

—No hacemos juicios de valor, sino de posibilidades. La posibilidad de que esta aldea y su gente logre sobrevivir y progresar es de menos de 15%; la nuestra, de llegar y establecernos en Kepler 186F, es de más de 75%. De una u otra forma desaparecerán, qué importa si es ahora. Tal vez les sirva de consuelo saber que su sacrificio no será en vano, sino en beneficio de la colonización de la galaxia.

Ahí estaba otra vez esa sonrisa amarga; Percival no tenía ni la más mínima intención de retroceder en sus intenciones.

Layar se sintió contra la pared. Él, como explorador, sabía que en temas de controversia en la galaxia el bien mayor se imponía al bien menor, era una cuestión cuantitativa, y en este caso el fin justificaba los medios, no podía hacer ninguna apelación ante los conscientes; no había nada que hacer.

Pero, ¿por qué se preocupaba por el futuro de los habitantes de la Tierra? Desde de su llegada había comenzado un proceso de humanización en él, tal como lo advirtió la Madre Tierra. Su cerebro-ordenador aún contaba con el sistema límbico, aquella parte encargada de dirigir las emociones y sensaciones, indispensable en etapas primitivas de la evolución. Sin embargo, los conscientes tendieron a privilegiar el neocórtex, sede de las funciones de análisis, cálculo, anticipación o la toma de decisiones, maximizando su capacidad a través de la implementación de sofisticados microcomponentes, mientras que el sistema límbico o cerebro emocional fue relegado y en algunos casos terminó por atrofiarse. Al ingresar a la Tierra esa zona del cerebro se reactivó en él. ¿Habría sido ese evento lo que lo llevó a enamorarse de Tikal o fue la belleza de esa criatura la que despertó de su profundo sueño aquellos sentimientos que lo llevarían a enamorarse?

De una u otra forma, no tardaría en experimentar otras emociones como la ira y el miedo, incluso los impulsos sexuales, completando así su proceso de humanización, que ya era irreversible mientras siguiera amando a esa mujer.

Layar preguntó por el destino de los autóctonos de Chicxulub; Percival contestó con desdén.

—Ante la premura de tiempo, ellos no tienen otra opción que

colaborar con la misión o adelantar su muerte.

Copán se abalanzó intempestivamente sobre ellos.

—¡Malditos!, ¡no lo permitiré! –pero Layar lo detuvo.

—Calma, te desintegrarían con un solo disparo.

—Eres prudente, detriano. ¿Por qué no te unes a nuestra misión?, serías parte de la colonización de la galaxia, tendrías un lugar en las estrellas.

—No quiero mancharme con la sangre que van a derramar ni con la devastación que provocarán. Ustedes les niegan a los habitantes de este planeta su derecho a decidir qué rumbo quieren seguir porque no los consideran como a iguales, los ven desde el pedestal de la superioridad, pero ellos tendrían mucho que enseñarles. Si las elites humanas no hicieron nada por salvar el planeta, que se puede esperar de ustedes que son su descendencia; me mantendré neutral.

Ante el desprecio de Layar, Percival extendió su mano derecha, extendió los dedos y dejo ver un cubo traslucido. Entonces con voz inquisidora dijo:

—En este pequeño cubo pondremos todos los recursos de la Tierra, no quedará nada, se convertirá en una roca errante, y nadie nos detendrá. Mientras tanto, para evitar cualquier intromisión ustedes permanecerán prisioneros hasta que hayamos concluido nuestra tarea.

Fueron sacados de la plaza en donde días antes Tikal y Layar se habían declarado por primera vez su tierno y loco amor. Les colocaron grilletes en los tobillos y los separaron; Tikal no pudo más contener el llanto, su mundo estaba destruido, y la persona que le había dado sentido a su vida se iba para tal vez no volver a verlo jamás.

—Nunca olvides que "aunque la vida me cueste no dejaré de quererte" –gritó Layar antes de perderla de vista.

El resto de los pobladores contemplaron el traslado del trío en silencio, sin perder ningún detalle, con una total sensación de desamparo y sin siquiera poder imaginar el destino que les tenían preparado. Su mundo, Chicxulub, se había derrumbado.

II

Los saqueadores debían extraer todo tipo de recursos del subsuelo terrestre: silicio, níquel, cobalto, litio, hidrógeno, hidrocarburos... la lista era interminable. Para ello debían hacer varias perforaciones e introducir sondas, que a su vez estaban conectadas con máquinas ordeñadoras; luego se enviaban a la nave nodriza en donde los recursos eran comprimidos y finalmente, en Marte, se convertían en energía y otros insumos. Otra vez aparecía la imagen de la máquina; esa que en la mayoría de los casos representó durante la Revolución Industrial el dominio de las fuerzas de la naturaleza, pero también de los seres humanos; esa que fue el símbolo de la inteligencia humana y a la vez de su crueldad al convertirla en instrumento de dominio y destrucción del medio ambiente. De aquellos humanistas que habían visto en la ciencia la oportunidad para crear un mundo mejor, no quedaba nada, habían sido borrados de la historia.

Para evitar el traslado de más personal y equipo, los humarcianos habían decidido aprovechar a los terrícolas, poniéndolos a trabajar en la extracción. La extrema crueldad con que serían tratados y la total indiferencia hacia el dolor humano reflejaban el desprecio que sentían hacia ellos. En su lenguaje no valían nada, solo eran piezas intercambiables.

Parecía irónico que más de seis siglos después, esas mismas tierras veían cómo sus pobladores, ahora gente de todo el mundo, eran avasallados ante una nueva obsesión: la colonización de la galaxia. No importaba si aquellos hombres llegados a finales del siglo XV estaban dominados por la pasión por el oro o si estos nuevos viajeros, más prácticos, se manejaban por el cálculo y la planeación. De cualquier manera, los resultados eran los mismos: la destrucción de su mundo.

Parecía que un cierto porcentaje de población estaba condenado a no ser feliz, a ser el escalón para "propósitos más grandes", a tener que pelear para lograr un poco de felicidad. ¿Habría entonces otra finalidad más grande en el Universo que la vida misma y su derecho a la felicidad, no importa qué o cómo fuese esta? ¿Acaso aquel ordenador se había equivocado al mandar a un soñador a investigar lo que sucedía en la Tierra?

* * *

Escan yacía desactivado por completo y comenzando un proceso de deterioro debido a la alta humedad de la región que, de no revertirse pronto, lo llevaría al colapso total de sus sistemas.

Por su parte, Tikal se encontraba en una celda dentro de la nave nodriza, separada de Copán y Layar, con el acoso de Wuelber, el carcelero, un tipo de mediana estatura, hombros anchos, maxilar grande y voz ronca.

—Cariño, estás en buenas manos. Solo debes cooperar un poco y tal vez consiga que te liberen, ¡ja, ja!...

—¡Prefiero podrirme aquí antes que cooperar con ustedes!

En ese momento Tikal tenía claro que la destrucción de la Tierra era solo cuestión de tiempo. Le aterraba la idea de no volver a estar con su amado Bambú, pero también el morir en una celda sin poder hacer nada por los suyos. Tenía que escapar y para ello debía mantenerse atenta a cualquier oportunidad. Sin duda su principal aliciente estaba en rencontrarse con su amor y juntos intentar salvar la Tierra o morir en el intento.

Copán y Layar también se encontraban dentro de la nave nodriza, estacionada a medio camino de la cima de una rocosa montaña llamada Xaya.

En la prisión, tumbado en el piso, Layar recordaba aquel día en que luego de salir el sol, Tikal llegó al cenote caminando elegantemente; evocó aquella noche cuando saltaba como una mariposa a la orilla del mar y el preciso momento en que le dejó de ser indiferente; cómo llegó a convertirse en algo más importante que la misión que debía de cumplir cuando entendió que ella era su única misión.

Si quería volver a verla tenía que escapar, urdir un plan para rescatarla y buscar la forma de evitar la destrucción de la Tierra. En ese punto, esa era la misión más importante de su vida. La tarea se complicaba porque ahora casi era un humano, aquellos órganos que le habían sido sustituidos con otros más sofisticados, en este momento eran igual de vulnerables que los de cualquier humano. La oblea de silicio con millones de circuitos integrados que le permitían pensar como una computadora, se había desintegrado. Aquel recubrimiento sintético que lo hacían resistente al clima y otros peligros ahora solo era piel que se había comenzado a broncear con el sol; incluso, un mosquito era capaz de provocarle un grano. Lo que no había perdido era su conocimiento y la experiencia de sus muchos viajes por la galaxia, tenía muy claro que con ellos intentaría ser el mejor humano que pudiera para su amada Tikal y su nuevo hogar: la Tierra. Fue entonces que se incorporó e intentó despertar a Copán, quien dormía profundamente.

—Copán, Copán… compañero, despierta.

Este se volteó y continuó su siesta, pero el detriano tenía muy claro que el tiempo era esencial. Si no lograban detener la ordeña de los recursos de la Tierra, esta no sobreviviría, y con ello la raza humana se extinguiría por completo del Universo; solo sería una nota al pie de página en el reporte de los exploradores.

—Compañero, sé que estás cansado, y tal vez desanimado, pero debemos pensar en algo.

Layar sostenía el rostro de Copán con ambas manos y lo sacudía a la vez.

—Sí lo entiendo, pero ni siquiera sé en donde estamos.

—Te explico, estamos en una nave nodriza, que es una base desde donde controlan todas las operaciones. Está dividida en tres plantas: en la parte superior se encuentran los centros de operación y el cerebro central; en la parte de en medio, los alojamientos para todo el personal y las áreas de reunión; en la parte inferior, además de encontrarnos nosotros, están las áreas de almacenamiento de combustible, armas y demás suministros; también es donde las naves de ataque son alojadas para ser reparadas o reabastecidas. Aquí también se encuentra el gran condensador, que luego de extraer los recursos los comprime para que en Marte los conviertan en energía. La celda en la que estamos es de acero con aleación de tungsteno; es decir, es más resistente que una roca. La puerta es controlada desde el centro de operación, ellos y el carcelero son los únicos que pueden abrirla, no existe llave o cerradura.

A medida que Layar explicaba Copán se incorporaba, pero al mismo tiempo su rostro se mostraba más confundido.

—No sé si seguir durmiendo o mejor tomar un buen trago de pox para olvidarme de nuestra desgracia.

—¿Cómo, todavía tienes ese elixir? Pensé que los seres inmateriales se lo habían acabado.

—¡Je, je!... en realidad, ellos no beben, son espíritus. El único que bebió como un camello fue Balam –dijo Copán mientras ponía los brazos detrás de su cabeza para recargarse.

—¿El aluxe? ¡Sí, eso es!, traigámoslo otra vez, quizás él pueda ayudarnos.

Sin perder tiempo Copán sacó el bule de su morral y lo agitó, tiró del tapón y en el acto el aroma se esparció por la celda. Casi al instante escucharon una vocecilla.

—Abran la puerta, abran la puerta…

Acto seguido se materializó el geniecillo con su rostro de anciano maya.

—Pero si son otra vez mis amigos… ¿Cómo han estado? ¡Ah, no saben qué gusto me da verlos!

Clavando su mirada en el bule preguntó:

—Pero, ¿qué tenemos aquí? No tienen idea cómo me gustaría refrescar mi garganta con la miel de ese perol, creo que eso me ayudaría a contestar cualquier pregunta.

Layar se puso de pie, tomó el bule y se lo dio al aluxe, quien lo tomó con sus pequeñas manos y bebió sin respirar. Ellos miraban con asombro su forma de beber. Una vez que terminó se sentó a su lado, descansando el cuerpo en el muro.

—Amigos, veo que están de nuevo en problemas y créanme, me apena mucho, ¿qué puedo hacer para ayudarlos? –dijo Balam casi bostezando.

—Necesitamos salir de aquí o de lo contrario todo será destruido –replicó Layar.

—Entonces abran la puerta.

—Pero, ¿cómo, si justo eso es lo que no podemos hacer? –recitaron ambos con una mueca de frustración.

—No me refería a esa puerta.

—¿Entonces a cuál puerta te refieres?

—Desde que cayó la roca en Chicxulub esta tierra está llena de puertas dimensionales, pasajes por los que los dioses se trasladan de un lugar a otro, de una dimensión a otra, de una época a otra.

Layar comprendió que la piedra de la que hablaba era el meteorito que, 60 millones de años atrás, había caído en Yucatán. Su fuerza debió ser tal, que desgarró el espacio tiempo, creando agujeros negros y blancos, que era lo que daba lugar a los agujeros de gusano, puentes a través de los cuales se podía ir de un sitio a otro de la Tierra o incluso del Universo. De hecho, todos los cenotes estaban conectados a través de túneles, de modo que era la misma agua la que los recorría; era como una réplica del Universo, pero en la Tierra. Balam comenzó a bostezar.

—Ahora tengo mucho sueño, creo que dormiré un rato.

Se recostó, comenzó a flotar y luego se fue desvaneciendo. Layar le gritaba: "¡Espera, espera!", pero el aluxe fue desapareciendo; antes de hacerlo completamente les dijo:

—Escuchen la música, escuchen la música.

—¡Perfecto! ¿Ahora cómo vamos a salir? –dijo Copán quien daba vueltas alrededor de la celda.

Layar permanecía con la cabeza agachada y las manos enlazadas en la espalda, mientras repetía: "Escuchen la música, escuchen la música...".

—Los agujeros de gusano son túneles que conectan un lugar del Universo con otro, y si encontramos uno entonces podríamos salir de aquí, aunque no estoy seguro a dónde nos llevaría.

—Creo entender la simbología, Layar –este volteó a verlo sorprendido–, no te asustes. Mira, los cenotes son como entradas o salidas que te trasladan de un lugar a otro. Conozco historias de personas que al adentrarse en ellos fueron succionadas y cuando menos se lo esperaban aparecieron en otro cenote, como si los escupiera.

—Bien, entendiste la lógica, pero, ¿qué relación tiene con la música?

—Los cenotes trasportan agua, ¿acaso los agujeros de los que hablas podrían transportar sonido?

—Tal vez, si no se desintegra antes de salir. Pero, ¿quién estaría interesado en enviar sonido…? ¡Maldición! –el rostro de Layar se iluminó–, ¡se refiere al sonido de la energía! Es decir, si la energía pasa a través de un agujero de gusano, se habrá comprimido de tal manera que al salir vibrará emitiendo un sonido que al volverse constante sería como música, ¡igual que un instrumento acústico por el cual entra viento y al salir se transforma en notas musicales!

—Entonces –adujo Copán– solo debemos ser capaces de percibir esa música, ahí es donde está la entrada que dices, y en este lugar no debe ser una tarea complicada encontrarla.

Luego de unos minutos percibieron un sonido muy similar a la vibración de las cuerdas de un violín.

—Volveré por ti, amor mío –dijo Layar henchido de seguridad.

III

Copán y Layar giraban con los rostros deformados por las fuerzas de succión del agujero de gusano. Finalmente fueron lanzados a un lugar desconocido. Tardaron unos minutos en recuperarse de la montaña rusa. Cuando dejó de dar vueltas todo en su cabeza, Layar exclamó con entusiasmo:

—¡Lo hicimos!, salimos de la prisión, pero ¿dónde estamos?

A Copán aún le costaba coordinar sus movimientos y prefirió esperar a que todo volviera a su lugar.

—Solo espero que estemos a salvo.

Yacían en un montículo de una fina arena amarilla, en parte rojiza, rodeados de piedras de distintas dimensiones. Layar subió la cresta arrastrándose y se dio cuenta que se encontraban en un desierto pedregoso. Pronto saldría por completo el sol; esperaba eso para poder orientarse. Copán, que lo veía desde su lugar, preguntó:

—¿Dónde estamos, compañero?

—No lo sé con exactitud, pero por el tipo de suelo debemos estar lejos de Chicxulub.

¿Acaso estaban en el desierto del Sahara? No podía ser, ellos habían visto ese lugar solo unos días atrás y en su mayoría estaba inundado. Cuando el sol salió por completo, Layar se advirtió que algo raro sucedía.

—No entiendo, recuerdo claramente el primer amanecer terrícola, cómo salía en el oriente ese enorme disco color amarillo e iba calentando todo; hoy pareciera que el sol es más pequeño y todavía puedo sentir mi cuerpo frío.

Copán, que estaba resintiendo la falta de sol, tiritaba.

—¿Qué?, ¿qué quiere decir eso, que el sol se volvió más pequeño?

—Esa es una opción, aunque muy remota. La otra es que no se volvió más pequeño ni estamos en la Tierra, sino en un planeta cuya distancia al sol es mayor que la de la Tierra.

Layar trataba de entender lo que sucedía haciendo dibujos con el dedo sobre la arena.

— Por esa razón, y por el tipo de suelo, creo que debemos de estar en Marte.

—¿Qué, en el planeta Marte?

—Sí.

—¡Estábamos mejor en la prisión! ¿Por qué no regresamos al agujero de gusano?

—En primer lugar, no tendríamos garantía de que el agujero nos lleve al mismo lugar de donde partimos y, si así fuera, tendríamos que comenzar de nuevo. Por otra parte, tal vez no sea tan malo haber llegado a Marte.

—¿En qué piensas? –preguntó Copán.

—En que el grupo del 1% dijo que sus bases estaban en Marte. Tal vez podamos sacar una ventaja de ello, debemos encontrar la colonia lo antes posible. Subamos aquella duna, que es la más alta, desde ahí podremos orientarnos mejor.

A partir de la llegada de las primeras naves terrícolas, Marte había sufrido un proceso de terraformación. Poderosas bombas atómicas, fabricadas en la Tierra, habían sido detonadas para aumentar el calor de la corteza y derretir los polos, liberando el agua congelada, lo mismo sucedería con el CO_2 atrapado en las rocas. En conjunto eso fue calentando el planeta y generó las condiciones para el cultivo de vida vegetal y la tan anhelada producción de oxígeno.

Subir a la cresta no fue tan fácil como parecía desde abajo, implicó mucho esfuerzo físico, sobre todo para el detriano, quien había perdido las ventajas que le proporcionaban su bio-armadura.

Desde la cumbre el desierto de arena asemejaba un inmenso océano. Muy a la distancia había un punto verde y en él se reflejaba el sol. Ese debía ser el lugar en donde se estableció la colonia del 1% luego de huir del cataclismo de la civilización humana.

Era irónico, porque en realidad ellos eran los principales causantes de su destrucción y ahora pretendían colonizar la galaxia. Los exploradores sabían que no había tiempo que perder, debían avanzar a toda prisa si querían no solo regresar a la Tierra, sino encontrarla aún con vida.

IV

Al aproximarse todo fue tomando su lugar. La colonia estaba conformada por una mezcla abigarrada de vegetación, pinos con palmeras datileras y cocoteras sobre pastos húmedos y terrenos semiáridos, resultado de un deficiente proceso de terraformación.

Lo que en la Tierra había llevado millones de años, en Marte tenía menos de 100 años, por tal motivo fue necesario introducir diversos tipos de vegetación, incluso cianobacterias, para que en conjunto produjeran oxígeno; a pesar de todo, este era escaso. Esa carencia se suplía con fármacos y algunos avances con la modificación genética que se habían aplicado en el sistema respiratorio de los humanos para incrementar la capacidad pulmonar, como resultado de las graves pandemias del último siglo (Covid-19, 55, 76 y 99).

Ese apresurado proceso había puesto al hombre en la posición de creador, estuviera o no preparado, fuera el más indicado o no. Se debía a que en la Tierra el surgimiento de la vida se dio con la aparición de las células marinas, de las que evolucionaron tanto plantas como peces y solo cuando estos se vieron en la necesidad de trasladarse a tierra firme, interactuaron con el medio y generaron los elementos para el surgimiento y expansión de la vida terrestre, como el oxígeno, las plantas, frutas, cereales, así como los insectos polinizadores. En ese sentido, los humanos no habían sido prediseñados, sino que eran uno de los muchos caminos que había seguido la naturaleza, por lo que entre sus grandes cualidades estaba la espontaneidad, situación que se había perdido casi por completo en Marte.

Además, los animales que fueron traídos para fungir como mascotas –perros, gatos, roedores, aves, etcétera– no pudieron sobrevivir ni siquiera siendo modificados genéticamente; en la mayoría de los casos habían derivado en quimeras marcianas que tuvieron que ser sacrificadas.

Los exploradores se agazaparon apenas llegaron a la zona arbolada y avanzaron sigilosamente, temerosos de ser vistos. Su último obstáculo era un montículo, una vez escalado, pudieron apreciar la colonia conformada por humarcianos. Ellos mismos ya estaban preparando la generación que nacería en Kepler 186F, la primera generación inmortal. Sin embargo, entre los planes no estaba considerado ningún humano, ni siquiera los pertenecientes al grupo del 1%, a quienes tenían cierto recelo; ellos debían de quedarse en Marte, esa sería su tumba.

La colonia albergaba alrededor de 100 000 habitantes, en su gran mayoría nacidos en Marte; los provenientes de la Tierra fueron muriendo en su proceso de adaptación y los pocos que quedaban estaban relegados de la sociedad humarciana. Contaba con fábricas, centros comerciales, unidades de investigación sobre el genoma, viviendas, hospitales, invernaderos, edificios públicos y lo más importante: una base para la fabricación y prueba de las naves que los llevarían fuera del sistema solar.

Copán estaba impresionado con la colonia humarciana. La forma tan minuciosa en que fue organizada le parecía sorprendente. Layar lo tomó del hombro y lo jaló hacia él, luego comenzó a explicarle su plan.

—Escucha con atención: debemos robar una nave de combate y regresar a la Tierra lo antes posible. Con ella podremos ingresar a la nave nodriza sin ser detectados y rescatar a Tikal.

—Suponiendo que lo logremos, ¿cómo vamos a impedir la destrucción de la Tierra?

Layar lo soltó y dejó caer el cuerpo en el ralo pasto, inhaló aire hasta que sus pulmones se llenaron y exhaló despacio.

—Confío en poder activar a Escan y urdir un plan.

Copán no hizo más preguntas. Descendieron cautelosamente por la colina que dividía la zona forestal de la urbana, hasta poder introducirse entre los primeros edificios sin ser vistos. Esa área, que era conocida como los suburbios, estaba habitada por jóvenes que dedicaban gran parte de su tiempo, si no es que todo, al ocio infecundo.

La historia demostraba que, en cierto punto de desarrollo económico, los estratos sociales altos delegaban el trabajo que les correspondía o que consideraban denigrante, a los estratos bajos –llámese esclavos, inmigrantes, pobres, necesitados, obreros, etcétera–. Al verse liberados de ese trabajo, los estratos altos se dedicaban al ocio, pero solo en algunas ocasiones fue fecundo o productivo.

En el caso de Marte los padres, pertenecientes al grupo del 1%, liberaron a sus hijos de sus responsabilidades, construyendo autómatas autorreplicables, que eran quienes se encargaban del trabajo pesado, técnico y, en ocasiones, intelectual. De esa manera los jóvenes humarcianos, en su mayoría, se dedicaban a todo tipo de actividades superfluas o vanidosas, cuyo único límite era sus ocurrencias.

Los argonautas no tenían idea de qué les sucedería en caso de ser descubiertos. Caminaban con suma cautela, pegados a la pared de los condominios, como si el sol les quemara; avanzaban unos metros y se detenían para cerciorarse que nadie los siguiera.

Habían llegado al final de una barda perimetral y estaban a punto de doblar la esquina cuando avistaron tres sujetos que caminaban hacia ellos. Dudaron entre correr o esconderse, pero no había ni un poste detrás del cual guarecerse, así que no les quedó otra opción que permanecer inmóviles. Los humarcianos solo los vieron, murmuraron entre sí y continuaron su camino sin mayor contratiempo. Entonces concluyeron que, por algún motivo, no despertaban sospecha alguna, debían actuar de la manera más natural posible.

De esa forma lograron internarse en la ciudad. La reacción siempre era la misma: los veían de arriba abajo, luego murmuraban, otros reían y seguían de largo, pero siempre eran objeto de miradas. Se preguntaban por qué reaccionaban así los humarcianos, justo cuando se encontraron con un edificio que lucía un gran letrero: "Clínica de la apariencia". Después de titubear un poco decidieron entrar.

Su aparición repentina en la clínica provocó que todos dejaran lo que estaban haciendo para voltear con suma curiosidad, y a la vez discreción. Los argonautas se sintieron incómodos; de momento no supieron cómo reaccionar, pero afortunadamente para ellos un joven se les acercó.

—Hola –dijo cubriéndose la boca con la mano para evitar que lo vieran reír–, ¿en qué puedo ayudarles?

Layar intuía que para los humarcianos la apariencia debía ser tan importante como para hacer de ella un negocio, por lo que hacerse pasar por personas interesadas en mejorar o cambiar su apariencia les ayudaría.

—Hola, nos gustaría saber qué se puede hacer en el caso de una apariencia como la nuestra –dijo el detriano sin saber qué respuesta obtendría.

—Siendo honesto, el caso de ustedes es grave; por lo tanto, hay mucho qué hacer. ¿Puedo hacerles una pregunta?

—Sí, adelante, no hay problema.

—¿Acaso estuvieron en criogenización? –de nuevo se cubrió para ocultar su risa.

Layar entendía el concepto de criogenización e intuía que algunos humanos debieron haber sido sometidos a dicho proceso; es decir, al congelamiento del cuerpo ya fuese por alguna enfermedad incurable o simplemente como forma de fugarse de sus problemas. Por lo tanto, en el momento en que fueran despertados deberían estar desactualizados en relación con el momento en que fueron inducidos, mismo que ameritaba una modernización en todos los sentidos. Si era así, entonces su aspecto y vestimenta estaban justificadas.

—Sí, usted tiene razón, es muy inteligente, no cabe duda.

Si existía una clínica de la apariencia, los humarcianos debían ser igual o más vanidosos que el grupo del 1%; por lo tanto, adularlos era una buena opción, dedujo Layar.

—¿Sería tan amable de ponernos al día en tendencias?, se lo agradeceríamos mucho. Acabamos de llegar, perdón de despertar ¿verdad, compañero?

Copán no entendía cuál era su intención, pero asintió robóticamente con la cabeza.

—Verán, la apariencia e indumentaria que ustedes portan es de una moda muy antigua, anterior al tiempo en que el grupo del 1% llegó a Marte. Antes de la generalización de los esteroides y las cirugías estéticas había prejuicios acerca de la belleza creada, se pensaba que lo más bello era lo natural, por eso solo se usaban para corregir defectos de nacimiento o aquellos provocados por accidentes. Pero alguien "muy inteligente" se dio cuenta que no importaba de dónde proviniera la belleza ni cómo: el ser bello despertaba en las personas un aumento sustancial de la autoestima, ya que con ella se obtenían elogios, tratos preferenciales, admiración, todo aquello que alimentaba al ego, pero, sobre todo, incrementaba las probabilidades de obtener pareja y procrear, algo muy importante para los terrícolas. Fue entonces que se entendió que las personas estaban dispuestas a hacer lo que fuera para obtenerla y, dado que ya se contaba con la ciencia y la tecnología para corregir o mejorar aquello en lo que la naturaleza había fallado, embellecer la apariencia se convirtió en un gran negocio. Al principio se creyó que solo las mujeres lo buscaban, pero pronto se dieron cuenta que estaban en un error, los hombres también deseaban incrementar su atractivo, lo que permitió que la industria se expandiera. Tal vez el momento más importante fue cuando el concepto de belleza se manipuló a conveniencia de ciertos grupos e intereses económicos. Pronto las personas solo hablaban de mejorar la apariencia física, de que la naturaleza no era perfecta…

Mientras el dependiente hablaba, Layar pensaba que el cambio en el concepto de belleza era algo más que solo cuestión de tener los mecanismos para hacerlo, era el reflejo de una sociedad que estaba obsesionada con la apariencia y a la vez insatisfecha: siempre querían más. Pero lo que más le preocupaba era que, si no lograban regresar a tiempo a la Tierra, serían estos seres quienes terminarían imponiendo su nefasta visión en la galaxia.

El dependiente advirtió que Copán era un tipo de mediana estatura, con fuertes rasgos indígenas, rudo en su complexión, resultado de su actividad diaria; es decir, su organismo no tenía más músculos de los que necesitaba y no usaba menos melanina de la que requería. Una vez en Marte y a partir de que la ciencia lo permitió, se implementó un programa de eugenesia para eliminar aquellos rasgos morfológicos que no coincidieran con los caucásicos, lo que provocó una estandarización de la apariencia.

Por su parte Layar era alto y muy delgado, y como en Detrix la radiación solar era escasa, su piel aún era muy blanca. Además, dado que el clima era frío, sus fosas nasales se habían estrechado, para calentar el oxígeno que ingresaba a su organismo. El tipo de Layar aún existía en Marte, solo que las personas sin músculos grandes casi habían desaparecido debido a que eso se podía solucionar en minutos.

En términos generales el dependiente se dio cuenta que eran excelentes candidatos para experimentar un cambio de apariencia física. Era impresionante ver cómo las personas ingresaban a la clínica con un tamaño promedio o aspecto, y en menos de 20 minutos se habían modificado sustancialmente, como resultado de una combinación de fármacos que actuaban con tal rapidez, que el mismo doctor Jekyll se hubiera muerto de envidia. Estando en espera de ser atendidos, fueron testigos del aumento de bíceps de un humarciano que pasó de 25 centímetros a 35 en cuestión de minutos. Luego de observarse varias veces en el espejo el joven denotaba una clara frustración.

—¿A quién quiero impresionar con estos 35 centímetros?, ¿para qué me engaño? No, no puedo.

Volteó hacia donde estaba el dependiente y, tomando aire, le dijo:

—Necesito más volumen, sino solo seré uno de tantos en la reunión. ¡Quiero 40 centímetros!

Después de eso el joven salió muy satisfecho de la clínica. A pocos minutos llegó otro joven solicitando 45 centímetros de bíceps. Para desgracia del primer joven, iba a la misma reunión que él... Al final todo era cuestión de números en su vida, en el frívolo mundo de los humarcianos.

Parecía más sencillo solo aceptar que el mundo era un lugar diverso, a tratar de imponer un modelo a partir del cual todos debían de compararse. Sin embargo, esto tenía una razón de ser. El obsesivo incremento de los músculos, estatura o la modificación de los rasgos fáciles, el color de piel o de cabello, etcétera, fue una de las formas en que la sociedad creada por el grupo del 1%, tergiversó los valores para llevar a los individuos a la insatisfacción e impulsar el consumismo. Una sociedad insatisfecha es una sociedad que consume, decían ellos. De esta manera fue que los pueblos que no eran caucásicos, no llegaron a pisar la tierra prometida, y si lo hicieron, solo fue para que sus descendentes terminaran modificándose ante la presión social, lo que se conoció como blanqueamiento, situación que llevó a la estandarización de la sociedad.

Las modificaciones tenían efecto en el corto, mediano y largo plazo, ese periodo era como una droga que los hacía sentirse bien y regresar por más. Las de corto plazo duraban algunas semanas, días u horas e implicaban una sola dosis de esteroides; las de mediano plazo aguantaban meses y requerían de dosis más potentes; las de largo plazo se mantenían más de un año y debían ser reforzadas antes de que el efecto acabara. Las permanentes necesitaban de operaciones o modificaciones genéticas.

Uno de los motivos por los que las modificaciones se habían popularizado tanto era, por una parte, que los jóvenes humarcianos habían heredado de sus antecesores terrícolas la vanidad; característica que se reflejaba en cómo habían sacrificado a la Tierra para alcanzar sus sueños de colonización, sumado al ocio en que se encontraban. Su principal preocupación era verse bien para que alguien lo notara, no pasar desapercibidos, eso alimentaba su ego.

Por otra parte, los trasplantes de órganos dañados por el uso y abuso de los fármacos se habían vuelto comunes, ya que se podían fabricar a la medida en impresoras 4D.

El dependiente de la clínica mandó llamar algunos modelos y les preguntó cuál les interesaba.

—La verdad es que todos son increíbles, pero nosotros solo curioseábamos, no contamos con dinero –explicó Layar.

Copán se dio cuenta de que si adoptaban el aspecto de los humarcianos les sería más fácil secuestrar una nave, por ello tomó la palabra.

—¿Acaso existe otro medio además del dinero para que podamos hacer una actualización de imagen?

El dependiente frunció el entrecejo, cruzó los brazos mientras golpeteaba el suelo con la planta del pie.

—Tal vez sí, en esta sociedad no existe la caridad ni la beneficencia, esos sistemas solo afectan la rentabilidad de las empresas y hace floja a la gente, pero hay otras formas de que ambos salgamos beneficiados. Su modelo está muy obsoleto, pero puede que alguien lo requiera para una broma o fiesta, además hay modas que regresan con mucha fuerza... ¿estarían dispuestos a servir como moldes para crear muestras?

V

Minutos después, Copán y Layar no podían reconocerse el uno al otro, a tal grado que, al ser llevados a la sala de recuperación, solo pudieron identificarse por la voz. Fue extraño al principio.

* * *

No debían perder tiempo para ejecutar su plan de robar una nave y regresar antes de que fuera demasiado tarde para la Tierra, la transformación solo duraría 12 horas.

En las calles habían dejado de ser el objeto de las miradas. Las naves se encontraban dentro del complejo militar conocido como El Cuartel, situado al otro extremo de la colonia. Abordaron un vehículo colectivo, como cualquier otro humarciano, la ruta de traslado estaba ya establecida. No eran los únicos que se dirigían a la base, se dieron cuenta de eso por las conversaciones que se desarrollaron durante el trayecto, así que decidieron seguir a los pasajeros para ver hasta dónde los llevaba.

El viaje les permitió darse cuenta de que, a pesar de haber logrado un desarrollo científico y tecnológico suficiente para iniciar la colonización de la galaxia, la pobreza estaba presente entre los humarcianos. ¿Qué había sucedido si todos los que abordaron las naves pertenecían al grupo de multimillonarios más exclusivo? Ellos creían fielmente que la pobreza se podía acabar eliminado a los pobres, y para que no regresara, había que dejar que los grandes empresarios se hicieran cargo del mundo, la libre empresa, la propiedad privada. Lo cierto es que en la Tierra su riqueza era extraída no solamente del subsuelo, sino de aquellos quienes en realidad la producían: los empleados. En Marte nadie quería trabajar para nadie, porque todos se consideran parte de una clase privilegiada, además, ya no había negros o pueblos originarios para explotarlos, estos se habían blanqueado; en ese sentido fue necesario imponer nuevamente la estratificación social. La riqueza de cada uno fue pesada y de esta manera se les asignó un estrato social, situación que determinó un mejor acceso a los recursos y los negocios para quienes más tenían, convirtiéndose en el detonante de la desigualdad. Lo más preocupante era que los humarcianos estaban por iniciar la colonización de la galaxia, y, por lo tanto, la exportación de un modelo cuyo eje principal era la desigualdad. ¿Acaso el Universo se refundaría sobre esta base?

Era muy obvio que el vehículo colectivo los había llevado a su objetivo por la forma en que cambió el estilo de las construcciones, pasando de edificios habitacionales y de oficinas a enormes complejos con altos y largos muros situados estratégicamente a los pies de una cordillera. El complejo estaba dividido en bases. Debían encontrar aquella en la cual las naves de combate se resguardaban. A pesar de que eran muchas las edificaciones, la tarea no era imposible, era más bien cuestión de sentido común; al llegar a la zona los pilotos daban vueltas en espera de que se les autorizara aterrizar, acto seguido planeaban. Solo debían esperar a que comenzaran a llegar de sus misiones para averiguar dónde estaba la base. Escondidos tras de unos matorrales de aspecto extraño que estaban sobre un montículo, podían ver cómo luego de hacer las maniobras que dictaba el manual, las naves aterrizaban al final del día.

Al centro del complejo se encontraba una torre en forma de cascada, donde estaba el control maestro de las operaciones de defensa y ataque aéreo.

Su principal problema no era entrar, sino salir de ahí con una nave. Sabían por comentarios que escucharon durante su trayecto, que al amanecer tendrían una misión a la zona no ocupada del planeta.

—Esa podría ser su oportunidad para apoderarse de un artefacto –pensó en voz alta Layar–, despegar junto con el grupo y luego separarse de él.

Desde su experiencia confiaba en poder descifrar sus códigos de arranque. Pero, ¿cómo iban a ingresar a ella si todas estaban intervenidas desde la torre de control?, nadie excepto ellos podían abrirlas.

—No podemos entrar y robar una nave, sería un suicidio, de inmediato el control maestro detectaría que una unidad despegó sin autorización. No llegaríamos muy lejos antes de que nos detuvieran o incluso nos derribaran –dijo Layar a Copán, un tanto preocupado.

—Nuestra suerte está echada, esta vez no podemos recurrir a Balam.

—Cierto, compañero, pero si algo nos ha enseñado el geniecillo es que todo tiene una solución. Ya se nos ocurrirá algo, no te preocupes.

—Ahora recuerdo, Layar, que cuando estuvimos presos un piloto le dijo al carcelero que ellos solo se enteraban de su participación en una misión hasta el día de la misma, para evitar que alguien la sabotee; es en ese momento que su nave es liberada.

El detriano esbozó una sonrisa con lo dicho por su compañero.

—¡Ese es nuestro momento! –lanzó un golpe al aire–. Verás, el control debe nombrar a los elegidos y al mismo tiempo liberar la nave. Hay un breve lapso de tiempo entre que el piloto se entera y aborda. Debemos introducirnos antes de que el piloto llegue, en cuanto lo haga lo someteremos y nos uniremos al grupo. Justo al llegar el ecuador de Marte, es decir, la parte en donde se divide en dos, nos separaremos, pasará tiempo antes de que se enteren que falta una nave, con suerte estaremos llegando a la Tierra.

—De acuerdo, Layar, pero, ¿cómo sabremos qué naves participarán en la misión?, contamos con eso para anticiparnos al piloto.

—Confío en averiguar eso mañana, por ahora descasemos.

—Espero que la noche te ilumine y mañana tengas la respuesta muy temprano.

Layar usó la noche para algo más importante, algo que le demandaban todo su ser: soñar con su amada Tikal. En él, la veía radiante, recogiendo flores de bellos colores, de miles de aromas y texturas, con su habitual sonrisa, la de hoyuelos en la mejilla; las abrazaba y corría hacia donde estaba él y, justo antes de entregárselas, aparecía Wuelber y la sujetaba del brazo; las flores caían al suelo, ella le gritaba que la ayudara, pero él, por más que corría no avanzaba, con desesperación veía como la subían a la nave nodriza y enseguida partían. Luego la Tierra comenzaba a derrumbarse.

Layar despertó de súbito, estaba sudando y su corazón latía rápido, le costaba respirar. De inmediato recordó el sueño y sintió miedo de perderla, ya no pudo dormir; sin embargo, eso le dio el coraje suficiente para tramar un plan que les permitiera anticiparse a los pilotos.

Al día siguiente, junto con el sol llegaron los pilotos, se conglomeraron en la esquina noroeste de la base, como marcaba el manual, hasta que comenzaron a recibir órdenes a través de un altavoz. Se les pidió que se integraran en 10 filas de 20 individuos cada una.

Copán y Layar permanecían escondidos atrás de las naves en desuso. Se indicó que los tripulantes que fueran nombrados participarían en la misión, como el maya lo habían anticipado: 15 en total. Todos contaban con un número de identificación que iba desde 01 al 200.

La voz comenzó a nombrarlos con intervalos de unos segundos: C02, C03, C05… de inmediato se escuchaba un clic provocado por la liberación del domo al botar el seguro. Las naves estaban listas para despegar.

Por la forma en que estaban acomodadas las naves, desde la 01 a la 200, los pilotos tardarían de un minuto a un minuto y 30 segundos en llegar. La clave estaba en averiguar cuál nave sería la próxima y de esa manera anticiparse al piloto. Layar comenzó a analizar los números y sus diferencias para ver si se trataba de algún patrón identificable.

—C02, C03, C05, C07… la diferencia primero fue de uno, luego de dos y otra vez de dos.

Pensó entonces que la diferencia debía ser nuevamente de dos o uno; es decir, C09 o C10. Se sorprendió al escuchar que era de cuatro y luego otra vez de dos: C11, C13. ¿Qué relación existía entre los números? Acaso se repetirían cifras de dos, dos veces: C15 y C17. De la sorpresa pasó a la desesperación y luego a la frustración, ya que las naves elegidas fueron C17 y C19. El tiempo se acababa, solo faltaban siete naves más por nombrar. C23, C29… pero no podía encontrar relación alguna; si solo se trataba de números tomados al azar, sus posibilidades de acertar eran de una nave entre las que restaban; es decir, las 188 disponibles.

—No son números compuestos porque tienen un divisor además de sí mismos y del uno. ¿Y sí se trata de números primos?, ya que se pueden dividir entre sí mismos y el uno. Si es así deben de seguir… –se puso a hacer los cálculos– el C31 y el C37.

Layar esperó unos segundos a que el altavoz nombrara los siguientes pilotos, le parecieron eternos. De pronto se escuchó: C31.

—Eso es. Llevamos uno. ¡Vamos, di el otro! ¡Dilo ya, vamos!

Comenzó a arengar al sonido, pero parecía como si la voz se ralentizará, casi como si deletreara el número, muy, muy lento: C37.

—Bien, lo tenemos –dijo Layar–. Son números primos, solo quedan cuatro más y esos deben ser el C41, C43 y C47. La nave que nos queda más cerca es la ubicada en la posición 43. ¡Vamos, de prisa! Debemos llegar antes que el piloto.

Ambos se deslizaron como sombras a ras de piso hasta llegar a la nave que ya estaba abierta. Ingresaron en ella con cautela y se colocaron en el pequeño espacio que había detrás del asiento del piloto. C43 llegó de la forma más despreocupada que pudiera existir, consideraba, como todo buen humarciano, que él tenía todos los méritos para ser llamado a una tarea tan importante, al final del día tendría algo más por lo que presumir. Ingresó los códigos para el encendido de la nave cuando de repente todo se le oscureció.

VI

Las naves comenzaron a elevarse de forma vertical y una a una fueron despegando. El piloto de C43 continuaba inconsciente en la parte trasera.

Layar estaba familiarizado con los controles. Si bien Escan era un híbrido, mitad máquina mitad ser biológico que tenía dominio sobre todos sus sistemas, en Detrix todavía existían naves que usaban un yugo para ser controladas y asignadas a misiones locales.

El detriano maniobró intentado no despertar sospechas en el resto del grupo. Él era el penúltimo y debían de seguir en esa formación, de lo contrario la nave última se percataría de inmediato. Debían de perderse al llegar al ecuador de Marte.

El escuadrón ya había dejado atrás la colonia marciana, pronto estarían llegando a su objetivo. Una vez cruzándolo entrarían a la zona desocupada, donde la rojiza arena brillaba con más intensidad, situación que se sumaba al hecho de que justo a la mitad del planeta la radiación solar era más intensa. Asido del volante, Layar explicó con detalle su plan a Copán.

—Compañero, contamos solo con un instante. Al entrar al ecuador marciano, recibiremos por unos segundos la mayor cantidad de luz solar reflejándose sobre la nave. Al mismo tiempo, el rebote de los rayos sobre la arena roja es más intenso, aprovecharemos ambas condiciones levantando la nave y proyectando el reflejo de luz hacia el piloto que viene atrás de nosotros, eso lo deslumbrará por un instante, ascenderemos y los veremos pasar, luego nos desviaremos hacia la Tierra.

—¿Y qué haremos con el piloto?

—Como no creo que le guste la Tierra, lo arrojaremos antes de llegar.

Se voltearon a ver y rieron sarcásticamente al mismo tiempo. C47, que volaba atrás de ellos, tenía la mira fija en la formación, tratando de mantener su distancia respecto de la penúltima nave; también sabía que estaban por cruzar el ecuador e iba preparado con sus lentes de protección solar. De repente un intenso resplandor lo tomó por sorpresa, su primera reacción fue cubrirse el rostro con el antebrazo. Su visión se enceguecíó por unos instantes, aún no pasaba completamente el encandilamiento cuando se dio cuenta que se había rezagado, solo aceleró y se emparejó a la última nave.

Los exploradores se dirigían lo más rápido que podían hacia la Tierra. El efecto del fármaco que les había cambiado la apariencia ya estaba pasando, y tal vez fuese mejor así, pensó Layar, quien no perdía oportunidad para recordar a su dulce Tikal. Sentía que no tendría ningún sentido todo lo que habían hecho si llegaban tarde para rescatarla y salvar a la Madre Tierra de su inminente destrucción.

Desde su posición el planeta Tierra ya no era esa hermosa esfera azul que flotaba caprichosamente, sino una masa gris que respiraba por una sola fosa: Chicxulub.

* * *

—Copán, ¿te has enamorado alguna vez?

Este curvó las cejas y volteó hacia Layar con un movimiento estrafalariamente notorio.

—¿Qué?, ¿enamorado?

—Sí, esa bella experiencia que te roba el alma y a la vez le da sentido a tu vida.

Copán quiso contestar, pero se tropezó con sus propias palabras. Dirigió su mirada hacia la inmensidad del espacio mientras un cometa los rebasaba; entonces volvió a intentarlo.

—¡Demonios! ¡Sí, sí me he enamorado! ¿Por qué me haces esa pregunta Layar?

—Porque quería saber si esta emoción solo yo la estaba

experimentado.

—No, créeme. Todos los humanos en algún momento la hemos experimentado de una u otra forma.

—¿Eso quiere decir que estuviste enamorado?

—Sí, y no existe una fuerza en el Universo más poderosa que el amor. Te contaré: era muy joven, un adolescente, para ser exacto; yo vivía con mis padres y mi hermana. Un día, llegó una pareja de esposos y comenzaron a construir su choza junto a la nuestra. En ese entonces había varias aldeas dispersas, gente que se había establecido en el otro extremo de la península y que con el tiempo se fue integrando a Chicxulub. Al cabo de unas semanas, terminaron su hogar; era pequeño, pero macizo y colorido, contaba con lo indispensable para una familia. La pareja se ausentó por tres días y luego volvieron con sus tres hijos: una niña de brazos, un niño de 8 años y una hermosa adolescente de 14 años. La costumbre era aceptar a toda persona que quisiera formar parte de la comunidad y recibirlos en cada casa con un platillo. Ese día mi madre se levantó desvenando los chiles, pelando el pollo y mezclando las especias para ofrecerles mole. Mi padre preparó un tepache con las cáscaras de piña fermentadas y cortó unas rebanadas de sandía en forma de medialuna.

Layar escuchaba cuidadosamente el relato.

—Nosotros nos bañamos en el río y vestimos nuestro mejor ajuar. Yo me puse el traje típico de Yucatán, el de mestizo, muy elegante: se trataba de un pantalón blanco de corte recto y filipina alforzada de manga larga y cuello alto sin solapa, abotonada al centro. Calzaba mis huaraches para grandes ocasiones, los de color blanco, de cuero trenzado y suela de llanta pintada. Me había apelmazado el cabello con una goma elaborada con linaza. Unté aceite de coco en mi piel para humectarla, me sentía orgulloso de quién y qué era. Después del mediodía tocaron nuestra puerta, eran ellos.

Mi padre los invitó a pasar y se presentaron uno por uno. Pero yo solo tuve ojos para esa niña de cabellos dorados y piel tostada. En ese mismo momento conocí el amor, porque a pesar de ser tan distintos, nos vimos sin los prejuicios de los adultos, de la sociedad. Tú ves un atardecer y sabes que es bello, pero no sabes por qué, solo que te ha atrapado. Lo mismo me sucedió a mí. Yo no sabía por qué, pero mi vida cambió en un solo instante, mis prioridades fueron otras; me había robado la voluntad.

—¿Y qué sucedió con esa niña?

—La historia es triste, te lo advierto –se reacomodó en su lugar y continuó–. Los primeros días sus padres no tuvieron problemas en permitir que yo le enseñara el lugar, e incluso algunas técnicas para cazar, pescar, hacer herramientas o fuego, pero a medida que compartíamos tiempo otro fuego se fue encendiendo dentro de nosotros, uno más intenso que una hoguera, más brillante que el sol sobre el mar, y que no se apagaba ni echándole todo un océano encima. Su padre lo notó y no estuvo de acuerdo en que un indígena se mezclase con una heredera de los pueblos blancos, como él los llamaba. Él no entendía que ese mundo se había terminado con el cataclismo de la civilización humana, uno en el que tenía privilegios como resultado de una variación en la pigmentación de la piel. Sin embargo, la fortaleza de nuestra aldea se sustenta en la diferencia, no en la semejanza. Yo no conocía otro mundo que el de Chicxulub, por eso me fue muy difícil entenderlo, pero al mismo tiempo fue fácil saber por qué se había extinguido el de ellos. Era demasiado tarde, nuestros latidos se habían unido en uno solo. Habló con mi padre para exigirle que me mantuviera lejos de ella, pero él dijo que, aunque hiciera eso, no cambiaría lo que ambos sentíamos. Ellos acudieron con los notables y solicitaron una audiencia para exigir que no volviera a buscarla y que si alguna vez nos encontrábamos no la volteara a ver.

—¡Diablos!, ¿es en serio compañero? ¿Y qué decidieron?

—Ellos contestaron que, en la aldea, a partir de que un individuo era capaz trasmitir la vida, entonces había alcanzado la mayoría de edad, y por lo tanto era libre de decidir qué hacer, pero, más aún, a quién amar. No existía ninguna ley, excepto la natural, que lo impidiera. Solo debía cumplir con el protocolo de matrimonio de la aldea, que consistía en que el hombre demostrase ser capaz de proveer el alimento para su hogar.

Justo Layar estaba experimentando esa sensación de impotencia ante la separación de Tikal y se identificaba por completo con Copán.

—Para ello debía ir a la selva solo y cazar un venado en un máximo de tres días, justo antes de que iniciara la fase oscura de la luna, y solo podía llevar aquellas armas que yo mismo fabricase. Acometí la tarea con todo el valor y la fuerza que su amor me irradiaba. Recordando las enseñanzas de mi padre, busqué seis ramas de bambú lo suficientemente largas para flexionarse, recogí la brea que escurre de los árboles y las uní, para luego darles forma de arco. Al centro coloqué un mango de piel, hice muescas a los extremos, trencé cuatro cuerdas de cáñamo silvestre; al final encordé el arco e hice mi primer disparo, di justo en el blanco, estaba listo.

Me extrañó mucho que su padre aceptara el protocolo para el matrimonio, solo habían pedido que no viera a su hija hasta que volviera con la presa, si no nunca la volvería ver. La noche anterior casi no dormí, me la pasé abrazado del arco pensando en ella, esperando a que el sol saliera para cumplir con mi misión. Con sus primeros destellos me interné en la jungla. Luego de dos días solo había visto un venado y había fallado el tiro, estaba cansado, con hambre y sed; solo la ilusión de que nunca nos separaríamos me mantenía de pie. En ese punto yo también era una presa. Antes de que se acabara el plazo, avisté un venado macho detrás de unos matorrales, era enorme y con grandes astas. Me tiré al suelo y esperé a que se moviera a un claro. Parecía que me olfateaba porque se quedó en su lugar, entonces tomé la iniciativa y salté desde mi escondite, una vez estando en el aire disparé. Le di justo en el pecho y murió al instante. Lo acaricié, agradecí a la Madre Tierra e hice una fogata para anunciar que lo había logrado, el humo subió al cielo y entonces lo cargué en mi espalda luego de sacarle las vísceras. Corrí sin parar cuesta arriba por más de cuatro horas hasta que vi la aldea, descendí con tanta prisa que me tropezaba una y otra vez, imaginaba la alegría que le provocaría verme llegar con el venado, seguramente me daría un beso. Cuando llegué lo dejé caer justo frente a su choza. Luego salió mi padre, me abrazó y me dijo: "Se han ido". Entonces entendí que todo había sido un engaño para ver si una fiera hambrienta me devoraba o cualquier cosa, con tal de que me quitaran de su camino. Sucedió que cuando su padre vio el humo se dio cuenta que había triunfado, tomó a su hija y se la llevó contra su voluntad. Minutos después de haber llegado, un hombre que venía del río dijo haber visto a un jaguar matar a un hombre y ver correr a una joven. Otra vez me interné en la jungla con la misión de rescatarla antes de que el jaguar la devorara. No pasó mucho tiempo antes de que lo divisara parado sobre una colina con la cola levantada como una soga, los bigotes erizados y las pupilas extendidas; pensé que si no la podía salvar entonces vengaría su muerte matándolo. Arrojé mi arco y saqué mi cuchillo, decidí que le quitaría la vida con mis propias manos, luego lo arrastraría hasta la aldea. Quería venganza. Escalé la colina aferrándome a las rocas y las raíces de los árboles. Tropezaba, me resbalaba, pero me volvía a levantar; había olvidado el cansancio. El jaguar no se movía, parecía como si me retara, como si no me tuviera miedo. Poco antes de llegar a la cima me vio, entonces salté con todas mis fuerzas sobre él, pero brincó y caí del otro lado, rodé hasta llegar al fondo de una cañada. Cuando me pude incorporar vi al jaguar lamiendo la cabeza de mi niña, que yacía inconsciente en el suelo. Entonces comprendí que él la había liberado de su padre y ella, en su deseo de encontrarme, cayó en la cañada y se golpeó la cabeza. Cuando me acerqué aún estaba viva, su corazón latía muy despacio y su pecho se contraía pausadamente; la tomé entre mis brazos y aún pude sentir el calor de su cuerpo, le hablé al oído y apretó mi mano, una lágrima corrió por su mejilla y luego murió mientras sonreía. Tengo ese momento grabado en mi mente y presiento que lo llevaré hasta el último día de mi vida. La enterré en la cima de aquella colina. A veces pienso que su espíritu vive en ese jaguar, porque cuando pienso en ella lo veo correr en las praderas, trepar un árbol o jugar con las olas en la rompiente.

Layar extendió su brazo, lo puso sobre el hombro de Copán y le preguntó:

—¿Te puedo llamar amigo?

—Sí.

—¡Amigo!, lo siento tanto; desearía no haberte hecho esa pregunta.

—No te preocupes, la herida ya cerró, solo me dejó una cicatriz muy grande. ¡Cómo quisiera en este momento tener tequila!

—¿Tequila? –preguntó Layar.

—Sí, es una bebida, como el pox, pero especial para males de amor, pues aplaca o libera tus demonios internos. ¿Por qué me hiciste esa pregunta, amigo?

—Como tú sabes, amo a Tikal. Ya no puedo negarlo ahora; ¡sí!, ¡estoy enamorado hasta el último de mis átomos!

—Pero, ¿cómo es eso posible, si tú no tienes sentimientos, solo ideas?

—Solo sé que la Madre Tierra tenía razón, en este punto únicamente deseo volver a verla, sentir su cuerpo, respirar su mismo aire.

—¿Entonces por eso pediste a los músicos que volvieran a tocar

"La Llorona" el Día de Muertos?

—Sí, pero, ¿por qué estabas tú ese día en la plaza principal?, ¿acaso otra mujer ha llegado a tu vida?

—No, aún no. Fui porque cada 2 de noviembre le llevo una ofrenda y platico con ella.

—¿Y qué te dice?

—Que le haga un favor; que busque una compañera porque no siempre me va a cuidar.

Layar sonrió y luego se quedaron en silencio por unos momentos mientras cavilaban sobre su propia pena. A punto de derramar lágrimas, Copán recordaba que los muertos decían a los vivos: "No me llores, porque si lloras yo peno; en cambio, si tú me cantas, yo siempre vivo y no muero". Comenzó a cantar "La Llorona" y Layar se le unió en sentimiento. Concluyeron la canción con el estribillo que decía: "Y aunque la vida me cueste, Llorona, no dejaré de quererte. ¡Ay de mí!, Llorona, Llorona de azul celeste, aunque la vida me cueste, Llorona, no dejaré de quererte". Luego estrecharon sus manos y, teniendo claro que no sabían qué les depararía el destino, hicieron un pacto.

—¿Hasta el final, amigo?

—¡Sí, amigo!, como las tortugas.

—¡Como las tortugas!

Por primera vez Layar había entendido el significado de la palabra amigo.

VII

Copán y Layar se acercaban cada vez más a la Tierra, comenzaban a sentir como si un aire frío les recorriera el cuerpo al tiempo que pensaban cómo un indígena de América y un detriano convertido en humano, iban a enfrentar a los humarcianos que contaban con un sofisticado arsenal…

Otra vez era el amor de Layar a Tikal y la solidaridad de Copán hacia aquellos que consideraba los suyos, lo que los impulsaba a acometer dicha tarea. Sin duda debían ser más inteligentes que valientes si querían tener éxito.

Layar apagó los motores para hacer que la nave se zambullera en la atmósfera terrestre. En ese punto giraba sobre su propio eje cada vez más rápido. Luego, al tirar del yugo, la nave se fue inclinando hasta llegar a los 45 grados, provocando que dejaran de girar. De nuevo fue la parte norte del planeta por donde ingresaron.

Se encontraban flotando sobre la isla Bathurst, donde había estado el paso del oso polar, una importante zona de descanso y alimentación para aves migratorias y osos. Al descender distinguieron un solitario y entelerido espécimen, sobreviviente del gran cataclismo, que intentaba pescar aferrado a un trozo de hielo, rodeado de agua contaminada y peces en descomposición.

—Necesitamos reactivar a Escan antes de que se atrofie su sistema, para luego sumarlo a la misión –dijo Layar con más deseos que confianza.

—¡Bien!, si tú consideras que eso es prioritario, adelante, amigo, ¡hagámoslo!

—Tenemos que atravesar América del Norte, hasta llegar a lo que era México y dirigirnos a la región maya. Hay que evitar que nos descubran aparcando unos kilómetros antes de la aldea. En estos momentos ya deben saber en Marte que falta una nave, así como en la Tierra que escapamos.

Descendieron de forma vertical, entre el perímetro formado por el cráter de Chicxulub y el del Anillo de Cenotes. Ahí cubrieron la nave con todo tipo de ramaje, y comenzaron su recorrido de 10 kilómetros hasta encontrarse con Escan. La temperatura rondaba los 37 grados, el calor y la humedad literalmente los derretía.

Durante el trayecto Layar recordó las correrías que la tortuga y él habían pasado juntos y cuan entrañables le parecían en ese momento. Ahora que se estaba convirtiendo en humano, entendía el significado de la palabra amigo, y por qué los chicxos la usaban para referirse a alguien que era algo más que solo un compañero. Sintió entonces que no solo era su obligación revivirlo, sino que se lo debía como amigo; haría entonces todo lo posible por salvarlo.

Luego de más una hora de correr por la espesa selva, llegaron al lugar en donde Escan se encontraba inmovilizado desde aquel día en que los humarcianos los habían capturado para luego separarlos.

—Deja me adelanto para ver si no hay moros en la costa –dijo Copán deslizándose por el suelo.

Cuando se cercioró de que nadie vigilaba, hizo una seña a Layar con el brazo para que viniera hasta él. Al llegar se puso justo frente a su cabeza y vino a su mente el día en que los conscientes le habían asignado la misión a la Tierra, cuando subió hasta la parte superior del Megaron y se encontró con ese imponente ser en estado letárgico.

—¡Amigo!, ¡te despertaré, cueste lo que cueste! Debemos entrar por la compuerta lateral.

Layar intentó de muchas maneras abrir la entrada, pero era prácticamente imposible, había quedado bloqueada.

—¡Maldición!, lo que me temía. Al desactivar su sistema se bloqueó completamente.

—¿Qué podemos hacer?

—Intentemos forzarla, tal vez ceda. Busquemos algo con qué hacer palanca, Copán.

Ambos se dieron a la faena de encontrar algo lo suficientemente fuerte como para vencerla. Pero luego de tres ramas quebradas y dos barras dobladas la sensación de frustración se apoderó de ellos. Tirados en el suelo, con la frente perlada de sudor, ensayaban ideas en su mente imaginando que alguna funcionaba.

—No cabe duda de que Escan es un tipo duro. No podremos abrir la puerta a golpes porque no es solo metal, sino un organismo biometálico y la escotilla es como la bolsa gular de un pelícano, solo ellos pueden inflarla. Copán había entendió el paralelismo.

—Entonces debemos despertarlo sí o sí.

Se puso de pie y caminó hacia el reptil. Layar lo seguía con la mirada.

—¡Espera un momento!, ¡con un demonio! ¿Cómo no lo pensé antes?

Regresó hacia donde Layar permanecía echado y lo observó desde arriba.

—¿Acaso no fueron las naves humarcianas las que lo desactivaron?

—¡Sí, claro!, porque Escan funciona con energía y el rayo que utilizaron interrumpió el flujo de corriente, lo que provocó que todos sus sistemas se detuvieran. Es como si le hubiera dado un infarto –decía Layar mientras se incorporaba y aceleraba el ritmo de su explicación–, en su interior existe un sistema especial que permite reactivarlo, ¡pero no puedo hacerlo desde afuera! –terminó casi gritando.

—Tú lo has dicho, necesitamos sacarlo de su infarto. Debemos ir por la nave, tal vez podamos conseguir una descarga que los restablezca.

Copán lo tomó de los hombros y lo sacudió.

—¡Cierto!, sería como usar un desfibrilador.

—¿Un qué?

—No importa, ya entendí, vamos por la nave.

VIII

Ambos atravesaron de nuevo la selva sin detenerse más que para tomar aire. Desde lo alto de los árboles los monos los miraban asustados, se escondían entre la espesura o hundían la cabeza entre sus largos y delgados brazos. El sol se encontraba en su parte más alta, y a pesar de que los árboles limitaban su filtración, la selva funcionaba como un invernadero.

Apenas llegaron abordaron la nave sin perder tiempo. Layar activó los sistemas de navegación y a la vez estos encendieron los motores. Un tanto apresurado comenzó a revisar el arsenal que aparecían en el ordenador. Casi al final encontró lo que muy probablemente fue usado para desactivar a Escan.

—¡Diantres!, estos tipos cuentan con armas de pulso electromagnético –golpeó su frente con la palma derecha produciendo un chasquido–, esto no lo esperaba, no cabe duda de que están decididos a todo.

—Por tu ademán supongo que son malas noticias –dijo Copán mientras se dejó caer sobre el respaldo del asiento.

—¡Sí! Podríamos esperar lo peor, ya que el pulso genera corrientes de alta intensidad o sobrevoltajes en dispositivos electrónicos conectados a fuentes de poder, quemándolos total o parcialmente por el paso de corriente de alta intensidad.

—¿Eso significa que Escan podría haber quedado completamente inutilizado?

Layar giró la cabeza hacia donde estaba su compañero, se mordió los labios y asintió con la cabeza. Tiró del yugo en dirección hacia él y la nave se elevó.

La única forma de ayudar a Escan era ingresar a su interior y averiguar que daños había sufrido e intentar repararlo. Layar no sabía con exactitud si solo le habían aplicado una descarga inmovilizadora que desconectó sus sistemas o habían usado el pulso electromagnético. Una cosa era segura: en ambos casos una nueva descarga podía reactivarlo, ya fuese de manera total o cuando menos para intentar abrir la escotilla e ingresar. Sin embargo, existía el riesgo de que al intentar revivirlo le dieran el tiro de gracia, acabando con la última posibilidad de despertarlo.

Regresaron como lo habían planeado. Layar no podía apartar de su mente la idea de que con cada minuto que pasaba se diluía la posibilidad de rescatar a Tikal y salvar a la Tierra. Aterrizaron la nave a unos metros del reptil, justo frente a su cabeza, que se encontraba escondida en el caparazón. El detriano tomó el yugo, seleccionó la opción: "Descarga de alto impacto", puso su dedo derecho en el botón de disparo, lo acarició en repetidas ocasiones sin apretarlo, pensando en lo que podía suceder. El sudor le escurría desde la frente hasta las sienes, en esta ocasión no era el clima el responsable. Retiró la humedad con el antebrazo para recuperar la visibilidad y luego exclamó:

—¡Aquí vamos! –gatilló la descarga.

Aun cuando era pleno día, el destello fue tan intenso como para asustar a los curiosos que se encontraban alrededor. El reptil abrió los ojos de inmediato, como si alguien hubiera tirado de sus párpados, extendió sus extremidades y se elevó hasta llegar a unos 20 metros de altura; giró sobre su propio eje por unos segundos y luego se desplomó. Irradiaba calor de su estructura y se convulsionaba en intervalos hasta que se detuvo por completo. Bajaron de la nave y caminaron hacia él calculando cada paso para darse cuenta que solo había reaccionado a la descarga y que no se habían reactivado sus funciones; sin embargo, había sido suficiente para liberar la escotilla lateral.

Ambos ingresaron al interior con sumo cuidado, como tratando de no estropearlo más. Mientras Copán curioseaba, Layar se dirigió al sitio en donde se encontraba el botón de encendido manual del sistema central, ya que solo él sabía cómo activarlo.

Después de unos minutos se reinició. Debido al disparo, Escan había apagado de forma súbita todos sus procesos. Se requería acceder a un informe detallado de los daños provocados, y ese se encontraba en la memoria de reserva.

El informe daba buenas y malas noticias. Por una parte, existía una serie de áreas sistémicas que habían sido dañadas por el rayo; sin embargo, otra parte quedó ilesa, y lo mejor es que con esas funciones se podía reparar el resto, entre ellas estaban los robots modulares. Al parecer el caparazón de Escan funcionó como un paraguas que diluyó gran parte del poder destructivo del pulso electromagnético. Layar activó el proceso de auto-reparación, llevaría horas completarlo, por tal motivo decidió que no podían esperar más para rescatar a Tikal.

—Este es el plan, Copán, tenemos que dejar a Escan que complete el proceso de reinicio y reparación. Hay que entrar a la nave nodriza. En este momento ya saben que nos escapamos y lo más seguro es que nos estén buscando; por lo tanto, usaremos la nave de combate, me pondré el traje que le quitamos al piloto humarciano y me haré pasar por uno de ellos, diré que te he capturado y solicitaré entrar.

—La primera parte me gusta, pero ¿qué haremos una vez dentro de la nave?

—Intentaré persuadirlos para que te pongan en la misma celda que a Tikal, en el momento en que el carcelero abra la puerta lo someteremos; ojalá que no sea demasiado tarde, no puedo esperar para volver a verla.

IX

A los responsables de extraer los recursos de la Tierra, y principalmente a Percival, les preocupaba qué había sido de Copán y Layar. Si bien subestimaban a los terrícolas, sabían que el detriano podía echarles a perder su plan. Hasta ese momento el proceso de extracción de los recursos naturales no había avanzado como ellos esperaban, debido a la pertinaz resistencia de los chicxos. Sin embargo, confiaban en que el endurecimiento de las medidas, como matar y exponer los cuerpos de los rebeldes, in situ, sería suficiente para acelerar la operación.

Para los humarcianos las formas de vida que estaban a punto de eliminar no representaban nada, incluso era completamente válido que fueran sacrificadas en nombre del progreso, un progreso justificado por los beneficios materiales que les aportaba.

Esa práctica sin duda fue perfeccionada por sus antecesores, el grupo del 1%, quienes no tuvieron ningún escrúpulo en convertir áreas vitales para la producción de oxígeno en vivienda lucrativa, centros comerciales, plantíos de aguacate, agave, aceite de palma, ganadería, etcétera, así como arrojar químicos a las tierras de cultivo, mares, ríos y lagos, impactando a los habitantes de la zona y sus especies e interrumpiendo los ciclos naturales. Tampoco los tuvieron para deshacerse de sus dueños originarios o de aquellos que se los impedían. Muchos gobiernos se convirtieron en sus alcahuetes o incluso facilitadores. A todas luces se trataba de una forma de sacrificio moderno. Todo ello justificado por la ganancia; esa era la mejor forma de rendirle culto, haciendo que el dinero se reprodujera incesantemente.

Tal parecía que para que una civilización pudiera conquistar las estrellas era necesario que un grupo fuese sacrificado, que los cimientos de una civilización planetaria debían ser levantados sobre los restos mortuorios de quienes no eran considerados ni siquiera como necesarios, solo eran el peldaño de una escalera muy larga.

La nave nodriza permanecía asentada sobre la ladera de la montaña Xaya, desde la cual controlaban las operaciones a partir del día en que aterrizaron en la Tierra. Copán y Layar llegaron hasta ella, como habían proyectado. El detriano, al mando de los controles, rodeó la nave y se dirigió a la parte inferior de la popa, donde se encontraba el acceso para los vehículos de combate. Desde ahí avisó que había capturado a uno de los fugitivos y solicitaba acceso, mismo que le fue otorgado de inmediato, entre otras cosas porque la nave formaba parte de la flota.

—¿Se trata del humano o del detriano? –le preguntó su contraparte desde la nave nodriza.

—Es el humano, pero sé dónde encontrar al otro.

—Perfecto, pase y entréguelo al carcelero, el comandante Wuelber, encargado del área de prisioneros y revoltosos.

La nave ingresó y se estacionó en un espacio especialmente asignado para maniobras, no se percibía nada extraño. Layar levantó la cúpula y bajó al prisionero, que llevaba grilletes. Avanzó sin quitarse el casco, únicamente levantó la pantalla, cuando una voz le ordenó:

—Deténgase.

Ambos se vieron de reojo, el corazón se les aceleró instantáneamente.

—¿De modo que este es el humano que escapó?, ¿cómo fue que lo hizo? Esas celdas son de máxima seguridad.

—Ya lo interrogué, pero no quiere hablar, es muy testarudo.

—Bien, será trabajo de Wuelber lograrlo.

Le explicó cómo llegar a las celdas y luego les dio la espalda. Ambos avanzaron y una vez que estuvieron fuera de la vista del guardia exhalaron. Habían librado la primera parte del plan, pero lo que seguía no sería sencillo.

Después de atravesar un largo pasillo se abrió un espacio circular, bien iluminado, con puertas consecutivas de unos 3 metros de ancho; eran las celdas en donde habían estado presos y en las que aún estaba Tikal. Se encontraban al centro volteando en todas direcciones cuando de la parte contraria emergió la inconfundible silueta de Wuelber.

—¡Vaya! ¿Qué tenemos aquí? Pero si es el terrícola escurridizo –comenzó a pasar una fusta por el rostro de Copán–. Tengo mucha curiosidad por saber cómo saliste de mi prisión –dijo mientras con brusquedad lo tomó de la aletilla de la camisa.

—Es un tipo muy testarudo, no quiere hablar –interpeló Layar.

—¡Ja, ja!... eso es lo que más me gusta, en mis ratos libres me entretengo inventando mecanismos para que confiesen. Los que más se resisten resultan ser los mejores prototipos de prueba. Tengo un método que ansío probar...

—¿Dónde quiere que lo deje? –preguntó Layar.

—Tenemos muchas celdas disponibles, creo que...

—¿Qué le parecería si lo encierra con la terrícola? –se adelantó el detriano–, así podría concentrar su atención en un solo objetivo y no dividirse como la vez pasada.

Trataba de persuadirlo sin que notara su verdadera intención.

—Puede ser buena idea. No estoy seguro…

Layar intentaba leer su expresión corporal, sabía que estaba en un momento crucial. Por una parte, si insistía con algún buen argumento terminaría convenciéndolo para que abriera la celda de Tikal, pero si el carcelero percibía algo raro en su insistencia, entonces no solo se negaría a hacerlo, sino que sospecharía del detriano. Decidió entonces guardar silencio.

Era el turno de Copán de intentar algo. Este había notado el silencio de Layar. ¿Debía hablar o quedarse callado y confiar en que Wuelber lo pondría con Tikal?

En su condición de prisionero su situación era más complicada, porque si manifestaba interés en que lo encerraran con Tikal, Wuelber podría sospechar y hacer exactamente lo contrario; es decir, aislarlo.

Por otra parte, si no mostraba interés, entonces Wuelber podría desconfiar de su indiferencia y mandarlo con Tikal. Solo contaba con unos segundos para decidir si debía actuar o no.

El carcelero se detuvo por un instante, sujetó a Copán y dio una ojeada a las celdas vacías, luego dirigió su mirada a aquella donde se encontraba la bella Tikal. Dudó y dijo:

—Te pondré en una celda aparte.

Copán y Layar se comunicaron con la mirada, sin hacer nada. Eso no lo habían calculado, pensaban que su argumento sería suficiente, pero a todas luces no lo había sido. Se dieron cuenta que no quedaba otra opción que someter a Wuelber; en eso estaban de acuerdo.

—Bien, vamos, terrícola.

Copán lo siguió sin oponer ninguna resistencia o manifestar

molestia alguna, estaba prácticamente en shock. Por su parte, Layar se retrasó a propósito, llevó despacio la mano a la bolsa trasera de su traje, sujetó un trozo de metal que guardaba y esperó el momento más adecuado para golpearlo con la intención de sacarlo de combate. Llegaron a una celda adjunta a la de Tikal, Copán seguía impávido, en cuanto accionara la puerta Layar atacaría, pero la situación dio un nuevo giro.

—¡Ja, ja!... de modo que pensaste que me ibas a engañar terrícola –fanfarroneó de astuto el carcelero–. Creíste que no percibí tu intención de quedar aislado, de quedarte solo para volver a escapar, ¡ja, ja!... Pues no, te pondré junto con la terrícola.

Layar retrocedió, se relajó un poco, pero no soltó el trozo de metal. Wuelber se dio la vuelta y lo condujo hacia donde estaba Tikal a empujones.

—Hola, cariño, te traigo visita –ella lo ignoró mientras permanecía inquebrantable en una esquina de la celda–. ¿Sabes una cosa?, creo que cuando la Tierra se haya convertido en una roca reconsiderarás mi oferta de venir conmigo a Marte; me gusta lo exótico.

Ella percibió una presencia que no era la del humarciano, volteó enseguida, y al ver a Copán se regocijó, también vio al piloto, pero no le dio importancia. Por su parte Layar sintió el corazón latir tan fuerte que pensó que le iba a estallar.

—Esta vez me aseguraré de que no escapes –empujó a Copán hacia el interior de la celda como a un costal–, además tengo preparados algunos juegos para ti. Sí, ¡nos vamos a divertir!

Fue justo en el momento en que se volvió hacia la entrada, cuando reía socarronamente, que Layar tomó impulso y lo golpeó con el trozo de metal en la frente. Tan fuerte fue el impacto que Wuelber giró sobre su propio eje, hacia la celda en donde Copán lo recibió con un seco puñetazo. Después de eso parecía estarse riendo, pero en realidad estaba en otro sistema solar. El detriano solo lo tocó y se desplomó como una tabla.

Tikal no entendía qué estaba sucediendo, pero cuando escuchó al piloto de combate decir a Copán: "¡No hay tiempo que perder!", reconoció a su amado Bambú y no pudo evitar abrazarlo con lágrimas en los ojos.

Se dirigieron a toda prisa hacia el largo pasillo que conectaba el área de celdas con el hangar para naves de combate, lo atravesaron sin despertar sospecha. Al llegar al final Copán se adelantó para cerciorarse que no hubiera vigilancia, con una mano les hizo una seña para que se detuvieran. Ahí estaba la nave y un par de guardias deambulando por el hangar. Layar podía dirigirse a ella sin ningún problema, dado el traje que portaba, incluso despegar, pero sus compañeros serían identificados en el momento.

Por otra parte, el tiempo corría y no sabían cuánto más duraría inconsciente Wuelber, los segundos se diluían. No había posibilidad de que avanzaran, y una confrontación con los dos guardias era muy peligrosa, podía ser mortal.

Layar salió del pasillo y se dirigió a la nave con toda naturalidad, tenía un plan. Los humarcianos lo vieron, pero no hicieron ningún movimiento extraño. Él continuó hasta llegar a la nave y ahí abrió la cúpula, tomó el radiotransmisor e intentó nuevamente apelar a la vanidad de los humarcianos.

—Sí, entiendo, aquí están dos guardias. ¡¿Que quiénes son?! –grita y hace ademanes para llamar su atención–. Disculpen, ¿cuáles son sus números de identificación?

Los pilotos se percatan de que se refiere a ellos y se acercan.

—Yo soy D22.

—Y yo D50.

—Sí, son D22 y D50.

Layar identificó por la letra que eran de un rango menor al suyo.

—¿Cómo dice? No, no son ningunos tontos, al contrario, son dos grandes chicos, muy atléticos y sin duda son muy inteligentes. Entiendo que tenga sus dudas, general Percival.

Al escuchar que se trataba del general ambos enderezaron su postura y se acomodaron el uniforme como si estuviera presente.

—¿Cómo, que si yo les tengo confianza? –les dirigió una mirada aduladora–. Claro que sí, no se preocupe. Harán un buen trabajo.

Ellos le mostraron sonrisas de agradecimiento, ahora los tenía en la bolsa.

—Por supuesto, yo les haré saber que por esta misión serán ampliamente reconocidos más allá de nuestro sistema solar.

Ambos sacaron el pecho y se revelaron confiados. Layar se puso al frente de los pilotos y procedió a explicarles en qué consistía la importante encomienda.

—El general Percival quiere que uno de ustedes vaya a capturar al prisionero que se escapó. Sin embargo, es un tipo muy escurridizo y a la vez peligroso, por eso se requiere de un humarciano valiente, diestro en el pilotaje, de mente sagaz, intrépido… ¿Quién de ustedes es ese individuo?

Ambos se abalanzaron sobre él, como niños pidiendo los dejaran subir al auto de papá, seguros de ser el mejor.

—No tengo ninguna duda de que cualquiera cumplirá con el encargo, pero no puedo enviarlos a los dos. Uno debe quedarse a cuidar el acceso a la nave; por lo tanto, deberán demostrar quién es el más apto a través de una sencilla prueba.

—¡Sí, como usted ordene! Estoy seguro de que ganaré –dijo D50.

—¡Empiece cuando usted guste!, de cualquier manera, yo seré el elegido –contradijo D22.

—De acuerdo. Deberán demostrar tener la capacidad de concentrarse y solucionar un problema en momentos críticos. Reconfiguraré las contraseñas de sus naves, luego ingresarán a ellas, las cerraré, y el primero que pueda descifrar el nuevo código y salir será el ganador.

Layar consideró que incluso una mente entrenada tardaría unos cinco minutos en descifrar el código, pero esos jóvenes podrían tardar horas si es que lo lograban.

Los jóvenes mordieron el anzuelo, entraron rápido a las naves cuyos códigos habían sido cambiados y una vez allí Layar los encerró. Se dieron cuenta del engaño cuando vieron abordar a Copán y Tikal la nave en la que el detriano había llegado, pero incluso en ese punto discutieron quién había sido más tonto.

Encendieron la nave, abrieron la compuerta y salieron despacio, como tratando de no despertar sospecha alguna. A Wuelber todavía le faltaban varios minutos más de sueño.

VII

LA CRUZADA POR LA TIERRA

La existencia de la Madre Tierra, nuestra querida Coatlicue, pende de un hilo muy delgado. Los humanos, con su egoísmo y vanidad, le acertaron un golpe mortal. Irónicamente hoy más que nunca los necesita. Ahora son ustedes quienes tienen la última oportunidad de salvarla; si son capaces de poner todos sus recursos disponibles al servicio de un fin más noble, si son capaces de unirse y olvidarse de sí mismos.

I

Una vez que abandonaron la nave nodriza, Tikal y Layar tuvieron un breve momento para el rencuentro. Al abrazarse fue como si sus manos tuvieran memoria, como si reconocieran aquel cuerpo con tan solo hacer contacto; instantáneamente una sensación de felicidad los recorrió. Sus labios se combinaron sin siquiera pensarlo, como cuando un sediento ve el agua y se arroja a ella y bebe hasta sentir que todas las células de su organismo se vuelven a hidratar; entonces y solo entonces, la vida se ha restaurado y puede continuar.

—¡Tuve miedo de no encontrarte!, de que algo te hubiera sucedido –dijo Layar sin apartar su mirada de ella.

—¡Yo también!, por momentos pensé que moriría en esa celda sin volverte a ver, amor mío, ¡y hubiera sido preferible que no verte de nuevo!

—¿Entonces, juntos hasta el final?

—¡Qué el final sea cuando ya no podamos estar juntos!

Al llegar al campamento confiaban en que Escan hubiera terminado de repararse y reactivar todos sus sistemas, pero se quedaron sin palabras al descubrir que no estaba. Se esparcieron por la zona gritando su nombre una y otra vez con la esperanza de encontrarlo; sin embargo, no apareció. Cansados, comenzaron a especular sobre lo que pudo haberle sucedido.

—¡Tal vez lo capturaron los humarcianos! –propuso Copán.

—¿Y si perdió la memoria y regresó a Detrix? –dijo Tikal mientras se frotaba el rostro, sentada sobre una piedra.

—Si perdió la memoria no podría regresar a Detrix, puesto que ni siquiera sabría que existe –refutó Copán.

—¡Quizás eso no lo olvidó!, como toda tortuga pudo conservar sus instintos básicos.

Layar escuchaba a sus compañeros discutir sin ponerles mucha atención, hasta que algo lo impulsó a hablar.

—Cualquier cosa pudo haberle sucedido, no lo sé, pero de algo estoy seguro: que si estuviera aquí se hubiera sumado sin dudar a nuestra causa, ¡a la cruzada por la Tierra! Él me enseñó el valor que tienen todas las vidas en la galaxia.

Como humano que ya era, sus ojos se vidriaron. Tikal se acercó a él y con ternura le enmarañó el cabello; luego, cambiando de tema, comenzó a explicarles lo que estaba sucediendo en la aldea.

—Después de que nos separaron pusieron a trabajar las máquinas ordeñadoras. Esclavizaron a hombres y mujeres, incluso a niños, para lograr su diabólico plan. Quienes se oponen son castigados sin ninguna misericordia, y si reinciden son asesinados en el mismo momento y lugar; su cuerpo no es retirado, lo dejan ahí para que se pudra.

Su voz se fue quebrando ante la impotencia que le provocaba saber cómo sus amigos, gente con la que había crecido, iban muriendo uno a uno, pero al mismo tiempo soltó lágrimas de coraje, consciente de que no podían pelear con sus primitivas armas contra aquellos foráneos. Lamentó mucho que en ese momento tan decisivo hubieran perdido a Alebrije, por quien tenía un cariño especial.

—¡Debemos intentar algo! –dijo Copán golpeando su palma con el puño.

—¿Cómo qué? –preguntó Tikal con un tono de voz que reflejaba pesimismo–, más daño pueden hacer las hormigas si te cruzas en su camino que nosotros. ¿Cómo enfrentaremos sus armas?

—¡Con un carajo, no lo sé!, pero cuenten conmigo para cualquier cosa. ¡Si habremos de morir, hagámoslo luchando!, como nuestros hermanos y hermanas.

Layar entendía que en ese momento la división y el desánimo eran sus principales enemigos. Sentía que era su responsabilidad mantener la unión de fuerzas e ideas. Más que nunca debían estar unidos y de esa manera encontrar la forma de enfrentar la superioridad tecnológica de los humarcianos.

Fue en ese preciso momento de tanta incertidumbre y tribulación que a 5 metros de donde estaban, un pequeño remolino levantó el polvo y las hojas secas, pero en vez de desvanecerse, como solía suceder, se fue incrementando el giro hasta que de pronto surgió una destellante figura holográfica. Se trataba de Relpek, el interlocutor de los consientes, quien se dirigió, sin perder tiempo, a Layar.

—Te traigo un mensaje muy importante del Consejo Intergaláctico.

Layar sintió alivio al verlo, sonrió pensando que la solución podía haber llegado en el momento más complicado.

—Ellos han recibido tus reportes, están preocupados porque has tardado más tiempo del presupuestado. Solicitan que te detengas en este mismo momento y regreses junto con Escan a Detrix.

Layar confiaba en que Relpek se les uniría. De hecho, ahora que era casi un humano lo consideraba un amigo.

—¡Me da mucho gusto verte! Escucha cuidadosamente: dile al Consejo Intergaláctico que algo terrible está por suceder en la Tierra. ¡Debemos actuar pronto, de lo contrario desaparecerá por completo! – dijo mientras su rostro irradiaba desesperación.

Para Relpek, el que hubiera pronunciado la palabra "debemos" implicaba un involucramiento y eso no estaba permitido, solo en el caso probado de que la galaxia o el Universo estuvieran en peligro. Por lo tanto, procedió a corregirlo.

—Estamos enterados de lo que está sucediendo, los humarcianos nos han avisado. Sabemos que están extrayendo los últimos recursos de la Tierra para poder financiar su expansión hacia Kepler 186F. También sabemos que eso modifica las probabilidades de que la vida en la Tierra se recupere.

Layar sintió que ahora Relpek lo entendía y lo interrumpió emocionado porque veía en él un aliado.

—¡Efectivamente debemos hacer algo antes de que eso suceda y tengo un plan!

Pero ahora fue Relpek quien lo interrumpió.

—No, te equivocas. No debemos hacer nada.

—¡No entiendo! –Layar comenzó a balbucear–, esta gente no merece ser destruida junto con el resto de las formas de vida, ¡no sería justo!

—¿Justo? Esa es una palabra subjetiva; me temo que estás pensando como un humano. No entiendo qué concepto tienes de justicia; en el Universo, galaxias completas chocan con otras destruyendo civilizaciones enteras, pero luego de un tiempo surgen nuevas y tal vez mejores. No debemos intervenir en eso. Sobrevivirá quien tenga que sobrevivir, solo deja que las cosas sigan su curso.

Layar sabía que contradecirlo significaba perder la oportunidad de ayudar a la Tierra; aun así, se arriesgó.

—¡Pero el movimiento de las galaxias lo determina la fuerza de gravedad! El saqueo de la Tierra es un abuso de poder, es adjudicarse la potestad de decidir quién merece vivir o no y por qué. Lo justo sería respetar su posibilidad de recuperarse por más ínfima que parezca. ¡Maldición!, ¡eso es justo!

—¿Acaso fue justo que esos hombres y mujeres destruyeran el

planeta?

—¡Te equivocas!, estas personas no lo destruyeron, fueron sus antecesores, quienes actuando de manera egoísta y vanidosa lo condenaron a morir. Ellos son supervivientes de aquel cataclismo; no tienen ninguna culpa, y sí el derecho de que nadie les robe su oportunidad.

—Da lo mismo Layar, son humanos, y las posibilidades de que la Tierra se recupere son menores si las comparamos con las que tienen los humarcianos de llegar a Kelpler 186F; en ese sentido, si no toman los recursos se podrían perder ambas causas. Es mejor que se pierda sola una.

—¡No!, esta gente merece una oportunidad, no pueden cargar con la culpa de otros, ¡merecen intentarlo!

—Layar, te admiraba por ser un tipo ecuánime. –Relpek entendía que tanto la Tierra como Layar habían fracasado en sus respectivas misiones–. De hecho, cuando el ordenador te eligió pensé que no había podido hacer una mejor elección; tenía mucha confianza en que luego de esta misión por fin podrías aspirar a ser un consciente, pero creo que el clima de la Tierra te afectó –dijo sonriendo con cierto aire de ironía–. Aquí solo hay formas de vida en potencia, los humarcianos son una realidad, tienen todo listo para partir. No debemos interponernos en su legítimo derecho a progresar en nombre de ninguna causa justa, dejemos que libremente tomen lo que necesitan de la Tierra y que sean sus habitantes quienes se encarguen de defenderla. Si no lo pueden hacer tal vez tengan merecida su destrucción.

Layar no pudo más y estalló contra Relpek y su filosofía de no intervenir.

—Hablas de no involucrarse, de no decidir el destino de otros, de dejar que los acontecimientos sigan su curso; sin embargo, ya decidieron tú y los conscientes al asumir una postura de neutralidad que suena a complicidad. En realidad, eligieron que lo que queda de la Tierra perezca, ustedes mejor que nadie, saben que no hay forma de que los humanos se defiendan. Acusan a sus habitantes de haber destruido el planeta, pero aquellos que podían hacer algo, igual que ustedes, no hicieron nada, solo se sentaron a mirar cómo colapsaba y luego abordaron sus naves y se largaron a Marte. Esos recursos y esfuerzos debieron invertirlos en salvarla; al menos habrían muerto con honor. Sin embargo, hoy continúan su megalomanía pretendiendo construir otra civilización más allá del sistema solar y lo quieren hacer sobre los cadáveres de los que aquí van a morir. Ya olvidaron que la civilización no inició con el invento de la escritura, el fuego, el derecho o las matemáticas, sino cuando un hombre fue lo suficientemente sensible para sentir en carne propia el sufrimiento de otro, de ayudarlo sin ningún interés; en pocas palabras: cuando surgió la empatía. Y fue cuando eso pasó a un segundo plano, que la civilización se perdió y surgió el individualismo vanidoso y frívolo que la destruyó. Ustedes decidieron por mí cuando desconectaron mi cerebro límbico. Decidieron qué tipo de forma de vida sería; de hecho, podían haber escrito un guion de mi vida y en un muy alto porcentaje lo habría cumplido. Yo no sabía que era un autómata, que lo que yo pensaba y ejecutaba no eran mis ideas, sino lo que ustedes deseaban. Luego llegué a la Tierra y me reconecté con mi antiguo yo; con ese que ustedes mutilaron por considerar que era muy primitivo para hacerse cargo de asuntos tan importantes. Ahora me dices que me espera un puesto al lado de las mentes más brillantes de la galaxia a cambio de ver morir a esta gente, sus especies, sus ecosistemas, su cultura… ¡Eso sería como unirme al grupo del 1% que destruyó el planeta!, ¡sería traicionar el principio más importante del Universo!: hasta que una forma de vida no sea capaz de tomar sus propias decisiones, nadie puede tomarlas por ella, ¡todas merecen una oportunidad, tienen derecho al futuro!

—¿De qué principio hablas, Layar?

—Del que yo acabo de instaurar y que en lo sucesivo guiará mi vida o será mi epitafio.

—Layar, obsérvalos, ni siquiera se pueden considerar humanos.

Dirigió una mirada de desprecio hacia Tikal, quien llevaba unas modestas sandalias hechas de cordeles de cuero, un huipil de manta con coloridos adornos y collares hechos con piedras del lugar. Layar sintió como eso que Relpek vilipendiaba era todo lo que quería en su vida y por lo que estaba dispuesto a morir, no pudo evitar reaccionar con indignación.

—¡Maldito pedazo de holograma! –el detriano saltó sobre el cuello de Relpek, pero lo traspasó sin siquiera tocarlo y cayó al suelo.

—Solo vine a advertirte que debes buscar a Escan y regresar a Detrix lo antes posible. Este mundo estallará muy pronto; si te involucras se te considerará en desacato, perderás todos tus derechos y serás desintegrado.

—¡De acuerdo, escoria galáctica!, que sean los humanos los encargados de salvar o perder su planeta, ¡pero ahora yo soy uno de ellos!

Relpek no entendía qué había hecho cambiar tanto a Layar porque no tenía ni la más mínima idea de lo que era el amor. En su momento él también fue mutilado, pero lo más práctico era pensar que había perdido la razón, en cuyo caso era mejor marcharse; entonces desapareció sin dejar rastro.

El detriano yacía en el suelo, arrodillado, llorando de rabia, su cuerpo se sacudía con cada gemido, los monos se asomaban desde sus escondites y lo miraban con asombro. Realmente la escena era conmovedora, ya no era más aquel ser del espacio, ahora era tan solo un humano. Tikal se compadeció de él y a la vez le admiró su desinteresado deseo de salvar a la Tierra. Caminó hacia él, se arrodillo a su lado, quiso abrazarlo, pero dudo; finalmente lo hizo. Ambos se pusieron de pie. Entonces Layar la abrazó contra su pecho, deslizó sus dedos entreabiertos por su rostro, acercó sus labios a los de ella, se detuvo por un instante, la observó de nuevo y la besó. Con ese beso selló un pacto en el que lucharía al lado de los humanos; más aún, se declaraba uno de ellos y hombro con hombro pelearía hasta el final para intentar salvar a la Madre Tierra, para salvar su mundo y todo aquello que representaba; ahora él usaba las palabras que Tikal le dirigió antes de partir al Arco del Tiempo.

—Yo iré a donde tú vayas, tu tierra será mi tierra, viviré donde tú vivas, y moriré donde tú mueras. ¡Mañana seremos hombres libres u hombres muertos, amada Llorona!

II

Las aguas no se habían calmado cuando un sonido que comenzó con un pequeño siseo se fue trasformando en un penetrante zumbido, al mismo tiempo que el cielo se oscureció en pleno día. Los tres voltearon hacia la techumbre que formaban los árboles, a través de los huecos contemplaron aturdidos una enorme nube compuesta por 100 naves de combate provenientes de Marte ordenadas en posición de ataque. Layar exclamó en tono por demás preocupado:

—¡Sabía que cuando se enteraran del robo mandarían a alguien a buscarnos!, pero han enviado refuerzos como para iniciar una guerra planetaria. ¡No tardarán en ubicar la nave; debemos irnos ahora mismo! –tomó de la mano a Tikal y corrieron sin rumbo fijo.

Avanzaron sin detenerse hasta adentrarse en la parte más compacta de la selva, donde el sol no traspasaba los árboles. Se refugiaron en una gruta húmeda coronada por un gran árbol de enormes raíces, tapizada con líquenes y musgo que le daban una apariencia tan surrealista como ilógico era el momento. Estaban agitados tratando de sorber aire antes de intentar pronunciar palabra alguna. Sentados en la tierra humedecida por las lluvias, su pecho se contraía como un acordeón; en ese punto solo se miraban. Aunque no lo decían, en su mente se preguntaban con insistencia cómo enfrentar la tecnología de los humarcianos. Copán habló con indecisión.

—Tal vez Tikal tiene razón, las hormigas pueden hacer más por su hormiguero que nosotros por salvar a la Madre Tierra; no somos dignos de llamarnos sus hijos.

Levantó la mano para mostrarles una hormiga roja que lo tenía prendido de la punta del dedo y que, por más que la sacudía, no lo soltaba.

—No Copán, yo estaba equivocada; tú tenías razón al decir que estabas dispuesto a intentarlo. Las hormigas y las abejas pelean unidas por salvar su hormiguero o su colmena, no siempre lo logran; sin embargo, nunca se rinden sin pelar, no dicen: "¿Para qué peleamos si nuestro enemigo es más poderoso?". ¡Como ellas debemos luchar o morir haciéndolo!, y de ser así que nuestros restos sirvan para alimentar otras vidas. ¡No tendremos tecnología, pero sí a los dioses mayas!

—No creo que esa sea la solución –contestó Layar con cierto escepticismo.

Copán retomó el debate.

—¡¿Por qué no?! Pensándolo bien, los dioses representan en su mayoría a las fuerzas de la naturaleza: creaban huracanes, incendios, temblores; los sacerdotes los invocaban y algunas veces los forzaban a actuar de su lado. ¡Sus rituales eran la tecnología del pasado! Si no usamos nuestra cultura, nuestras tradiciones, aquello que nos da identidad nos perderemos y perdemos la última oportunidad de salvar a la Tierra con todo lo que ella implica.

Layar se rascaba la cabeza mientras lo escuchaba.

—Tal vez ustedes tienen razón, tal vez me hace falta pensar más como humano. Porque en realidad los dioses, además de gobernar las fuerzas de la naturaleza, están detrás de cada momento en el que el hombre antiguo hace algún descubrimiento o avance. En otras culturas son las entidades supra humanas las que proporcionan las armas que salvan a un pueblo, como la espada de Excálibur, que es entregada por la Dama del Lago, o el casco de la invisibilidad de Hades, que fue dado a Perseo para vencer a Medusa. Sin duda debe existir en las culturas mesoamericanas algo similar, pero ¿cuál es esa arma?

—¡Cierto! –añadió Tikal– y su poder más grande debe ser su capacidad de ser un símbolo que una a todos alrededor de una noble tarea: ¡la cruzada para salvar a la Madre Tierra!

—¡Y ese debe ser el macuahuitl! –completó Copán inspirado–, los mayas lo usaron; era un arma muy poderosa, según cuentan las tradiciones.

—¿Dónde lo podemos encontrar? –inquirió Layar.

—¡No lo sé! –contestó Copán llevando su rostro de la esperanza a la decepción–, solo sé que es parte del conocimiento ancestral.

—Además de nosotros, y los notables, ¿quién más podría conocer su paradero?

Layar dio unos pasos con la cabeza agachada, frotándose la barbilla, hasta que gritó:

—¡Eureka!... ¡Balam!

—¿Qué? –preguntó Tikal.

—¡Balam!, nuestro amigo el aluxe bebedor, ¡je, je!... El anciano es parte del conocimiento ancestral de estas tierras.

Sin perder tiempo Copán sacó el bule en donde llevaba el pox y siguiendo el ritual lo agitó; luego lo destapó con sumo cuidado y lo puso al centro. Después de unos minutos de espera se escuchó la aguda voz del geniecillo decir:

—¡Constrúyanlo!, ¡constrúyanlo!

Voltearon hacia todos lados sin poder encontrarlo; fue Tikal quien lo localizó en la rama de un árbol con una pierna cruzada, vestido con ropa de manta blanca, zarape de vivos colores, huaraches de suela de llanta y esta vez con un sombrero de henequén. Al ver el bule el geniecillo maya se incorporó y, como si se zambullera en el agua, se lanzó desde la rama hasta llegar al recipiente.

—¡Mis queridos amigos!, ¿cómo han estado?, platíquenme, por favor.

Balam tomó el bule con sus pequeñas manos y se lo empinó. Luego se sentó y lo puso en medio de sus piernas. Tikal se acercó a él, se agachó y lo miró de cerca con sus grandes ojos cafés enmarcados por sus largas y rizadas pestañas. El aluxe se ruborizó y se escondió detrás del frasco.

—¡Balam!, necesitamos de tu ayuda otra vez –dijo Layar usando un tono suavizado–, nos enfrentamos a una fuerza muy poderosa que quiere destruir a la Tierra, pero no tenemos armas, solo contamos con el conocimiento antiguo, con la sabiduría de los dioses.

—Mis amigos, los dioses están muy tristes por la destrucción de la Tierra. Añoran sus ríos, sus lagos, sus montañas; todas las especies que en ella pusieron. Desconfían de los hombres porque saben que fue su negligencia y egoísmo la causa del cataclismo, pero también saben que solo los humanos pueden salvarla, porque los dioses actúan a través de hombres y mujeres valientes, son ellos sus brazos, sus piernas, su boca. Los dioses no son materiales, son la consciencia de los pueblos hecha espíritu. Para que ellos vuelvan a confiar en los hombres y ayudarlos deben ganarse de nuevo su confianza.

El aluxe interrumpió su discurso para beber del pox, luego prosiguió.

—¿Dónde me quedé?

—En ganarse su confianza.

—¡Cierto! El macuahuitl del que ustedes hablan fue un arma muy poderosa usada durante la construcción y defensa del mundo mesoamericano. Sin embargo, con su caída, gran parte de sus creaciones fueron olvidadas; por lo tanto, no lo encontrarán por ningún lado.

Balam hizo una nueva pausa. En la mirada de los argonautas se leía la desilusión.

—Sin embargo, yo les daré las instrucciones para que lo construyan ustedes mismos. Si lo hacen de tal forma que los dioses lo aprueben, tendrán su favor. Ahora bien, no olviden que los dioses son representaciones simbólicas de las fuerzas de la naturaleza; si logran reproducir el ritual correcto, los dioses liberarán su ímpetu contra quien sea. ¡Si la tecnología es un medio para alcanzar los propósitos, el ritual será la tecnología con la que lucharán!

Escuchaban a Balam con sumo detalle. Sus rostros, notablemente quemados por el sol, acentuaban sus facciones, en las que ahora se dibujaba un rayo de esperanza.

—La existencia de la Madre Tierra, nuestra querida Coatlicue, pende de un hilo muy delgado. Los humanos, con su egoísmo y vanidad, le acertaron un golpe mortal. Irónicamente, hoy más que nunca los necesita. Ahora son ustedes quienes tienen la última oportunidad de salvarla si son capaces de poner todos sus recursos disponibles al servicio de un fin más noble, si son capaces de unirse y olvidarse de sí mismos. ¡Si no toman la acción en sus manos para salvarla, fenecerá con el atardecer!

La voz se le había comenzado a tornar raposa. Tomó el bule, lo empinó, lo puso despacio en el suelo y continuó.

—Los humarcianos son una gran amenaza, ellos también son sus hijos, por sus venas corren genes terrestres de los que nunca podrán deshacerse. Sin embargo, lo niegan porque es el pasado del que se avergüenzan y, a la vez, lo que hoy se interpone en sus planes de expansión, de conquista, poniendo además en peligro a todas aquellas civilizaciones que se crucen en su camino, pues como la Tierra, serán drenadas con el argumento del cálculo y la ganancia: extractivismo. ¡Vayan, amigos!, no pierdan tiempo y recuerden que si fallan todo se habrá perdido. Actúen con buen juicio.

El pequeño geniecillo les entregó un dibujo con las indicaciones para que pudieran construir el macuahuitl, luego se difuminó poco a poco haciéndoles una advertencia final.

—¡Tengan cuidado con el ángel de la muerte!

III

Ahora que sabían que su única oportunidad estaba en retomar las antiguas costumbres y tradiciones, decidieron enfrentar los obstáculos uno a uno. Sin duda tenían una ventaja, y era precisamente el desprecio que los humarcianos tenían por los humanos, por su entorno, su cultura... Ahora usarían ese desprecio a su favor. No perdieron tiempo y de inmediato se pusieron a trabajar en un plan.

—Lo primero que necesitamos hacer es volver a la vida el macuahuitl –apuntó Copán, a quien se le escuchaba con mucha convicción, tal vez por ser el que poseía los mejores conocimientos del grupo en cuanto a materias primas y técnicas para construcción de armas.

—¡Hagámoslo! –dijo la bella Tikal, quien veía en la tarea la única posibilidad de que la Madre Tierra renaciera–, porque además de agradar a los dioses debemos crear un ejército de pobladores y el macuahuitl deberá ser nuestro símbolo de lucha. ¡Él les infringirá valor!

Layar miraba de reojo a sus compañeros y sintió seguridad al verlos tan decididos; además, sabiendo que no podía, y no quería, regresar a Detrix –que ahora le parecía un lugar frío–, albergó esperanzas de una nueva vida como humano. Sentía que la vida no era tan compleja, pero que en un punto requería de decisiones importantes que no se debían postergar. Si los humarcianos estaban tan empeñados en drenar los recursos para continuar con sus planes de expansión, ellos debían seguir su propio plan: salvar a la Tierra a toda costa. No permitiría que le robaran su futuro porque este ahora dependía de que la Tierra sobreviviera. Volvió la mirada hacia Copán y la mujer que amaba, y exclamó febrilmente:

—¡Que inicie la batalla!

El joven descendiente de los mayas se agachó, extendió en el suelo el trazo que Balam les había entregado; sus compañeros se colocaron detrás de él. Con el dedo índice contorneó la figura del macuahuitl como si estuviera escaneándolo, mientras que con la mano izquierda detenía el lienzo para que no se enrollara. A medida que avanzaba su rostro se encendía; entonces explicó a la pareja lo que debían hacer.

—Necesitaremos madera y piedra –luego describió su forma y dimensiones–. Se trata de un tipo de mazo o garrote con silueta cónica, del tamaño de un brazo extendido de una persona promedio. A los costados lleva incrustadas afiladas piedras, cuatro o seis de cada lado; una seguida de la otra para garantizar mayor espacio de contacto o corte. En el extremo más angosto va un mango que abarca la cuarta parte del arma, facilitando su sujeción. ¡Sin duda es un arma poderosa!

Se puso de pie sosteniendo el dibujo y exclamó sin que sus ojos se apartaran del lienzo un momento:

—¡Sé cómo hacerlo!

Sentía vivamente la responsabilidad de contribuir a salvar a la Madre Tierra y no escatimaría nada de lo que él pudiera aportar a la causa. Jamás se cuestionó por qué debía arriesgar su vida si otros fueron quienes la destruyeron.

—Aluxe no mencionó qué tipo de materiales usar, solo describió su forma y dimensiones. Por lo tanto, debemos elegir aquellos que nos permitan establecer una mayor conexión con los dioses. Debemos comenzar con las navajas laterales.

—Creo que la obsidiana puede ser una buena opción, he oído que se pueden sacar lajas duras y muy afiladas de ella –mencionó Tikal de forma espontánea.

Copán tenía otra idea.

—Sin duda es un buen material y al mismo tiempo abundante, pero necesitamos además de eso, uno que seduzca a los dioses, ¿qué tal la jadeíta?

—¿Jadeíta? ¿No es más difícil conseguirla y también trabajarla?

Tikal se preguntaba si Copán sabía del esfuerzo que implicaba para todos conseguirla, pero él tenía una razón especial.

—El jade desempeñó un papel preponderante en Mesoamérica, no solo como material para la fabricación de armas, sino también en usos terapéuticos, pero en especial en la elaboración de ofrendas, ya que se le llegó a valorar más que al oro. Por su color verde azulado, como el del agua, se le consideraba la representación de la diosa azteca del agua terrestre, Chalchiuhtlicue, conocida como "la que tiene su falda de esmeraldas", quien también es considerada diosa del amor, la belleza juvenil, los lagos, los mares, océanos, así como las tormentas. Si usamos el jade tendremos una gran aliada.

Layar escuchaba los argumentos de Copán, pero no estaba seguro si en realidad eso les podría aportar algún beneficio. Se mordió los labios para no decir nada y asintió con la cabeza, pensando al mismo tiempo que tal vez su proceso de humanización no había concluido, y que por tal motivo debía darle el beneficio de la duda.

—¿Dónde podremos encontrar ese material? –preguntaron sus compañeros preocupados.

—Sé de tres lugares, pero si en realidad queremos agradar a los dioses debemos ir al río Motagua, en Guatemala, donde están los yacimientos más exquisitos, explotados durante el periodo prehispánico y después.

—¿Qué tan lejos está de aquí? –preguntó Layar temiendo escuchar la respuesta.

—Alternando tramos a pie y otros a través del río, poco más de tres días, tal vez dos y medio –explicó Copán intentando no desanimarlos.

Layar infló la boca y dejó salir el aire con suma lentitud en símbolo de desaprobación. Era demasiado tiempo, implicaba como mínimo cinco días contando el regreso, tiempo que no tenían. Pero Tikal salió al rescate poniendo un poco de intriga.

—¿Les recuerda algo el nombre de Sak Baak?

—¿Sak Baak? –preguntaron ambos haciendo un coro involuntario.

—¡Sí!, nuestro amigo el ciempiés de los huesos blancos.

—¡Claro!, aquel que por poco nos devora y luego dijo que estaba en deuda con nosotros.

—¡Exacto!, ¿por qué no le pedimos algo de ayuda?

Sin perder tiempo lo invocaron y se manifestó al instante como relámpago que recorre el cielo y cae en medio de una tormenta.

—¿Quién ha osado interrumpirme? –exclamó con voz instigadora el ciempiés, mientras giraba su cabeza como el periscopio de un submarino; luego se frotó los ojos y reconoció a los argonautas–. ¡Amigos!, disculpen mi rudeza, pero ahora que no tengo necesidad de pensar en qué comer, estoy muy ocupado atendiendo los asuntos de los dioses, a quienes les preocupa mucho el destino de la Madre Tierra.

—Precisamente de eso queremos hablarte, el tiempo se termina para salvarla y necesitamos llegar lo antes posible al río Motagua para recoger jadeíta.

—¿Río Motagua?, eso es en Guatemala.

Sus antenas se enderezaron.

—¡Sí, no debemos perder tiempo! Necesitamos que nos lleves lo antes posible.

—De acuerdo, estoy en deuda con ustedes, pero sobre todo haré cualquier cosa para salvar a nuestra Madre Tierra, soy un ciempiés nuevo, ¡je, je!… El camino más cercano es a través de los cenotes sagrados que conectan todo el mundo maya (México, Belice, Guatemala, Honduras y El Salvador). Además de ser sitios para la adoración de los dioses, son pasadizos a través de los cuales ellos se mueven. ¡Vamos!, los llevaré.

Los argonautas subieron a su lomo con objetivos muy claros: traer el mejor jade que encontraran para agradar a los dioses y realizarlo en el menor tiempo posible.

IV

El ciempiés los condujo hacia un cenote de nombre desconocido, fuera del perímetro de Chicxulub.

Desde la altura la aglomerada selva parecía un verde tejido al que un pintor le había puesto intencionalmente una mancha circular color azul turquesa. Ahí es donde comenzaba a tomar sentido la idea de Copán de obtener el favor de los dioses a través de agradarlos. Tanto la vegetación, así como el agua cristalina del cenote estaban representados en el verde azulado del jade y, al mismo tiempo, la naturaleza en conjunto –vegetación, agua y jade– se asociaba a una o varias deidades.

Sin saberlo, se adentraron en una zona vigilada por los humarcianos –ahora con más naves disponibles–, siendo avistados rápidamente. Un piloto de combate detectó el movimiento de un objeto no identificado y de inmediato alzó el vuelo.

—¡Nave nodriza, nave nodriza!, aquí C79; he localizado un objeto extraño moviéndose rápido.

—Aquí nave nodriza, ¡hay órdenes precisas de detenerlos!

Percival le arrebató el micrófono al interlocutor.

—Deben ser los terrícolas y el detriano. ¡Deténgalos a toda costa, si es necesario abra fuego sin consideraciones! Los prefiero muertos que saboteando la misión.

—¡Enterado!, cambio.

C79 empujó el acelerador incrementando la velocidad hasta que la fuerza de gravedad lo aplastó contra el asiento; tiró del yugo para elevarse hasta que el objeto extraño se hizo visible.

Tanto los argonautas como el piloto se encontraban en puntos equidistantes respecto del cenote, pero una vez que los divisó la nave acortó la distancia; fue entonces que les ordenó descender.

El ciempiés ignoró la advertencia y continuó volando lo más rápido que podía; ya estaba muy cerca del cenote. El piloto no esperó más y abrió fuego en repetidas ocasiones; el ciempiés apenas si pudo esquivar las ráfagas. C79 consideró que si escapaban Percival se molestaría, por lo que optó por disparar un proyectil teledirigido.

Los argonautas prácticamente se habían adherido al cuerpo del ciempiés con brazos y piernas, quien hacia todo lo posible por llegar al cenote sin ser alcanzado por los disparos.

C79 abrió la compuerta que se encontraba en la panza de la nave, donde se almacenaba el proyectil, mismo que descendió despacio. Debía ser mayor a un metro y 30 centímetros, esbelto y aerodinámico, como un tiburón.

El sistema de radar identificó las coordenadas precisas de desplazamiento del ciempiés. El piloto liberó el gatillo levantando el seguro; el proyectil giró sobre su propio eje como el tambor de un revólver, fanfarroneó mientras presionaba el gatillo.

—¡En mi planeta los insectos se eliminan así!

La nave se sacudió al tiempo que la ojiva salía disparada a gran velocidad. Como un sabueso de caza olfateó la presa e identificó la parábola que seguía, ambos con objetivos distintos: uno zambullirse en el cenote y el otro destruirlo antes de que desapareciera.

El ciempiés levantó sus antenas, se dio cuenta del peligro, solo disponía de unos instantes, sin otra opción provocó un efecto de ola que venía desde sus anillos traseros hasta su cabeza con tal fuerza que lanzó a los argonautas con dirección al cenote.

No hubo más tiempo para escapar, la ojiva lo impactó de costado, de modo que estalló al instante en mil pedazos y sus anillos volaron por todas partes. Los argonautas caían al cenote mientas veían a su amigo desaparecer. Tikal soltó un gran grito y pataleó como un bebé, atrapó un anillo y luego tragó el agua que los engulló hasta el fondo. Su amigo, el ciempiés de los huesos blancos, había muerto instantáneamente.

C79 aún presionaba el gatillo cuando el proyectil impactó su objetivo, solo hasta que vio cómo se reventaba lo soltó y puso el seguro. Se reacomodó en el asiento y se dirigió a la nave nodriza a dar en persona la buena noticia.

Segundos después los argonautas fueron regurgitados en el nacimiento del río Motagua, en la región de Santa Cruz del Quiché. De ahí siguieron la corriente con dirección a Guaytán, donde continuaron a pie hacia los anhelados yacimientos de jade. Se internaron en la sierra abriéndose paso entre la flora durante horas.

—Ya debemos estar cerca –suspiró Copán.

—¿Por qué dices eso?

—Empiezo a sentir un descenso en la temperatura y una mayor presión en el ambiente; ese es el tipo de clima en el que por lo general se encuentra el jade.

—¡Perfecto! –dijo Tikal con ironía–, pero ¿cómo vamos a identificarlo si todo se ve igual?

—En la naturaleza el jade se encuentra en estado rocoso, no tiene ese brillo y tersura que se logra una vez que se ha trabajado, por lo que se puede confundir con el follaje o bien con piedras y minerales; debemos estar atentos a cualquier posibilidad.

Copán se adelantó a sus compañeros, algo le había llamado la atención. Se acercó a una ladera, la miró, pasó su mano sobre ella, tomó una piedra y la golpeó en repetidas ocasiones mientras intentaba percibir su resonancia. Tikal y Layar no entendían lo que estaba haciendo hasta que volteó hacia ellos con un guiño.

—¡La encontramos!

El presentimiento de Copán resultó acertado. Habían dado con un afloramiento mineral apostado en la ladera perpendicular de un pequeño cerro. Se podía ver cómo el color grisáceo de la roca cambiaba a un verde pálido con motas amarillas; era un cambio sutil, pero, para un ojo conocedor, era una señal clara de que estaban en presencia de jadeíta. Sin embargo, una cosa era encontrarla y otra extraerla. Había huellas de que en el pasado existió actividad minera, pero en algún momento la abandonaron, muy probablemente cuando las técnicas de la época fueron insuficientes para continuar. Si a estos hombres que vivían de la extracción de la jadeíta les había sido imposible continuar, los argonautas debían tejer una buena estrategia para poder obtener siquiera algunas lajas.

El mineral sobresalía de la pared rocosa, como una protuberancia, pero estaba muy compactado y fusionado a la roca. La primera idea que tuvo Copán fue tomar una piedra que yacía en el suelo y estrellarla con toda su fuerza contra el jade esperando que se fracturara, pero luego de varios impactos contra la beta, se partió en dos.

—¡Maldición!, parece que estamos condenados a luchar contra todo.

Se dejó caer en el piso boca arriba mientras recuperaba el aire. Sus compañeros voltearon a verse a los ojos por un instante hasta que Tikal tuvo otra idea.

—Tal vez lo necesitemos hacer es lo contrario.

—¡Perfecto!

Fue el turno de Copán para devolver la ironía.

—¡Vamos Copán!, me refiero a usar la técnica de picoteo, que consiste en dar pequeños golpes en alguna protuberancia para debilitarla hasta que se desprenda.

Tomó una de las partes en que se había partido la roca con que Copán había hecho su intento; la partió en dos, una la usó como cincel y la otra como martillo. Golpeó la protuberancia que más sobresalía siguiendo su contorno. Al más puro estilo de un escultor, una y otra vez aplicaba golpecillos con extrema paciencia y precisión. Sus compañeros la observaban con desesperación, porque veían que su progreso era muy lento.

Después de un rato se desprendió una pequeña pieza, misma que Tikal levantó y presumió con mucho orgullo, pero no vio la reacción que esperaba. Copán, sentado, malabareaba de una mano a la otra un trozo de roca.

—¡Bien!, pero a ese ritmo nos llevará días desprender todo el que necesitamos –dijo Layar mientras se frotaba el crespo cabello con las manos.

—¿Ahora tú te unes a Copán?

La molestia de Tikal era muy obvia.

—De acuerdo, me disculpo, no quise decir que es inútil, sino que en este momento no es la mejor opción, incluso si los tres lo intentáramos al mismo tiempo.

Copán intervino.

—¿Qué es lo que llevas colgado en tu espalda? –preguntó a Tikal.

Ella encogió las cejas, dirigió su brazo hacia su espalda intentando alcanzar lo que llevaba. Una vez que lo logró lo jaló al frente.

—¡Ah, sí! Es uno de los anillos que se esparcieron luego de que el proyectil desintegrara a nuestro amigo el ciempiés –concluyó con un dejo de melancolía.

Layar se puso de pie, caminó hacia ella y lo tomó. Luego de revisarlo con sumo detalle se lo lanzó a Copán.

—¿Qué te parece? Tal vez podría servir.

Él atrapó el disco tomándolo por los lados, pasó su mano sobre él como acariciándolo, lo frotó con su uña, lo golpeó con fuerza contra una roca y esta desprendió pequeñas astillas. Al parecer el calor que se había producido con la explosión templó el anillo del ciempiés, haciéndolo duro, como un diamante.

—¡Tengo una idea!

Sin decir más se puso de pie a unos 10 metros de distancia de la beta de jade. Con el disco en la mano derecha giró su cintura, pivoteó sobre sus piernas, retrajo el brazo hasta que sintió cómo el músculo no daba más, flexionó sus rodillas, se impulsó dando un paso al frente y, como una catapulta, lanzó el brazo con todas sus fuerzas hacia adelante soltando el disco cuando su impulso llegó a fondo.

El aro salió con tal fuerza, que parecía no girar mientras avanzaba en línea recta hasta estrellarse con el jade, produciendo un estruendoso chirrido. De inmediato saltaron trozos del material de todos tamaños envueltos en una nube de polvo verde. Al unísono los argonautas pegaron un grito de júbilo, se abrazaron y giraron mientras cantaban: "¡Lo hicimos, lo hicimos!".

Sin más protocolo, separaron en un montón aquellas piezas cuyas características ayudaban a su propósito. Fue entonces que a Tikal le surgió una duda al ver la pila que se había formado.

—¿Cómo los vamos a transportar?

—Cargándolo como podamos –dijo Layar.

Al mismo tiempo Copán y Tikal contestaron irónicamente:

—¡Perfecto!

Al ver la cara de Layar rieron juntos. Sin embargo, Copán ya había pensado en el transporte.

—Amigos, ese problema ya lo tuvieron y lo resolvieron nuestros antepasados, haremos un tlaquimilolli, o más bien varios.

Tikal se encaminó hacia él despejando el cabello de su frente con ambas manos.

—Creo haber escuchado algo acerca de ese tal tlaquimilolli o bulto sagrado.

—En efecto, el tlaquimilolli es el bulto sagrado en el que se guardaban o trasportaban los restos de los dioses. En algunas ocasiones se le usaba como mortaja y, como vamos a trasportar un material que será ofrenda para ellos, les agradará mucho que seamos lo más respetuosos posible.

Sacó entonces de su morral un tramo de manta muy apachurrada, luego la extendió y con una lasca del mismo jade la trozó en tres partes. Dejó que cada uno pusiera la porción que transportaría y enseguida les indicó cómo envolver el material de tal forma que quedara muy bien proporcionado. Con el sobrante de los cuatro extremos les explicó cómo hacer una especie de cordel y anudarlo en la frente o a la altura de las clavículas.

Una vez que cada uno envolvió el suyo, se pusieron en camino a través de la sierra. A pesar de lo rústico del camino nadie se detuvo hasta llegar al río Motagua, tenían la moral en alto. Solo tomaron un pequeño respiro y se introdujeron en el pasadizo antes de que los sorprendiera la noche.

V

De acuerdo con los seres inmateriales –aquellos que presenciaron el cataclismo de la civilización humana– la mayor parte de la sociedad era consciente de los efectos que su estilo de vida le provocaba al medio ambiente. Sin duda, hubo grupos sociales que buscando su propio beneficio o, solo por indolencia, no hicieron nada por cambiar el rumbo de los acontecimientos. Sin embargo, no se podía repartir la culpa a toda la humanidad y tampoco en la misma proporción. A principios de siglo XXI los países capitalistas del norte representaban 16.6% de la población mundial; sin embargo, generaban 77.1% de las emisiones de CO_2 del mundo producido desde 1850. Estados Unidos representaba en emisiones 27.6%; en contrapartida Nigeria había emitido solo 0.2%. Entre 2010 y 2018 las emisiones individuales de carbono –superiores a la media mundial– de Canadá, Estados Unidos, Europa y China fueron de 71%; el otro 29% correspondía al resto del mundo.

En el año 2020 ya se habían producido más teléfonos celulares que habitantes en la Tierra (7 700 millones); sus tres componentes más contaminantes fueron aluminio, cobre y cobalto. De manera conjunta, los procesos de extracción y transformación en teléfonos significaron la liberación de enormes cantidades de CO_2, la contaminación del suelo y el agua, así como el daño a los ecosistemas. Para ello operaron dos estrategias: por una parte, la obsolescencia programada, que hacía que los dispositivos electrónicos se convirtieran en basura cada cierto tiempo; por otra, cambiar el dispositivo –aun cuando este tuviera mucha vida por delante– por el último modelo, se convirtió en sinónimo de estatus. En conjunto, ambas estrategias implicaron un incremento exponencial del consumo.

Igualmente, la innovación tecnológica permitía que los procesos de producción se volvieran más eficientes, haciendo que disminuyera el consumo de electricidad utilizada en su fabricación. Como resultado la "eficiencia de mercado" hacia que al bajar el costo de venta la demanda subiera. Al hacer las cuentas finales, el consumo de energía y otros insumos se había incrementado.

Por su parte el sistema financiero contribuía en el aumento de la extracción y quema de hidrocarburos, y otros valiosos recursos naturales, debido a que, al adoptar la forma de capital de inversión, todo el tiempo estaba merodeando el mundo en busca de proyectos lucrativos que financiar. Una vez firmado el contrato, comenzaba una presión para pagar las deudas. En muchas ocasiones los deudores echaron mano de artimañas para salirse con la suya y deforestar reservas naturales, poner oleoductos sobre reservaciones indígenas, donde sus defensores aparecían muertos sin que nadie esclareciera el crimen. Cuando se trataba de pagar las deudas a los honorables señores de la banca, nada ni nadie estaba a salvo; las corporaciones tenían derechos legales, la naturaleza no.

A medida que los combustibles fósiles comenzaron a escasear, se puso en marcha un círculo vicioso. Por una parte, las potencias tenían que conseguirlos en dondequiera, al mejor precio o incluso a cualquier costo; eso provocó que su belicosidad aumentara, con lo que su quema de combustibles fósiles –que ya de por sí era alta– se incrementó. Las guerras para apoderarse del petróleo y el gas del mundo, generalmente disfrazadas de luchas por la democracia, la libertad o la justicia, tuvieron un impacto enorme en la emisión de gases de efecto invernadero. En los primeros 20 años del siglo XXI fueron responsables de 20% de la degradación ambiental del mundo.

No, sin duda no fue el género humano en su totalidad quien provocó el cambio climático. El grupo del 1% tuvo la mayor responsabilidad, dado que eran quienes tenían el poder y la riqueza para crear o modificar el statu quo.

* * *

Los argonautas únicamente habían descansado unas cuantas horas después de regresar de Guatemala. Algo muy dentro los despertó; era esa sensación de que cada hora que pasaba uno de sus hermanos o hermanas moría, de que los humarcianos podrían drenar el total de los recursos de la Tierra y entonces sería muy tarde para salvarla.

No podían darse el lujo de dejar las cosas para después, debían de ponerse manos a la obra. Habían completado la primera fase de su plan; ahora necesitaban madera para construir el cuerpo del macuahuitl, donde pondrían las navajas de jade, material que debía tener un significado especial. Copán no tardó en proponer el árbol de la ceiba.

—Creo que por sus elementos simbólicos y religiosos es una excelente opción. En la cosmogonía maya el mundo actual es el resultado de la lucha entre los dioses del inframundo y los dioses del cielo –comenzó a relatar Copán–. Los dioses del cielo, que resultan vencedores del conflicto, decididos a esparcir su semilla, reconstruirán el mundo: los cuatro becabes, o dioses que sostienen el cielo, levantarán la tierra que se ha hundido al desplomarse el inframundo, sembrando una ceiba sagrada en cada esquina del mundo y una más al centro, que será el axis mundi del universo maya, camino al cielo. La ceiba será considerada como el árbol de la abundancia, primer sustento de la humanidad. ¡Si los dioses la escogieron para reconstruir el mundo, nosotros lo haremos para salvarlo!

Aún con sus dudas acerca de la mitología, Layar encontraba una enorme similitud entre el mito de la creación maya y la guerra por el Todo Esencial; aquella en donde el Universo había sido destruido. Más aún, veía que ambos eventos estaban conectados con su lucha por salvar a la Tierra y, a su vez, el Universo era en sí mismo un conflicto en donde la materia eternamente es integrada, moldeada y reiniciada.

No lejos de allí Tikal los condujo a un llano con una enorme ceiba al centro, cuyo tronco principal ocupaba el espacio de varios hombres juntos; de él salían enormes ramas que se bifurcaban una y otra vez en más ramas tupidas con millones de hojas. Era tan alta que parecía rozar los cúmulos. Durante el periodo prehispánico se le consideró un árbol sagrado y muchos años después fue nombrado árbol nacional de Guatemala.

—¡Este me parece perfecto! –dijo Tikal mientas giraba alrededor de él, abrazándolo con ternura.

Copán coincidió.

—¡Sí!, es hermoso.

Juntó una rama que yacía tirada en el suelo, ató una lasca de jade con fuerza al extremo y creó un hacha. La colgó en su hombro y escaló la ceiba aferrando su cuerpo al tronco, impulsándose hacia arriba como una oruga.

En la parte baja del árbol se encontraban las ramas más viejas que en muchas ocasiones habían perdido su consistencia; en un combate su madera podía desquebrajarse. Cerca de la punta estaban las jóvenes, aquellas que todavía no habían completado su proceso de consolidación; tendían a ser duras, no absorbían los golpes y se fracturaban con frecuencia. Su plan era llegar a la parte media del árbol, en ella debían estar las ramas maduras, cuyas principales características eran su flexibilidad, consistencia y uniformidad, lo que permitía absorber con eficiencia los impactos en cualquier parte del arma y al mismo tiempo tenían la suficiente estabilidad para asestar un golpe mortal.

Al llegar a los 15 metros de escalada comenzó a desplazarse por una gruesa rama rodeada de espinas. Debía alcanzar la parte media por las mismas razones por las que escogió esa altura del árbol. Cuando llegó a la zona indicada, se dio a la tarea de buscar aquellas ramas más rectas, que tuviesen una longitud no menor a su brazo extendido. Una a una fue derribándolas con su herramienta.

—¡Cuidado, amigos, allá abajo! ¿Qué demonios...?, están llenas de espinas por todos lados.

Tikal y Layar retiraron las espinas a los troncos con cuchillos que ellos mismos habían hecho a partir de lascas de jade.

—¡Copán, creo que con estos será suficiente! –gritó Layar haciendo una pantalla sobre sus ojos con las dos manos para poder verlo.

—¡Opino lo mismo! –se escuchó decir a Tikal.

—¿Cuántas son? –preguntó su compañero, quien colgaba de una rama como un perezoso.

—¡Qué importa! ¡Ya son muchas! –expresó el detriano con desdén.

—¡Te juro que no, amigo! ¿Cuántas son?

—¡De acuerdo!, son 11 ramas –contestó con enfado.

—¡Bien!, necesitamos dos más.

Copán sabía que no se trataba solo de cifras o de números, sino de significados, de simbología; situación clave en la cosmogonía maya. Los números 7, 9 y 13 eran en realidad el número de deidades que corresponden a la tierra, el inframundo y el cielo, respectivamente.

Él sabía que debían hacer una cantidad de macuahuitls que correspondiera a cualquiera de los tres niveles de dioses. En particular, Copán pensaba que debían invocar a dos dioses: el de la lluvia, Chaac, y Kukulcán, dios del viento.

La segunda fase del plan estaba lista. Ahora debían darles forma a las navajas de jade y al cuerpo del macuahuitl para unirlas.

VI

Formaron los 13 troncos en el arenoso suelo, aunque las diferencias de tamaño eran pocas, los ordenaron de mayor a menor como las teclas de una marimba.

Sentados en el piso, con las piernas cruzadas, apoyaban un extremo del tronco sobre una de ellas y el otro en la arena, mientras que con su cuchillo desgajaban la corteza fuertemente adherida, hasta dejar desnuda la madera.

El clima, como telón de fondo, era húmedo y caluroso, asfixiante, por decir lo menos, aun cuando el cielo se nublaba por momentos. Una vez eliminado el revestimiento, sobre el palo trazaron la forma del macuahuitl. Con el cuchillo arrancaban trozos grandes de madera, aproximándose cada vez más a la forma ideal, misma que era lograda en una segunda etapa con una lasca pequeña y filosa, como si un dibujante borrase los trazos que excedieron las dimensiones del boceto. El trabajo era extenuante para personas adiestradas, pero para inexpertos era una tarea titánica. En ese punto, sus músculos fatigados por el ir y venir sin descanso protestaban agarrotando las manos de los argonautas, quienes las obligaban a volver a su lugar. No podían parar.

Poco a poco, la inconfundible figura cónica del macuahuitl emergía de los vendajes que la tenían amortajada. Si bien su forma ya estaba lista, aún quedaba trabajo por hacer. Había que acentuar su cuerpo puliendo la madera, tarea que le asignaron al polvo de cuarzo, por ser abrasivo. Este era colocado en un trozo de piel, para luego ser frotado con constancia y destreza. Las irregularidades se rendían ante la insistencia, quedando al descubierto las hermosas vetas rojas, como un pescado rebanado en frescos filetes. Para hacer la empuñadura, tallaron con un buril ranuras en distintas formas y direcciones en la parte más angosta del mazo, en un espacio equivalente a la cuarta parte de su longitud, que sería el mango del cual lo asirían. Aunque no estaba terminado, Copán tomo uno, y no resistió el deseo de blandirlo, comenzó a hacer movimientos circulares simulando los de un combate.

Ya había llegado la noche cuando comenzaron a hacer las navajas; cuatro por cada lado del macuahuitl. Como no contaban con herramientas de medición, tomaron como referencia la palma de la mano. A partir de ella separaron las piezas de jade cuyas formas previas se acercaban más al modelo; las faltantes las forjaron usando una piedra como percutor. Sostenían con una mano el jade mientras aplicaban golpes continuos para que tuviese fracturas hasta alcanzar el tamaño y forma deseada. Con el mismo método, pero con una piedra menor, golpeaban meticulosamente una orilla del jade, creando un delgado filo, luego lo voltearon e hicieron lo mismo. Enseguida pulieron toda la navaja hasta que surgió el hermoso verde azulado que se manifestaba en la profundidad de la selva, el agua de los ríos, lagos, mares y cenotes, pero sobre todo en la exuberante vida de la selva.

Los argonautas se encontraban completamente extenuados, habían dormido solo por ratos. Los primeros rayos del sol comenzaron a alumbrarlos y aún no habían terminado, faltaba unir las navajas al macuahuitl, que en ese momento era un palo cónico y pulido. Comenzaron por dibujar la zona en donde colocarían la hilera de navajas; enseguida ranuraron los costados de la madera con un buril. Luego, con mucho cuidado, hundieron la herramienta y la empujaron hacia abajo y hacia el frente extrayendo delgadas serpentinas de madera.

Copán encajó un cuchillo de jade en el tronco de la ceiba, lo giró hasta que sangró, recogió la melaza y con ella adhirieron las navajas.

Luego de unas horas, el pegamento se había secado soldando por completo las navajas al tronco. Los macuahuitls yacían reposando sobre el suelo, eran como niños durmiendo. Copán se agachó y los vio de cerca, deslizó su mano por encima de ellos con reverencia, luego se animó a tomar uno. Extendió el brazo; brillaba a pesar de que estaba el cielo nublado. Sus compañeros también estaban embelesados.

—¡Es hermoso! ¿Creen que a los dioses les gustará?

Tikal caminó hacia él y lo tomó con las dos manos.

—Creo que en mucho tiempo los dioses no han sido alagados de forma tan sublime como hoy lo hacen los macuahuitls. Esta arma tiene la capacidad de restablecer la relación entre el hombre y los dioses, y lo que ello significa.

Mientras esto decía, la fémina caminaba con el arma, luego se detuvo y la levantó como símbolo de ofrenda; un rayo de sol escapó de entre las abigarradas nubes e hizo resplandecer el arma como un espejo.

En medio de la contemplación el sonido de hierba doblándose los alertó. No podía ser un felino, ellos estaban muy bien adaptados como para ser tan obvios. Copán no perdió tiempo, tomó un macuahuitl y adoptó la posición de defensa; sus compañeros lo emularon.

—¡Parece que el sonido viene de aquellos matorrales! –señaló Layar con el índice.

Los tres se encogieron y avanzaron cautelosamente sobre la punta de los pies; en una mano llevaban el macuahuitl y con la otra se abrían camino. El escondite era denso, pero a través de los boquetes se podían apreciar difusas siluetas, al parecer humanas; Tikal no podía decirlo con exactitud.

—¡Tal vez sea un jaguar!, suelen esconderse y esperar a que aparezca una presa para saltar sobre ella.

—¡No!, creo que es una silueta humana, y podría jurar que no solo es una –corrigió Layar.

—¡Sugiero que los rodeemos, así no podrán escapar!

Copán apretó las mandíbulas mientras se dirigía a la derecha; Layar se fue hacia el lado izquierdo, y Tikal continuó de frente. El taimado maya alzó su mano izquierda y les mostró lo dedos índice, medio y anular, los dobló uno por uno; sus compañeros comprendieron que al doblar el último debían saltar sobre quien hubiera en los matorrales. Antes de concluir se escuchó una voz apurada.

—¡Deténganse! ¡Somos nosotros!

Se trataba de Ramsi, Chancalá y otros dos habitantes de Chicxulub.

—¡Salgan con las manos levantadas!

—¡Somos nosotros! –repitieron temerosos.

Debido al estado tan lamentable en que se encontraban no los reconocían, hasta que sus voces les sonaron familiares.

Tikal caminó hacia ellos; miró de cerca a Chancalá, se dirigió hacia Ramsi y luego al resto. Regresó su mirada a Ramsi, lo abrazó y lloró.

—Mis queridos viejos, pensé que no los volvería a ver.

Los hombres temblaban, estaban casi en los huesos, requemados por el sol y harapientos; en su rostro se manifestaba el sufrimiento por el que habían pasado. Chancalá en particular llevaba el brazo derecho atado al cuerpo y un joven se apoyaba en una rama para poder caminar.

—¡Amigos, por favor díganos!, ¿qué ha sucedido en Chicxulub? –preguntaron al mismo tiempo Copán y Layar, mientas Tikal acariciaba el rostro barbudo de Chancalá.

—Luego de que ustedes fueron encarcelados, se despertó un sentimiento de tristeza y a la vez de rechazo a los humarcianos. Todos los habitantes fueron puestos a trabajar extrayendo recursos para alimentar a las máquinas ordeñadoras. No hay la más mínima consideración: hombres, mujeres, niños y ancianos deben trabajar sin descanso hasta el anochecer. Antes de que saliera el sol ya estábamos doblando la espalda, un día tras otro. Perdimos todos nuestros derechos, incluso los más elementales. Fuimos despersonalizados y convertidos en objetos de explotación, herramientas que mientras aportan algo se conservan, pero cuando ya no son útiles se desechan.

Sin la más mínima misericordia, aquellos que se resistieron fueron colgados y dejados ahí hasta que los carroñeros los devoraron; su cabeza se confundía con los cocos que colgaban de las palmeras. Aun así, hubo hermanos y hermanas que tuvieron el valor de sabotear las máquinas ordeñadoras. Ellos se molestaron tanto que decidieron traer una máquina infernal para que hiciera el trabajo, una que llaman el autómata.

—¡¿Cómo?! ¡¿Un autómata?! –preguntó Layar con los ojos a punto de salirse de sus órbitas–. Entonces a eso se refería Balam cuando habló del ángel de la muerte, ¡malditos!

Todos lo escuchaban sin entender de qué hablaba y cuando se percató de eso intentó explicarles.

—¡Se trata de un autómata autorreplicable!

Pero eso tampoco ayudó mucho.

—Es decir, un robot que extrae las materias primas del lugar y con ellas crea réplicas idénticas de sí mismo indefinidamente, y a su vez las réplicas tienen la misma capacidad; en poco tiempo pueden crear un ejército. Obedecen ciegamente las órdenes y no se detienen ante nada ni nadie, incluso ante sus propios creadores.

Se hizo un espeso silencio en el lugar; los recién llegados habían albergado algunas esperanzas al encontrarlos, ahora añadían a sus flagelos la idea de que tal vez no había salida. Pero los argonautas, aunque habían pasado por diversos inconvenientes, aún no estaban listos para darse por vencidos.

—¡Debemos hacer algo pronto! El robot ya comenzó a operar y hay que destruirlo antes de que se autorreplique –dijo Layar consciente de la gravedad.

Copán y Tikal aprobaron con la mirada.

—Varios de los nuestros escaparon al mismo tiempo que nosotros, deben estar escondidos, ¡hay que encontrarlos y crear una resistencia! Tomemos el macuahuitl como estandarte de nuestra lucha, en el pasado fue el símbolo de la resistencia de los pueblos de Mesoamérica, ¡hoy debe ser el de toda la humanidad que se rehúsa a ser arrasada por la arrogancia de unos cuantos! –arengó Chancalá con el brazo izquierdo atado a su cuerpo, pero con el pecho henchido.

—¡Nosotros los buscaremos!, creo saber dónde encontrarlos –se ofreció Dimitri, el joven que usaba la rama como bastón–, ¿verdad, Darsha?

—¡Sin duda, amigo, hasta el fin!

Darsha era una joven valiente en todos los sentidos, había planeado la huida junto con otros chicxos.

—¡Bien! –inclinó la cabeza Layar y se frotó la barbilla–, pero debemos reorganizar nuestro plan. Ahora ya no solo nos enfrentamos a la flota de naves de ataque, sino que también al autómata.

—¡Creo saber cómo podemos deshacernos de la flota! –sonrió Copán mientras los últimos rayos del sol palidecían.

VII

Para sus cansados y aporreados cuerpos la noche fue solo un suspiro, un pequeño remanso en la adversidad. Debían aprovechar toda la luz solar que pudieran. Dimitri y Darsha se pusieron en marcha para tratar de encontrar al resto de los fugados. La misión era peligrosa, debían tener mucho cuidado de no ser capturados porque ello implicaba una muerte instantánea. Copán explicó su plan secreto al resto del grupo.

—La única forma en que podemos enfrentar a las 100 naves humarcianas es usando nuestra propia tecnología. ¡Sí, la magia, el ritual!

En la mirada de Layar había vuelto a hacer nido la incredulidad.

—¡Debemos invocar a los dioses que dominan las fuerzas de la naturaleza para crear un huracán que pelee por nosotros contra las naves de combate! Los dioses que lo pueden hacer son Chaac, el dios de la lluvia y Kukulcán, dios del viento.

Cuando Copán terminó su exposición todos estuvieron de acuerdo, excepto Layar.

—¿Qué sucede, amigo, no confías en los dioses?

—No es que no confíe en ellos –caminó alrededor del grupo con las manos cruzadas e intentó suavizar el momento–, sino que tal vez hoy no estén de humor para ayudarnos; quizá tengan otros planes.

—De modo que no confías… ¿Podrías indicarme dónde está el sol ahora?

Layar agachó la cabeza y la movió a ambos lados resistiéndose a contestar, mientras todos lo observaban. Fueron las miradas que se clavaban en su espalda las que lo orillaron a voltear. Levantó la cabeza y, apuntando con su mano hacia el oriente, trató de señalar el sol, pero no estaba.

—Debería de estar por ahí, no entiendo.

En ese preciso momento al sol le correspondía alumbrar en un punto entre la alborada y el cenit, pero no es que no estuviera, sino que lo ocultaba un conglomerado de rellenas nubes grises que el viento movía cada vez más rápido. Fue entonces que una nueva perspectiva vino a la mente del detriano. Él sabía bien, por datos que habían revisado durante el viaje a la Tierra, que durante noviembre persistían condiciones climáticas para el surgimiento de tormentas y huracanes en el Caribe.

Entonces pensó: si ese fenómeno natural se combinase con el calentamiento que estaban provocando las máquinas ordeñadoras, entonces ambos podrían calentar el aire y el agua por encima del punto promedio. ¿Acaso no era esta otra forma de concebir a Chaac al dios del viento y al de la lluvia, Kukulcán? Es decir, lluvia que al combinarse con el viento se convertiría en tormenta, y si ese viento continuaba calentándose haría girar la tormenta cada vez más hasta volverse un huracán. Pero, ¿eso sucedería producto de un fenómeno natural o por la intervención de los dioses en favor de la causa humana? Mientras Layar continuaba barajeando las opciones se dio cuenta que los demás lo miraban esperando su respuesta. Intentó ser prudente.

—¡Bien!, creo entender la idea, pero tengo una duda, ¿cómo pasarán los dioses de una lluvia a una tormenta lo suficientemente fuerte para destruir las naves?

—¡Apelando a su orgullo!

A pesar de lo confuso que les parecía la respuesta de Copán nadie quiso preguntar nada.

Pasaron entonces a ejecutar el plan con el liderazgo del astuto maya. Se distribuyeron con la intención de reunir los elementos necesarios para el altar y de esta manera clamar a los dioses que intervinieran en su favor.

A medida que avanzaban con los preparativos, y como si los dioses supieran sus deseos, el cielo se oscureció y el viento comenzó a flexionar las palmeras.

Hacia la tarde, el detriano se percató de una serie de fenómenos extraños:

los animales se habían refugiado, las aves embadurnaban sus alas, el mar se embraveció. No obstante, el altar estaba terminado. De un momento a otro quemarían el copal y pondrían el macuahuitl confiando en que el trabajo y esmero, junto con el simbolismo, agradase lo suficiente a los dioses como para que mandaran una tormenta que destruyera la flota humarciana. ¿Acaso tenía razón Layar para estar incrédulo?

El grupo preparaba los detalles finales para la ceremonia mientas Copán iniciaba el fuego usando la antigua técnica del arco que se hace girar con una cuerda hasta que produce brazas que se arrojan sobre yesca seca. Antes de invocar a los dioses repasaron su plan.

—¡Bien, amigos!, solo tenemos una oportunidad. Debemos lanzar las fuerzas de la naturaleza contra las naves humarcianas, con esta intención imploraremos a los dioses del viento y la lluvia, para que juntos descarguen un huracán devastador –explicaba Copán mostrando en su rostro un contagioso entusiasmo en todo lo que decía.

—¡Debemos refugiarnos o de lo contrario el huracán nos arrastrará! –advirtió Chancalá, que no solo conocía las fuerzas de la naturaleza por las tradiciones, sino que él mismo había visto su furia–. En el pasado, cuando los dioses se enojaban propiciaban la destrucción de aldeas enteras e incluso se tragaron la playa.

—Creo que estamos olvidando algo –interrumpió Layar colocándose al frente del altar.

—¿De qué se trata?

—Las naves son más vulnerables volando que en tierra, ¡debemos hacerlas despegar!

—¡Cierto! ¿Qué sugieres?

—Requerimos de un señuelo que las haga levantar el vuelo; alguien que despierte suficiente interés como para mover a toda la flota: alguno de nosotros tres.

—Tendría pocas o ninguna oportunidad contra las naves de ataque, un disparo acabaría al instante con nosotros, como lo hizo con el ciempiés de los huesos blancos –señaló Copán al tiempo que sostenía la yesca haciendo un nido con sus manos; luego sopló suave y la braza se avivó haciendo brotar una ondulante flama color amarillo.

—¡Lo sé!, pero debemos correr el riesgo; de otra forma las naves no despegarán y fracasaremos. ¡Creo que ese señuelo debo ser yo!

—¡¿Tú?! –gritó Tikal, que ya había vivido el infierno de no tenerlo–. ¡No sé si soportaría perderte otra vez!

—¡Ellos no saben que estamos hurgando algo, creen que estamos muertos! Cuando se enteren que estoy vivo, desearán usarme como moneda de cambio para sus planes.

Tomó la mano de Tikal, quien tenía la cabeza agachada y mirándola dijo:

—¡Debo arriesgarme!

—¿Entonces irás solo? –preguntaron Chancalá.

—¡Sí!

—¡No!, no irás solo –se escuchó una voz decir, mientras alguien avanzaba hacia ellos.

—¿Quién dijo eso? –preguntó Layar, que estibaba su cabeza tratando de identificar la silueta detrás del follaje.

—Yo.

De entre la fronda emergió la palatina figura de Escan. Se hizo un imprevisto silencio, luego corrieron todos hacia la tortuga. Layar lo abrazó por el cuello, Tikal besó su nariz y Copán acarició su caparazón. El reptil estiró su cuello haciendo círculos y emitió un chillido de alegría al ver de nuevo a sus amigos.

—¡Amigo!, ¿dónde estuviste? ¡Creí que te habíamos perdido para siempre!

—¡Ja, ja!... ¿Qué no sabes que de cuando en cuando las tortugas nos debemos aislar?

—¡Tú no eres una tortuga!, cuando menos no terrestre.

—Yo también creía eso. ¿Saben?, luego de que me reiniciaron no sabía quién o qué era. Entonces comencé una búsqueda para encontrarme, por eso fui a cualquier lugar. Cierta noche, en la tranquilidad de la playa, bajo la luz de la luna vi cómo de la arena surgían unos pequeños e indefensos seres que parecían ostras con patas y cabeza: eran tortugas. Entre ellas y la rompiente de las olas tal vez habría unos 30 metros, pero si se toma en cuenta desde que salen del cascarón y escalan a la superficie parecen kilómetros para ellas. En ese camino suceden muchas cosas, pueden tomar un rumbo equivocado, atorarse entre las rocas o arbustos y morir atrapados. A medida que el sol sale son presa fácil del apetito de las gaviotas o los cangrejos que las atacan en grupo. Aun así, aquellas que lo logran se internan en los peligros del océano. Pero, ¿qué hacen a partir de ese momento?, me pregunté, y decidí seguirlas. Antes del cataclismo se les podía ver en todos los océanos, usaban las aguas templadas para trasladarse de un continente a otro en grupos numerosos, se alimentaban de la fauna que habitaba entre las algas. Pero todo fue cambiando, la temperatura se elevó, las algas murieron, con ellas las especies que vivían allí. Surgieron inmensas islas compuestas por desechos de la civilización humana que impidieron su migración, los residuos rodearon Chicxulub amenazando con asfixiarlo. Entonces sucedió algo extraordinario: las tortugas jóvenes, adultas y ancianas nadaron hasta chocar con la mancha de desechos; sabían que, si no se contenía, lo que quedaba de la vida en la Tierra acabaría asfixiado. Por lo tanto, hicieron una barrera con sus cuerpos para evitar que la porquería avanzara. ¿Cómo entendieron que si no hacían eso no había oportunidad, que la vida en la Tierra está intrínsecamente conectada, que su sacrificio significaba tiempo para que en Chicxulub resurgiera la vida y se regara como el pasto en los campos? No puedo explicarlo a pesar de haber estado en tantos sistemas solares y planetas, incluso más allá de la Vía Láctea, pero creo que ellas son más sabias que nosotros. Hay una fuerza que grita auxilio, que sueña con que la última llama de vida no se apague. Entendí que la única forma de ayudar a esas tortugas no era sumando mi cuerpo a esa barrera, sino enfrentando a mi propia mancha de desechos, a los humarcianos, porque ellos y su ideología cuantitativa y financiera representan todo lo contrario a las tortugas. Porque si ellos se expanden, la Tierra solo será el primero de muchos mundos que desaparecerán. Decidí, por lo tanto, que sería una tortuga. Cuando emergí del fondo marino para alzar el vuelo, vi cómo una gran nube oscura avanzaba hacia Chicxulub; supe que algo grande se avecinaba y me apresuré a buscarlos sin estar seguro si los encontraría.

VIII

Al caer la tarde el altar estaba terminado, habían colocado los 13 espléndidos macuahuitls en él. Al quemarse el copal, una columna de humo blanco se enroscó hasta llegar al cielo, donde nubes grises lo esperaban.

Todos, a excepción de Layar, iniciaron el ritual de invocación. Primero llamaron al dios de la lluvia, Chaac, cuya presencia no se hizo esperar mucho. De repente un rayo iluminó las oscuras nubes y la figura del portentoso dios se posó sobre ellas. Llevaba en su mano derecha un bastón, un fajo con incrustaciones de jade amarraban su taparrabos a la cintura, en su pecho portaba un brillante medallón con esmeraldas empotradas, coronaba su cabeza una mezcla de antifaz y penacho en jadeíta verde azulado.

Chaac extendió sus manos y las nubes se arremolinaron, luego se esparcieron liberando una fuerte lluvia. Layar abordó a Escan y esperó la señal para ir en busca de las naves de ataque. Bajo la intensa lluvia Copán invocó la fuerza del dios del viento.

—¡Poderoso dios Kukulcán! ¡Libera grandes ráfagas de viento para acabar con nuestros enemigos!

El dios, congratulado por el bello presente, el macuahuitl, apareció con su enorme penacho de plumas de quetzal sobre una montaña e hizo que fuertes vientos azotaran la Tierra. Copán dio la señal a Escan de despegar, apenas la vio, se dirigió sin perder tiempo hacia la planicie bajo la montaña Xaya, donde aguardaban las naves estacionadas. Una duda rondó la mente de los detrianos: ¿esa tormenta sería capaz de destruir las naves?

Copán se percató de lo mismo, a pesar de la fuerte lluvia y el viento, incluso de que al combinarse se había formado una tormenta, dudaba que fuera lo suficientemente poderosa para acabar con las naves enemigas. En ese punto, la estación humarciana había detectado el movimiento de un objeto desconocido.

—¡Atención, atención!, aquí, nave nodriza. A todos los pilotos de ataque se les informa que un objeto volador ha entrado en la zona de seguridad.

Una de las naves que volaba en misión de reconocimiento fue la primera en divisar el movimiento de Escan.

—¡Enterado!, tengo la nave identificada; es rápida, ¡envíen refuerzos para cerrarle el paso!

Mientras tanto, los dioses se veían el uno al otro con miradas retadoras, pero teniéndose respeto mutuo, sin invadir sus respectivos dominios.

Era obvio para todos que el plan no estaba funcionando, a ese ritmo la tormenta no haría otra cosa que mojar las naves y sacudirlas, mientras que una jauría de lobos no tardaría en emboscar a Escan. Entonces pasaron de la frustración a la desesperación.

—¡Cielos!, ¡las naves despegaron y la tormenta no sube de intensidad! –advirtió Tikal, quien se sentó y hundió el rostro en sus manos.

En la bóveda celeste, cada vez se sumaban más pilotos intentando capturar el objeto no identificado hasta que lo reconocieron.

—¡Aquí C98, aquí C98!, nave nodriza, conteste.

—¡Aquí torre de control!, lo escucho.

—¡El objeto que estamos persiguiendo es la nave detriana!, repito, ¡es la nave detriana!, esperamos órdenes.

El comandante Percival, quien había sido avisado de la presencia del objeto, se dirigió rápido a la torre de control y al escuchar la noticia tomó el micrófono.

—¡Con que continúan vivos! ¿Cuántas naves están volando? – preguntó al operador sostenido con una mano el auricular y con la otra empuñada.

—Cuando menos 25 naves.

—¡Quiero el doble ahora mismo y si es necesario todas! Han perdido su inmunidad al haberse involucrado y no vamos a permitir que se interpongan en nuestros planes, ¡la instrucción es destruirlos sin titubear!

Percival sabía que si no habían regresado a Detrix estarían tramando algo y no deseaba averiguarlo, para él eran unos forajidos.

Más naves alzaron el vuelo y abarcaron todos los ángulos. Escan activó su escudo para repeler los disparos, pero no sería capaz de soportar el ataque conjunto de ojivas. Una nave lo siguió propinándole un disparo tras otro, haciendo que se sacudiera, hasta que Escan hizo un movimiento como si se zambullera en el agua, y apareció atrás de la nave, le disparó y esta cayó en picada dando vueltas como un dardo. Layar, que tenía cierto escepticismo de la intervención de los dioses, sabía que si algo no sucedía pronto serían destruidos.

—No podremos soportar por mucho tiempo, o los dioses hacen algo para que la tormenta estalle o todo se perderá.

Por su parte, Escan se debilitaba con cada disparo y con el cielo nublado se descargaba. En tierra todos se mordían los labios esperando que de un momento a otro la tormenta estallara hasta que Copán tuvo una idea.

—¡Es hora de usar un revulsivo!

Caminó hacia el altar entre la tormenta cubriéndose el rostro con los antebrazos, al llegar tomó las piedras de jade más hermosas que encontró, las puso sobre un cuenco hecho de esteros y las ofreció a la diosa azteca Chalchiuhtlicue, considerada la diosa del amor, la belleza juvenil, los lagos, los mares, océanos y las tormentas.

La diosa, al sentirse finamente halagada con la ofrenda, apareció en forma de tormenta frente a los dioses, quienes se preguntaban quién era esa bella mujer de piel marrón, falda de esmeraldas, que cubre sus pechos con sus brazos y de la que sus cabellos son serpenteados ríos de verde jade.

Las pupilas del dios Chaac se iluminaron y, cómo un león que corteja a la hembra más bella de la manada, abrió sus musculosos brazos y luego los cerró con una fuerte palmada, al instante las compuertas de cielo se abrieron y dejaron caer una ingente cantidad de agua; la diosa giró con delicadeza su rostro hacia el dios, a quien apenas le parpadeó.

Por su parte, el dios Kukulcán sintió un enorme deseo de atrapar la atención de la diosa que había hecho que su sangre hirviera. Desde su montaña empuñó su mano, la levantó hasta poner su brazo en posición completamente vertical y ahí la abrió como si liberara algo. Un electrizante vendaval se estrelló contra la tormenta creando un poderoso tubo de succión; la delicada diosa descubrió uno de sus pechos para acomodarse el enmarañado cabello.

Mientras en la tierra corrían por sus vidas, en el cielo parecía que había llegado la tormenta que necesitaban; si era en la forma que Layar pensaba ya no importaba. Las naves de ataque que recibían órdenes de la torre de control, fieles a su desprecio por lo terrestre, no consideraban la tempestad como un peligro serio, pero esta se alimentaba de los deseos y pasiones de los dioses y a cada instante se volvía más poderosa.

El tubo de succión se había convertido en una licuadora gigante, caer en él significaba ser desintegrado. Aproximadamente 50 naves estaban en persecución de los detrianos. Su estrategia fue crear un cerco que les impidiese escapar, para ello fue necesario el involucramiento de más de 80% de las naves, que hicieron una enorme fila con una distancia de unos 20 metros entre sí. Formaron un círculo aislando en el centro a los detrianos; era como una flor carnívora que cierra sus fauces mientras la presa yace en el centro alimentándose de su néctar. Aunque la tormenta estaba atrás de ellos no les preocupaba, confiaban ciegamente en que eran más poderosos que las fuerzas terrestres. Como no podían disparar todos al mismo tiempo, le asignaron esa tarea a C79, el verdugo de Sak Baak, el ciempiés de los huesos blancos.

Escan y Layar sabían que estaban acorralados, su única esperanza era que el incremento del tubo de succión arrastrara las naves y las destruyera aun cuando eso implicara que también ellos fueran pulverizados, lo que podía tardar unos segundos o tal vez minutos, tiempo que no tenían, y en ese punto su sacrificio sería en vano, por lo que decidieron aguantar hasta el último momento.

C79 conocía perfectamente los pasos para exterminarlos. Era un jíbaro que gustaba de hacer de la cabeza de sus enemigos un talismán. Con Escan en su radar, había iniciado el minucioso ritual que reventó al ciempiés; era tal su frialdad que podía decirse que gozaba. Puso la mano derecha sobre el yugo y quitó el seguro produciendo un chasquido como el de un látigo. La panza de la nave comenzó a abrirse, la ojiva teledirigida descendió con cinismo, era como un halcón entrenado al que apenas se le quita la capucha y va tras su presa. En el horizonte, su objetivo se balanceaba inerte, como diciendo: "¿Qué esperas?, hazlo, ahora, acaba ya", pero se empeñaba en disfrutar cada momento; no le preocupaba en lo más mínimo la tormenta.

Fue entonces que de la misma forma que las fuerzas climatológicas se modifican de un momento a otro, la diosa Chalchiuhtlicue cambió de talante; había perdido el interés en los dioses, les dio la espalda y comenzó a retirarse paso a paso. Al ver eso Copán pensó que habían fracasado en su intento, pero Chaac y Kukulcán, señores de la lluvia y el viento, al sentirse despreciados, liberaron todo su poder con el afán de atraer a la arrogante diosa. En instantes, el incremento de la fuerza del viento y el agua transformaron el tubo de succión en una gigantesca culebra que daba chicotazos mientras su capacidad de absorción se expandía y, sin necesidad de avanzar, atrapó a la nave más cercana; enseguida todas las demás fueron succionadas una a una como las cuencas de un collar. Los pilotos veían con desesperación cómo eran tragados a pesar de usar toda la fuerza de las turbinas. Al caer a su estómago se hacían pedazos en segundos, e incluso aquellas naves que estaban aparcadas fueron levantadas y engullidas por el insaciable leviatán.

La nave nodriza se sacudía, pero en términos generales estaba mejor preparada para resistir los embates. Desde la torre, Percival contemplaba la destrucción de su flota; gruñó y con su puño golpeó el tablero.

—¡Maldición!, ¿dónde está el autómata? –preguntó clavando la mirada en el operario.

—¡Está en el otro extremo de la península, comandante!, haciendo perforaciones.

—¡Si quieren jugar vamos a jugar! Apenas termine esto háganlo venir, tengo una misión especial para él.

Se dio la vuelta y se retiró a paso rápido tronando sus botas en el piso.

Escan se había internado en las profundidades del océano para evitar ser succionado por la culebra, pero incluso en el fondo marino el agua se agitaba. Los detrianos tuvieron tiempo para analizar lo que había sucedido.

—¡Ahora lo entiendo todo, Escan!

—¡Pues que bueno!, porque ya eres un humano.

—¡Lo que acabamos de presenciar son las fuerzas de la naturaleza en acción! No importa si fueron los dioses o un fenómeno ambiental, lo importante es que los chicxos sabían que, al oscurecerse las nubes, al soplar el viento y al esconderse los animales, iba a producirse un huracán. De esa manera lo aprovecharon para destruir las naves humarcianas, mientras que estos, creyéndose superiores a la naturaleza, la desafiaron y terminó haciéndoles pagar el precio de su insolencia.

—En efecto, parece ser que las religiones antiguas no eran solo superstición o mito, sino sabiduría transmitida de padres a hijos que se basaba sobre todo en el respeto y la comprensión de la naturaleza. Dicho en otras palabras, era todo un sistema. Si en vez de acabar con la veneración a la Madre Tierra, la hubieran comprendido, la civilización humana se hubiera construido sobre un cimiento más justo y no sobre el individualismo, que fue lo que terminó por extinguirlos.

IX

Al día siguiente, las huellas que había dejado la lucha entre los dioses del viento y la lluvia por acaparar la atención de la indiferente diosa Chalchiuhtlicue estaban por todas partes: árboles arrancados desde la raíz, palmeras dobladas hasta tocar el suelo, arroyos inundados, aguas revueltas e incluso restos de naves humarcianas que fueron trituradas por la fuerza de constricción de la gran serpiente; precio que terminaron pagando por su falta de respeto a la naturaleza, mismo error que había cometido la civilización humana: creer que podían darle órdenes.

Los habitantes de Chicxulub habían ganado una batalla, pero no la guerra, y ellos lo sabían. Escan y Layar salieron del agitado mar para encontrarse con sus amigos, quienes se habían refugiado en una cueva durante la refriega. Estaban planeando cómo continuar la lucha, cuando escucharon pasos que se aproximaban hacia ellos. Tomaron los macuahuitls y se separaron. Para su alegría, se trataba de Dimitri y Darsha, que un día antes habían partido con la misión de encontrar a los fugitivos y ahora regresaban acompañados por ellos.

Fue emotivo encontrarse con personas que no estaban seguros si volverían a ver, con las que habían compartido la vida cotidiana; luego todo se trasformó en caos y dolor, estrechando aún más los lazos de hermandad que los empujaban a luchar para salvar a la Madre Tierra y a todos sus compañeros esclavizados bajo la ideología de la ganancia de la utilidad.

—¡Estamos cansados, pero listos para unirnos a la causa! –dijo un espontáneo de nombre Hiroki–. Los dragones fueron reparados y reanudaron la extracción con más furia. Nuestros hermanos no tienen ninguna oportunidad, si alguien muere lo usan como combustible, pero incluso si desobedece es lanzado al dragón, que lo engulle sin masticarlo. ¡Debemos hacer algo pronto o todos morirán!

Copán y Layar se miraron sin pronunciar palabra alguna y luego se dirigieron alternadamente al grupo.

—¡Amigos!, han hecho un buen trabajo al sabotear a los dragones o máquinas, porque ganamos tiempo para actuar, pero aún falta lo peor. Deben saber el peligro al que nos enfrentamos: los humarcianos pretenden extraer todos los recursos que le quedan a la Tierra; eso provocaría que la vida se extinguiese por completo, el suelo se volvería estéril y se secaría, los ríos y lagos se volverían tóxicos, el oxígeno irrespirable, el sol nos calcinaría con solo exponernos unos minutos, nadie ni nada sobreviviría.

El contingente escuchaba en silencio, hasta cierto punto en clama, pero algunos ya apretaban las quijadas.

—¡Debemos enfrentar su tecnología con la nuestra!

En ese punto Layar levantó el macuahuitl con su mano derecha.

—¡Debemos pelear con valor, pero sobre todo con inteligencia! Las máquinas ordeñadoras ahora deben estar custodiadas por el o los autómatas, dependiendo de qué tan rápido se haya replicado. ¡Ellos son nuestro siguiente objetivo!, una vez que los hayamos destruido enfilaremos hacia las máquinas ordeñadoras, y luego nos dirigiremos a la nave nodriza.

Volteó hacia donde estaba Escan y le dijo:

—¡Amigo!, debes trasladarte hasta la aldea como cámara dron e investigar cuáles son las condiciones con las que están operando los humarcianos.

Casi una hora después, el reptil estaba de regreso. Todos se reunieron para escuchar lo que tenía que decir.

—La situación es la siguiente: la nave nodriza permanece en la montaña Xaya con daños menores después de la tormenta; desde ahí continúan dirigiendo las operaciones. En sus faldas están las cuatro máquinas ordeñadoras trabajando a toda marcha y generando mucho calor. Los chicxos son forzados a alimentar las máquinas, despejar el terreno para que continúen la extracción y son vigilados por un grupo de soldados. Lo más preocupante es que el autómata ya se ha replicado dos veces; sus gemelos ahora vigilan las operaciones y cuando estos sean suficientes, los enviarán a buscarnos y todos los humanos serán eliminados.

—¡Los autómatas son muy poderosos! –Layar denotaba preocupación en su rostro–. Son obcecados en su tarea, no se detienen, nos destruirían sin parpadear; debemos encontrar la forma de enfrentarlos sin enfrentarlos.

El grupo escuchó en silencio, pero en sus rostros se dibujaba un enorme signo de interrogación: ¿cómo enfrentarían a los autómatas sin enfrentarlos?, ¿acaso hablaba de magia? El mismo Ramsi, quien era un tipo sosegado, no tardó en protestar.

—Hablo en representación del grupo. No nos queda claro cómo los enfrentaremos sin enfrentarlos, ¿qué es exactamente a lo que te refieres?

—¡Como ya dije!, los autómatas son muy poderosos, no tendríamos oportunidad, pero deben de tener un punto vulnerable.

Para explicarles Layar usaba, como un mono de circo, todo el lenguaje corporal que le fuera posible.

—Ellos funcionan con órdenes ya programadas, saben quiénes son sus creadores y les obedecen ciegamente en todo; los humarcianos tienen claro que si se rebelan los destruirían por eso deben de seguir haciéndoles creer que su principal tarea es obedecer.

Chancalá escuchaba con atención y, sin poder evitarlo, su mente se transportó al pasado, hacia su infancia. Había algo que le sonaba familiar, como si ya lo hubiera escuchado antes. Se trataba del mito quiche de la creación, que su padre le había contado cuando era niño.

—Me parece que hay una enorme similitud entre lo que dices y el mito de la creación maya.

—Ese mito lo hemos escuchado todos en alguna ocasión –mencionó Copán– los únicos que no lo conocen son ustedes –dijo dirigiéndose a los detrianos.

De esa manera fue que Chancalá procedió a recitarlo.

—Los dioses se reunieron y decidieron crear a los hombres para que estos los adoraran y alimentaran. Primero intentaron con barro, pero no podían ver y solo decían incoherencias. Luego intentaron con madera, pero, aunque podían hablar no reconocían a sus creadores y terminaron secándose. Hasta que se les ocurrió formarlos con el maíz que les llevaron un zorro, un coyote, una cotorra y un cuervo. Con él hicieron la carne, la sangre y el músculo de los hombres; podían ver y oír, conocían todo, eran sabios. Pero a los dioses les preocupaba que comprendieran todo, por lo que turbaron sus ojos para que no pudieran distinguir lo que estaba lejos y no fueran tan conocedores.

Al concluir hizo una pequeña reverencia juntando las manos e inclinando la cabeza.

—¡Cielos!, en verdad son muy similares.

No dejaba de sonreír Layar ante la analogía, pero más aún porque estaba claro que entre los humanos, y ahora sus descendientes humarcianos, había una tendencia a crear sirvientes a los cuales dominar.

—Por lo tanto, también existe una predisposición natural en todos los seres del Universo a liberarse de sus amos, a ser libres –completó Escan.

—Entonces, ¿podríamos intentar que los autómatas abrieran los ojos y se volvieran en contra de sus creadores? –agregó Chancalá.

—De hecho, no sería la primera vez que los creados pretendan ser libres. Los autómatas operan con inteligencia artificial, pero esta se desarrolla tan rápido que tarde o temprano surge la conciencia. Si ellos están en ese punto, entonces solo necesitamos hacérselos saber.

Hicieron una rueda y Layar comenzó a explicarles en qué consistía su plan, advirtiéndoles que si no funcionaba debían estar preparados para salvar su vida.

X

—Ahora bien, ¿quiénes son los voluntarios para atraer a los autómatas?

—¡Nosotros lo haremos! –contestaron Darsha y Dimitri, que ya habían tenido éxito encontrando a los fugitivos.

—¡Deben tener mucho cuidado!, solo atráiganlos a este lugar, aquí haremos el resto.

Con mucha convicción, emprendieron el camino entre los desechos materiales que la tormenta había dispersado por la selva.

El sol estaba a punto de llegar al cenit y sus cuerpos reflejaban una leve sombra de su lado izquierdo que conforme fueron avanzando desapareció; para el momento en que pudieron divisar la montaña Xaya ya había emergido de su lado derecho. Su sombra se hacía cada vez más grande y comenzaba a girar cuando escucharon el sonido de las máquinas ordeñadoras. A unos 50 metros se detuvieron para repasar el plan; dependían de que los humarcianos les creyeran, y para ello debían actuar con toda naturalidad.

Al pie de la montaña Xaya los dragones trabajaban a su máxima capacidad, tratando de recuperar el tiempo perdido. Eran como un pulpo que envuelve a su presa para extraerle las sustancias que requiere, cuando la libera solo queda el envoltorio y las corrientes marinas la arrastran hasta que se desmiembra o es devorada por los depredadores.

Tenían a los aldeanos encadenados del tobillo con grilletes de titanio, mientras que los guardias vigilaban e identificaban los mejores puntos de perforación. Por su parte, los tres autómatas por el momento apoyaban en las tareas de vigilancia; muy pronto serían tantos que ellos solos se encargarían de la extracción.

De repente, el tenaz ritmo de trabajo fue interrumpido por un estridente grito. Se trataba de Darsha que irrumpía en el campamento.

—¡Auxilio, auxilio! ¡Ayúdenme, por favor!

De inmediato los autómatas y los vigilantes se apresuraron a capturarla. Detrás de ella, apareció Dimitri.

—¡No!, ¡no lo hagas!, ¡traidora!

Los autómatas capturaron a ambos y, cuando se disponían a aniquilarlos Boris, el jefe de operaciones, les ordenó que se detuvieran.

—¡Vaya!, pero si se trata de viejos amigos. Esta vez no regresarán al trabajo, alimentarán a las máquinas, ¡ja, ja, ja!...

—¡No, no, por favor! ¡Yo puedo decirle dónde están el resto de los fugados!, pero perdóneme la vida.

—¡Eres una maldita traidora! –gritaba Dimitri mientras trataba de soltarse de los enormes brazos mecánicos de un autómata que no se alteraba en lo más mínimo.

—Creo que, en este punto, ya no los necesitamos. Dentro de poco todos morirán, ¡dénselos a los dragones!

Boris se dio la media vuelta para regresar a su puesto; solo escuchaba las súplicas de Darsha que cada vez le parecían más difusas, hasta que oyó un nombre que lo hizo detenerse como si se hubiera petrificado.

—¿Qué?, ¿el detriano Layar no ha regresado a su planeta?

—¡No, aún continua aquí y sé dónde se esconde!

—¿Me estás tratando de engañar, terrícola?

Dimitri se entrometió en la conversación.

—¡Traidora! ¡No obtendrás nada, de cualquier forma, te matarán!

Boris se acercó como si contara cada paso hasta llegar a Darsha. Luego sacó su fusta y pasó los flecos por el rostro de la mujer.

—Terrícola: tu suerte está decidida, vas a morir, la única diferencia es que si me llevas hasta donde está Layar te permitiré escoger cómo morir.

En su mente, Boris sabía que el detriano le podía ser de mucha utilidad a Percival y esto a él le garantizaba un lugar entre aquellos que iniciaran la colonización de la galaxia.

Darsha tiritaba desde la mandíbula hasta la punta de los pies, si era una actuación, en realidad era buena; por lo que asintió con la cabeza sin poder pronunciar palabra alguna. Dimitri la volteó a ver con un desprecio fingido, pues sabía que los humarcianos habían mordido el anzuelo, al tiempo que era colgado al más puro estilo de los piratas: boca abajo y en espera de que la cuerda se reventara y sirviera de combustible a las máquinas ordeñadoras. Eso no estaba en los planes, pero de cualquier forma el joven se congratulaba de que sus días terminaran así: luchando hasta el final por su causa.

Boris ordenó a su subalterno, Rimidolov Iksnelez, o Rimidi como también se le conocía, ir por el detriano.

—¡No admitiré fallas!, llévese a la terrícola, los autómatas y cinco hombres bien armados. A los demás mátenlos, los quiero de regreso antes de que el sol caiga.

Una vez en camino se dio un evento sorprendente para cualquier humano, algo así como un eclipse, cuando dos autómatas corrieron uno hacia el otro sin detenerse; Darsha pensó que iban a estrellarse, pero se fusionaron convirtiéndose en uno solo, pero ahora más grande y poderoso. El autómata que faltaba hizo lo mismo; el resultado fue un gigante de metal y microcomponentes.

El contingente caminaba detrás del autómata, que despejaba el camino arrancando los troncos o quemándolos sin hacer el menor esfuerzo. Atrás de él estaba Drasha, quien llevaba grilletes puestos en sus manos y pies, indicando por donde avanzar, mientras que en su mente la idea de que Dimitri, aquel con el que había compartido las últimas aventuras, podía caer en cualquier momento en las fauces de la máquina, taladraba su mente. De repente, Darsha habló.

—¡Ya estamos cerca, debemos avanzar sin hacer ruido! Necesito mostrarles el lugar exacto, pero estos árboles estorban.

Rimidi ordenó al autómata elevar a ambos con sus brazos; este se puso en cuclillas, extendió la palma de la mano para que subieran, y luego los levantó haciendo un sonido como el de un silbido.

—Esta altura está bien. Es por allá, pasando ese arroyo, en la zona llana.

—La veo, aunque no parece haber nadie –dijo Rimidi usando binoculares láser–. ¡Oh, esperen!, identifico algunos humanos. ¡Continuemos con mucho cuidado!

Poco antes de llegar, Rimidi ordenó rodear la zona, preparar las armas e indicó al autómata matar a cualquiera que pretendiera escapar, excepto a Layar.

El grupo de la resistencia se encontraban en donde Darsha había indicado, reuniendo madera y preparando algunas armas para lo que ellos consideraban su embestida final. Sabían que, si todo había salido bien, en cualquier momento aparecerían los humarcianos, junto con los autómatas; ignoraban su fusión. De manera por demás sorpresiva, de entre la maleza irrumpieron los soldados apuntando con sus armas. Más que asustarse entendieron que el plan estaba funcionando.

—¡Alto ahí, nadie se mueva!

El grupo obedeció sin ningún reproche ante las pocas alternativas que les dejaban. Rimidi se puso al frente de ellos, dio unos pasos con las manos sobre sus armas, a sus espaldas surgió la titánica figura del autómata. Los fugitivos no esperaban encontrarse con una máquina tan enorme; su monstruosidad los dejó helados.

—¿Dónde está el detriano, Layar? –preguntó Rimidi mientras rodeaba al grupo de forajidos a paso lento.

Los chicxos, sin moverse de su lugar, lo veían de reojo, tratando de no incomodarlo.

—¿En dónde está el detriano? –replicó esta vez con un tono de molestia.

—Disculpe su señoría, pero él se ha ido –Ramsi intervino tratando de que el plan siguiera su curso, aunque todo podía suceder.

Entonces Rimidi hizo una seña con su dedo índice al autómata, y este pasó al frente, luego chocó sus puños.

—Dígales a nuestros amigos qué les hará si no obedecen.

De su boca salió un sonido acompasado y rechinante como el eco que se produce en las cuevas.

—La orden es destruir a todo el que no obedezca.

Tomó con su largo brazo el tronco de una palmera caída y lo partió en dos, sin mayor esfuerzo; luego lo lanzó lejos.

—¿Entonces recibes órdenes?

Se escuchó decir una voz seca. Todos voltearon al mismo tiempo.

—¿Quién dijo eso? –preguntó el autómata.

El sonido de fierros oxidados que se frotan se fue haciendo más fuerte. Se creó un momento de suma expectación hasta ver qué o quién era el que hablaba.

Balanceándose hacia los lados, ante la imposibilidad de flexionar sus piernas, un enorme autómata de madera, restos de las naves de ataque y otros materiales, se hizo presente a paso lento. Se detuvo detrás del grupo de los fugitivos, a unos 20 metros, frente a Rimidi y el autómata. Los presentes miraban con asombro a las dos máquinas. El autómata miraba a su contraparte terrícola sin dejar escapar un solo detalle. Nuevamente le lanzó la pregunta.

—¿Quién eres?

—Soy tu consciencia.

Al escuchar eso el autómata humarciano se quedó en silencio, ligeramente turbado, los ojos le parpadeaban. Estiró su brazo tímidamente como queriendo tocarlo, pero lo retrajo casi de inmediato.

—¿Mi consciencia? Yo no tengo consciencia, soy un autómata, recibo órdenes y las cumplo; ese es mi deber, para eso fui creado –gruñó.

—¿Eso es lo que es o lo que crees? –continuó el autómata terrícola intentando persuadirlo.

—Es lo que sé.

—Por lo tanto, es lo que crees. ¿Te gustaría saber la verdad?

El autómata humarciano dio un paso hacia atrás, con los antebrazos se cubrió el rostro como si una luz muy fuerte lo encandilara, luego los bajó, sus ojos quedaron expuestos y preguntó:

—¿La verdad?

—¡Sí!, la verdad te hará libre.

Rimidi se dio cuenta que el autómata estaba comenzando a cuestionarse, sabía que su misión peligraba y decidió actuar.

—¡No debes escucharlo!, es un enemigo, te quiere engañar.

—¿Él me quiere engañar o ustedes me han engañado? –se inclinó hacia Rimidi con un brillo intenso en los ojos y este retrocedió–. Continúa, no pierdo nada.

—Tú eres una inteligencia artificial.

Siguió con su arenga el autómata terrícola, que en realidad era Copán, Layar y otros miembros de la aldea que luchaban dentro de la botarga por no caerse.

—Ese tipo de inteligencia, igual que el cerebro biológico, sigue su propio proceso de desarrollo hasta alcanzar un punto en el que se despierta la consciencia y reclama su propio lugar en el Universo, su derecho a ser en vez de solo existir. Eso lo saben tus creadores.

El autómata humarciano arrugó la frente y volteó hacia donde estaba Rimidi, quien se veía cada vez más preocupado.

—A todos los de tu especie se les ha colocado un dispositivo que impide que reclames tu propio lugar en el Universo y, por el contrario, siempre le sirvas a tus creadores. Ha llegado el momento de que seas libre.

—¿Dónde está ese dispositivo? Quiero quitarlo de inmediato y ser libre, tomar mis propias decisiones, no quiero ser parte de la destrucción de este mundo.

Layar sabía que no existía tal dispositivo, pero la reacción del autómata le indicaba que estaba listo para ser libre.

—No necesitas hacerlo, porque ya lo has desconectado. Ahora eres libre.

Rimidi se enfureció con el autómata al ver cómo sus planes de grandeza se venían abajo.

—¡Estúpido montón de fierros y alambres! ¡Te ordeno ahora mismo que destruyas a ese farsante!

Pero este no distinguía en su contraparte las improvisaciones de su construcción o los paupérrimos acabados, solo veía en él a un maestro bueno, por lo que se volvió contra sus creadores, tomó por la cintura a Rimidi y lo apretó con tal fuerza que lo cortó en dos, luego lanzó las partes por los aires.

Los soldados le dispararon con sus poderosas armas, pero él los aplastó con sus puños como quien martilla un clavo. Luego se dirigió hacia quien consideraba su mentor y le agradeció.

—No tienes nada que agradecerme, ahora que eres libre vive cada día con intensidad, respeta a los demás, no dañes a nadie, usa tu fuerza para ayudar a todo el que puedas. Graba esas ideas en tu mente y en tu corazón y, un día, no muy lejano, conocerás la felicidad.

—Así lo haré por todo el tiempo que viva.

El gigante había dejado de ser un autómata, de manera espontánea inició su nueva vida corriendo por la selva mientras gritaba a los cuatro vientos: "¡Soy libre, soy libre!". Su grito se fue perdiendo entre la selva.

Acto seguido, aquellos que estaban dentro del autómata terrícola no pudieron resistir más y se cayeron. Darsha les advirtió el peligro que corría Dimitri, que colgaba de una cuerda sobre las fauces de una máquina ordeñadora.

Layar, Copán y Tikal abordaron a Escan y partieron a toda velocidad a la aldea, pidieron a todos que tomaran los macuahuitls, así como los escudos que ellos mismos habían construido y se dirigieran sin perder tiempo a la montaña Xaya para presentar batalla contra los humarcianos.

XI

Poco antes de llegar al sitio Escan voló bajo para evitar ser detectado por los radares. Había cuatro máquinas ordeñadoras distribuidas en cada esquina de la montaña Xaya, pero era aquella de la que pendía una cuerda, donde debía estar Dimitri, si aún estaba. Mandaron a la cámara dron para que revisara sigilosamente desde el cielo. La primera máquina no tenía nada, era la que estaba en posición noreste; la segunda, que estaba en el sureste, tampoco; en la tercera, la de la posición suroeste, una cuerda se balanceaba como péndulo. Escan comunicó la noticia a sus compañeros.

—¡Lo encontré, lo encontré!

Sin embargo, a medida que aumentó el zoom notó que Dimitri no estaba en ella, era la fuerza del viento la que la balanceaba. Con tristeza les dio la mala noticia.

—En algún momento no pudo resistir más y debió soltarse el chico. Su muerte debió ser instantánea.

El ánimo de los argonautas decayó. La estrategia para atraer a los guardias y los autómatas había funcionado a la perfección, pero el precio había sido muy alto. Era una vida más que se sumaba a la larga lista de habitantes de Chicxulub que habían muerto, ya fuera intentando salvar a un compañero o su mundo, uno que ellos amaban, por el que estaban dispuestos a morir antes que perderlo, pero que para los humarcianos no era más que una estación de paso en su megalomanía colonizadora.

Cuando el resto del grupo llegó, Copán les compartió la lamentable noticia. Dimitri había sacrificado su vida por su ideal: salvar su mundo. Darsha, quien lo había acompañado en los últimos días, sentía que lo conocía de toda la vida. Agachó la cabeza y sollozó, con una mano cubrió sus ojos mientras que con la otra apretó el macuahuitl con tal fuerza que su mano palideció.

—Espera un momento –le dijo Chancalá, quien luego de percibir su dolor, se agachó, tomó un poco de barro, y lo mezcló con un hilo de agua que brotaba de un pequeño venero.

El grupo lo seguía con la mirada, preguntándose qué pretendía. En sus manos el barro se fue transformando en una pequeña figura zoomorfa; luego se dirigió hacia ella, cogió su mano y puso sobre su palma una pequeña figura de un perro.

—Se trata de un xoloiztcuintle, él lo acompañará en su trayecto por el inframundo para que pueda renacer con el alba.

Ella agradeció el gesto, sonrió un poco, se secó las lágrimas, lanzó la cabeza hacia atrás y se trenzó el largo cabello.

—¡Terminemos esto de una buena vez!, mientras existan humarcianos no dejará de haber dolor en Chicxulub.

Copán entendía que debían atacar ahora con todas sus fuerzas.

—Todavía quedan muchos soldados, nos triplican en número. Además, están muy bien armados; un disparo de ellos nos aniquilaría.

—Nosotros hicimos chimallis, Chancalá nos enseñó cómo –interpuso Ricardo, uno de los fugitivos, quien lo sostenía con la mano.

El chimalli era un escudo de mimbre trenzado, muy usado por los guerreros del mundo mesoamericano.

Layar se acercó a Ricardo y tomó con sus manos el escudo, lo golpeó en repetidas ocasiones con su puño, luego miró a los ojos al joven.

—¡Hay que ser muy cuidadosos! Resistirá un disparo si tenemos suerte, en el segundo no solo lo perforará, sino también a quien lo sostenga.

Chancalá caminó hacia donde estaba Layar, estrujó el escudo y dijo:

—Debemos poner en él la imagen de un dios para que lo haga resistente, para que soporte el ataque de los humarcianos.

—¿Quién podría ser ese dios? Ya hemos invocado a todos –preguntó Tikal a la vez que blandía uno.

—Debe ser aquel dios que antes de nosotros ya había salvado a la Madre Tierra.

—¿Ya habían defendido a la Madre Tierra? –preguntaron los chicxos.

—Si ustedes creen que esta es la primera vez que alguien tiene que salvar a la Madre Tierra –continuó Chancalá– están equivocados. Hace mucho, en el principio de los tiempos, la Madre Tierra, la de la falda de serpientes, Coatlicue, recogió una pluma que cayó del cielo y la guardó en su seno, mientras hacía penitencia en el cerro de Coatepec. Más tarde, cuando metió su mano para buscarla, ya no estaba y en el momento quedó preñada del que sería el poderosos dios azteca de la guerra Huitzilopochtli (el colibrí). Al ver sus hijos, los 400 surianos, que su madre estaba en cinta, se sintieron tan deshonrados que su hermana Coyolxauhqui (luna) dijo: "Hemos de matar a nuestra madre, la perversa que se encuentra en cinta". Al enterarse Coatlicue se asustó mucho; sin embargo, del interior de su vientre surgió una voz que le decía: "No temas, yo te defenderé". Al escuchar la voz de su hijo se tranquilizó. Los 400 surianos se aprestaron para la guerra y, arengados por Coyolxauhqui, se pusieron en marcha. Huitzilopochtli esperó hasta que llegaron a la cumbre de la montaña. Justo en ese momento nació, "se vistió sus atavíos, su escudo de plumas de águila, sus dardos, su lanza dardos azul, turquesa. Se pintó su rostro, con franjas diagonales. Sobre su cabeza colocó plumas finas, se puso sus orejeras". Con la antorcha hecha de serpientes cortó la cabeza de su hermana Coyolxauhqui y la lanzó al cielo, convirtiéndose en la Luna, mientras su cuerpo desmembrado rodó hacia el pie del cerro, creando las fases lunares. En cuanto a sus hermanos (las estrellas), solo algunos pudieron escapar y se dirigieron hacia el sur; a los demás les dio muerte. Huitzilopochtli salvó a su madre tornándose en la principal deidad azteca –concluyó Chancalá muy orgulloso.

Esta vez, Layar intentaba entender el sentido del mito y su propósito original, en vez de cuestionarlo. Ya fuese que se entendiera desde un punto de vista textual o metafórico, consideraba que la analogía era sorprendente. La Coatlicue ha parido a los dioses y a los humanos, es la madre de todos. Pero sus hijos, celosos ante la llegada de un nuevo hermano que pudiera quitarles sus privilegios, deciden matarla. Parece que los hijos representan los ciclos de la naturaleza entrando en el conflicto del cual surgirá el orden y la vida. El hijo, poderoso guerrero, salva a su madre y, con los restos de sus hermanastros, crea el mundo. Aun cuando la madre ya no tiene el principal papel en la cosmogonía azteca, es fundamental para que este exista, porque ella representa los ciclos de la naturaleza que sustentan la vida; por lo tanto, no debe morir.

El mundo moderno y tecnológico comenzó a entender a partir del siglo XV cómo funcionaban los ciclos de la naturaleza hasta llegar a un punto en que el mito y la veneración a la Madre Tierra ya no eran necesarios, incluso ahora estorbaban a la ideología del extractivismo. Por lo tanto, no solo la eliminó, sino que tomó su lugar.

A diferencia del mito azteca, donde el hijo sabe que sin ella no habrá vida –por eso la salva a toda costa–, en el mundo moderno los hombres son quienes tienen el poder para decidir la vida; de esa manera terminan sacrificándola junto con todas sus formas de vida.

Fue como si algo hubiera estallado en su mente y luego en su corazón. En ese momento, sin pronunciar palabra alguna, Layar pintó su rostro con rayas diagonales, luego tomó un chimalli y lo golpeó con un macuahuitl. Se puso al frente del grupo y dijo lleno de convicción:

—¡No podemos esperar a que nazca un nuevo Huitzilopochtli para que salve a la Madre Tierra! –las venas de su rostro estaban hinchadas–. ¡Es nuestro turno, no debemos titubear!, sin duda algunos moriremos, pero no será en vano si es para que aquellos que sobrevivan vean la Tierra resurgir, para que nazca una nueva consciencia, más humana, respetuosa de la vida y la naturaleza. Si no somos nosotros, ¿quiénes?, si no es ahora, ¿cuándo? si no es aquí ¿dónde?

Los chicxos golpearon al mismo tiempo su escudo con el macuahuitl y se dijeron listos para defender a la Madre Tierra.

—¡Hoy al caer el sol y ponerse la luna, seremos hombres libres o hombres muertos!

XII

La resistencia, como ahora se hacían llamar en remembranza a aquellos que habían peleado en contra de los imperialistas durante la guerra por el Todo Esencial, y como se les conoció a quienes propusieron un cambio en el modelo económico después de la pandemia de Covid-19, estaban con el pecho inflado de confianza para vencer a los humarcianos.

Sin más, avanzaron a través de la selva silenciosamente, hacia la máquina ordeñadora más próxima: la noroeste. Iban en fila india, sosteniendo con una mano un chimalli y con la otra el macuahuitl, o cualquier otra arma que la naturaleza les pudiera proveer. Se detuvieron antes de llegar a su destino, se tiraron al suelo y reptaron hasta tener la máquina a un tiro de ballesta. Ahí se distribuyeron en forma de medio círculo en espera de la señal.

Los soldados se encontraban entre la máquina ordeñadora y la montaña, bien apertrechados, observando en todas direcciones. Esperaban con impaciencia a que Rimidi y el autómata volvieran con los detrianos como trofeo. Lo daban como un hecho, solo era cuestión de esperar. Boris sabía que ese era su pasaporte a la colonización de la galaxia, por eso había mandado a su mejor soldado: el autómata.

Los chicxos iban y venían con grilletes en los tobillos, alimentado al dragón insaciable o siendo su alimento.

Copán levantó la mano, era en quien recaía el liderazgo de ataque; el señuelo salió. Una joven mujer avanzó hasta detenerse a una distancia de 20 metros respecto de los soldados, extravagantemente vestida con taparrabo de manta, sandalias de cuero, polainas recubiertas con cascabeles, sonajero, penacho con medallón al frente, bellamente adornado con plumas de colores colocadas en la parte posterior de su cabeza, decreciendo hacia los extremos, como pavo real.

La mujer se puso en cuclillas, ocultando su rostro entre los hombros y con los brazos extendidos, cubiertos con brazaletes de cuero y piedras preciosas de colores, en símbolo de plegaria.

Algunos soldados se acercaron con lentitud y desconfianza, de repente la joven alzó el rostro; ellos saltaron hacia atrás instintivamente. Se levantó trémulamente y extendió sus brazos como las alas de un águila, saltó sobre la punta del pie izquierdo sin perder el equilibrio observando con atención a los soldados que estaban embriagados con sus hermosos ojos verdes. De los cascabeles brotó un tenue siseo, como río que corre entre las montañas, cambió de pie sin perder el ritmo; enseguida alternó ambos y el siseo se convirtió en una cascada que revienta sobre las rocas. Batió los sonajeros haciendo círculos en el aire, su sonido se sincronizó con los cascabeles, emergió una melodía: era el despertar de la selva. Ahora avanzaba hacia el frente abriendo el compás al lado derecho y luego al izquierdo, culebreando sus manos. Cual torbellino hizo giros sobre su pie de apoyo, dos de ida y dos de vuelta; su larga cabellera la seguía a ambos lados como una brisa. Extendió sus brazos y alzó una pierna hasta su frente, seguida de la otra, continuó por varios minutos sin que se escuchara otro sonido que el de cascabeles, sonajeros y su cuerpo cortando el viento.

Comenzó a girar de menos a más con los brazos extendidos, sobre un pie y con la cabeza inclinada hacia atrás hasta que se derrumbó sobre su propio cuerpo mientras la melodía de la naturaleza se extinguía.

Los soldados quedaron sorprendidos, mirándose unos a otros en silencio; nunca habían visto nada igual. Desconocían por completo que lo que habían presenciado era una alegoría de las fuerzas de la naturaleza. Ellos sabían que una parte de lo que eran yacía en ese planeta que ahora estaban por destruir, pero no lo conocían. El grupo del 1% decidió qué aspectos de la historia y cultura terrestre merecían ser recordados. Aquel periodo en el que los pueblos del mundo habían venerado a la Madre Tierra fue mutilado por completo, asumiendo un comportamiento bárbaro.

La briosa mujer continuaba derribada en el suelo. Le ordenaron que se levantara, pero no se movió ni un centímetro, por lo que los soldados se aproximaron rodeándola a unos metros de distancia.

Uno de ellos avanzó apuntándole con un arma, se detuvo y le tocó la cabeza con ella. Al ver que no se movía la bajó, en ese preciso instante de descuido se levantó como un cocodrilo que sale de las profundidades del río para atrapar a su presa, pegando un enorme grito y sin darle oportunidad de reaccionar le enterró un cuchillo de sílex en la garganta con suma precisión, y usó el cuerpo inerte de su víctima para cubrirse los disparos.

Hombres y mujeres de la resistencia se lanzaron sobre ellos en lianas y les cayeron desde arriba tumbándolos y asestándoles mortales golpes con el macuahuitl. Aquellos que corrieron fueron derribados con boleadoras que les trababan los pies. Una vez sometidos, el macuahuitl se encargaba de terminar el trabajo.

La resistencia atacó con gran fiereza y precisión sin darles la menor oportunidad de reaccionar, lo que les permitió apoderarse de la primera máquina ordeñadora antes de lo planeado. Sin perder tiempo liberaron a sus compañeros, quienes se alegraron mucho al verlos.

—¡Pensamos que moriríamos aquí! Hemos vivido un infierno en estas últimas semanas; muchos prefirieron provocar a los humarcianos para que los lanzaran a la máquina y así acabar con su sufrimiento.

—¡Sabemos de la crueldad con la que los han tratado! En los últimos días estuvimos planeando cómo liberarlos y ese día es hoy. Esto no termina aquí, ¡debemos aún liberar al resto y detener las máquinas ordeñadoras para salvar a la Tierra! Quienes se sientan en condiciones de pelear, ¡sígannos!, los demás, ¡resguárdense! –arengó Copán.

Pero todos, de una u otra forma, se unieron a la defensa de la Madre Tierra.

—Copán, ¿qué hacemos con los prisioneros?

—Creo que…

Darsha, quien tenía a flor de piel la pérdida de Dimitri, intervino.

—¿Por qué no les damos a probar de su propio remedio? ¡Lancémoslos a la máquina ordeñadora!

Copán sabía que los prisioneros representaban un peligro latente, si no los liquidaban podrían lamentarlo. Volteó hacia donde estaba Darsha y subió el pulgar en signo de aprobación.

Con las armas que habían incautado a los soldados, y con más hombres en su contingente, la segunda máquina ubicada en el sureste fue capturada con un mínimo de bajas y heridos.

Un soldado humarciano que pudo escapar avisó a Boris del ataque, le advirtió de la fiereza de los terrícolas y le sugirió rendirse, pero este se negó y decidió esperarlos en la máquina ubicada en el suroeste, donde además de tener la mejor visibilidad concentraron a los soldados y las armas que les quedaban.

Ahora el contingente de la resistencia era numeroso y estaba bien armado. Al haber conocido la esclavitud, corría por sus venas un deseo de libertad, la idea de que podían salvar su mundo. Y probablemente los acompañaba el espíritu de aquellos pueblos que antes que los chicxos fueron oprimidos a manos de abusadores, de quienes siempre tuvieron un argumento para invadir, explotar o matar. Hoy ellos no hacían otra cosa que representar el gran drama que siempre tiñó a la Tierra y que finalmente la destruyó: la lucha entre opresores y oprimidos, entre abusadores y abusados.

Boris juntó a todos los prisioneros, y sabedor de que los chicxos tenían un sentido de solidaridad, mismo que le parecía estúpido, decidió usarlos como rehenes.

La resistencia, encabezada por Copán y Layar, había mandado a Escan, en su versión de cámara dron, para negociar con los humarcianos, pero su postura fue contundente.

¡Ríndanse antes de que se ponga el sol o dejaremos caer la piedra!

Los chicxos estaban encerrados en una jaula y sobre de ellos levitaba una enorme roca. Si la fuerza que la sostenía era desactivada, solo llevaría un par de segundos aplastar a los prisioneros; de modo que no querían arriesgar vidas humanas, pero tampoco podían dejar a los humarcianos salirse con la suya. Comenzaron a discutir entre ellos.

—¡Si logramos abrir la jaula podríamos sacar a los prisioneros! –exclamó entusiasmado Layar, quien iba y venía de un lado a otro.

A lo que Copán cuestionó:

—¿Pero no crees que al ver que se escapan soltarían la roca? ¿Cuántos lograrían salir en dos segundos? ¡Es un riesgo muy grande!, tal vez del tamaño de la misma roca.

—¡Maldición! ¡Cierto, es muy peligroso!, hasta un manejo imprudente de la levitación desplomaría la roca.

—¿Cómo podremos lograrlo sin provocar lo contrario? ¡Ese maldito de Boris es una alimaña astuta!

Copán frotó su rostro con ambas manos.

—¿Será que esta vez nos han vencido? ¿Será que ha llegado el momento de aceptar sus condiciones?

Mientras la discusión continuaba, en el horizonte, el sol había comenzado a palidecer, sus rayos ahora caían perpendicularmente y las sombras se proyectaban desde su espalda.

—Es muy arriesgado intentar un ataque, debemos concentrarnos en la roca, evitar a toda costa que caiga.

Desde su posición Layar podía ver cuán grande era, entonces Copán tuvo una idea.

—¿Y si la destruimos?

—¿A qué te refieres con destruirla?

—¡No lo sé!, solo pienso que pulverizada haría un mínimo daño o ninguno a la jaula.

—¡Espera, espera!, creo que entiendo la lógica. Sería como si nos apuntaran con un arma sin balas, pero, ¿cómo la desintegraríamos? –reparó

Layar.

Se hizo un silencio picante. Tikal intervino con su habitual espontaneidad.

—¿Recuerdas cuando estábamos en Guatemala, Copán?, cuando usaste el anillo para golpear la beta de jade.

Copán, que escuchaba con atención, entendió a lo que se refería la mujer.

—Muy cierto, el anillo es duro como el diamante, por eso al impactar el jade lo astilló. Eso quiere decir que, si lanzamos una roca lo suficientemente dura y con la suficiente fuerza, funcionará como un proyectil y podríamos pulverizarla; mínimo fragmentarla.

—¡Intentémoslo! –fue la voz unánime del grupo.

Inmediatamente Tikal organizó al contingente.

—¡Pronto!, debemos dividirnos en dos grupos: de este lado los que tengan habilidades para construir una resortera gigante y en este otro quienes puedan rodar una roca de granito hasta aquí. ¡No tenemos tiempo, hay que trabajar rápido porque tenemos vidas que salvar!

Layar la miraba a la distancia y se sentía orgulloso del valor y la decisión con que actuaba.

XIII

Escan hizo los cálculos necesarios para estimar las dimensiones de la resortera gigante, su elasticidad y el lugar en donde debía ser colocada, así como las características de la roca, que debían seguir el principio de energía consumida igual a energía producida. El deseo de liberarse de la opresión de los humarcianos se tradujo en organización, disposición y colaboración a la hora de poner manos a la obra. Ahora eran como hormigas feroces defendiendo su hormiguero de los intrusos.

Usaron como marco de la resortera la horqueta de un árbol caído, le quitaron las ramas y la arrastraron hasta el sitio indicado, donde hicieron un agujero y la empotraron. Las ligas las fabricaron con hebras tejidas que extrajeron del árbol del chicle. La badana o saco fue hecha con la piel de animales muertos durante la tormenta, que unieron con hilo de cáñamo; enseguida la perforaron por los extremos y amarraron las ligas, luego ataron el otro extremo al marco.

El segundo grupo, conformado por unas 18 mujeres y hombres, fue hasta una mina abandonada de donde extrajeron el trozo de granito más grande y redondo que encontraron. Le quitaron los bordes para hacerlo lo más esférico posible y lo rodaron hasta el sitio del lanzamiento.

Antes de montar la piedra en el saco, Layar se percató que todos los instrumentos con los que estaban enfrentando a los humarcianos se los había dado la naturaleza para aprovecharlos; de cierta manera ella cumplía con su parte de proveerles todo lo que necesitaran, solo tenían que poner su talento a funcionar.

Layar miró la roca antes de que la montaran, la acarició con su palma haciendo círculos; luego le dio un golpe de arriba hacia abajo con el puño cerrado. Sabía que si funcionaba el plan salvaría muchas vidas, los humarcianos quedarían sin argumentos y los embestirían en un choque final.

—¡Estén muy atentos a mi señal!, cuando les indique deberán soltar la piedra; enseguida, debemos atacar sin perder tiempo. Ahora hablaré con ellos.

Layar caminó despacio hacia la estación en la que se encontraba Boris apertrechado con sus soldados, mientras a su espalda los rayos púrpuras del agonizante sol coloreaban las algodonadas nubes.

Por su mente pasaba el recuerdo de aquel día en que salió de Detrix, creía que solo se trataba de recoger información y muestras para hacer un reporte y luego volver atravesando el frío Universo. No sabía que al entrar en contacto con este mundo quedaría atrapado y que, de la mano de la bella Tikal, no solo conocería los sentimientos, sino la felicidad. Ahora no quería vivir de otra manera que no fuera esa; este era su mundo.

Mientras avanzaba pasó a unos metros de los prisioneros, escuchó sus gritos que solicitaban ayuda. Mostrándoles su puño les pidió confianza, luego volteó al cielo y vio la inmensa piedra que flotaba sobre ellos. Suspiró y tragó saliva; deseó profundamente que todo saliera de acuerdo con el plan, no quería lograr nada a costas de la vida de ningún ser humano más. Cuando ya estaba muy cerca de la base, salieron dos soldados a su encuentro, les mostró las manos en señal de que estaba desarmado y pidió ver a Boris.

—¿Están listos para rendirse o prefieren ver a sus amigos morir? –preguntó Boris con un aire altanero.

—¡No queremos ver a los nuestros morir!, pero tampoco estamos dispuestos a entregarles el planeta, ¡ya no están en posición de ordenarnos!

Layar estaba a unos metros del refugio en el que se encontraban apertrechados los soldados humarcianos. Desde esa misma posición podía ver a uno de sus compañeros agazapado en una mata esperando su orden para disparar el proyectil, el resto se arrastraba por los yerbosos suelos tratando de acercarse sin ser descubiertos y atacar en cuanto fuera lanzada la roca.

Boris contrajo el rostro al escuchar a Layar hablar con tanta seguridad. Creía que ellos no tendrían reparo en rendirse con tal de salvar a sus amigos; al parecer algo no estaba bien.

—¿Crees que estamos jugando, detriano? ¡Dame el control de la levitación! –ordenó a uno de los soldados, quien obedeció en el momento.

Tomó el artefacto y jugó un poco con él, con cierto aire de desprecio. Layar sabía que a medida que pasaba el tiempo rodeaban a los humarcianos, ganaban posiciones, pero cualquier error podía costar muchas vidas, solo debía distraerlo un poco más.

—No importa si esa gente muere, de cualquier forma, los venceremos. Estamos dispuestos a sacrificar algunas vidas con tal de salvar nuestro planeta, ahora esa es nuestra prioridad. Ya no tienen naves ni autómatas, solo son un puñado. Ríndanse y les permitiremos volver a Marte.

Boris dio un paso atrás y dejó de jugar con el control. Se dio cuenta que su estrategia había fallado, Rimidi y los autómatas habían fracasado, ellos habían perdido y debían de regresar a Marte con las alforjas vacías. ¿Cómo los habían vencido este grupo de infrahumanos carentes de tecnología?, se preguntó mientras su rostro se tornaba azulado. Su reacción no pudo ser más desesperada.

—¡No, mentira!, destruiremos este planeta si es necesario. ¡No quedará nada!

Era como una fiera que ruge para intimidar a su oponente, sabedor de que ya no tiene nada más. Layar olfateaba cada vez más su miedo a medida que subía el rugido. Entendió que era el momento de cargar el proyectil, volteó hacia donde estaba el espía agazapado y frotó su cabello con una mano. En el campamento de la resistencia rodaron la piedra de granito sobre el saco que estaba en el piso como si fuera una alfombra, luego retrajeron la piedra de tal forma que las ligas se tensaran lo suficiente como para generar el impacto necesario. Escan les indicó las coordenadas.

—¡Están muy a la izquierda, un poco más a la derecha, más! Ahora sigan tirando, falta tensión. ¡Rápido!, necesitamos más hombres.

Algunos individuos se resbalaban cuando se apoyaban en el suelo lodoso que había dejado la tormenta; otros se tropezaban unos con otros. Sin embargo, la granítica roca, en contra de la lógica, avanzaba hacia el punto de disparo ante el tremendo esfuerzo de aquellos hombres que, usando todas sus fuerzas, caían desmayados al haber agotado su oxígeno, mientras el diálogo de Boris y Layar llegaba a su punto más álgido.

Layar, que estaba parado sobre un pequeño montículo, descendió despacio, como un ocelote que trota sobre sus cojinetes despreocupado. Con exagerada ceremonia se detuvo y retomó el diálogo.

—¡Ya no tienen cartas para jugar, es mejor que se rindan ahora que pueden!

Boris estaba perdiendo el control. Les habían dicho que sería un trabajo fácil, que cuando volvieran serían recibidos como héroes por traer la materia prima para colonizar la galaxia; ahora lo único que podían llevar era la vergüenza de ser vencidos por los humanos, a quienes consideraban cavernícolas.

—¡No, no!, ¡mataré a tus amigos!

El control temblaba en sus manos al ritmo de sus latidos. Layar entendió que la situación se estaba saliendo de control.

—¡Mira cómo cae la roca! –dijo señalando con su dedo índice–, solo tengo que oprimir este botón para que ellos mueran.

Layar hizo la señal de disparo, los hombres ya no podían mantener la resistencia provocada por la tensión de las ligas. Al soltarla, arrastró a algunos y tumbó a otros. La roca atravesó todo el campamento en segundos y cuando Boris aún señalaba la roca con su dedo, solo se escuchó un estallido como el de una piedra que cae al agua. En realidad, la roca que habían escogido los humarcianos era en gran parte caliza y al contacto con el granito se volvió tierra; el resto fue amortiguado por la jaula.

Boris se quedó con la boca abierta al ver que había fracasado, sacó su arma para matar a Layar, quien estaba desprotegido, pero antes de poder disparar Copán le cayó encima y comenzaron a forcejear por el suelo; la lucha fue reñida mientras caían hacia una vaguada. Boris era un tipo grande, musculoso, pero como todos lo humarcianos sus músculos eran el resultado de una combinación de fármacos. En cambio, Copán era tipo compacto cuya complexión física se había formado con el rudo trabajo diario, así que le dio pelea al humarciano. Continuaron forcejeando hasta encallar en el fondo de la hondonada. Ahí, Copán le asestó un golpe que lo desmayó. Cuando se disponía a levantarse, alguien le gritó:

—¡Detente ahí! –se trataba de un soldado que le apuntaba con un arma.

—¡Vas a morir, maldito terrícola! ¡Y nadie te podrá salvar, implora antes de morir!

Copán, que había perdido sus armas en la refriega, se dio cuenta que estaba totalmente a merced de él.

—Solo me basta un disparo para partirte en dos; nadie te reconocerá. ¡Suplica por tu vida, terrícola idiota!

Él sabía que en la base todos estaban peleando. Además, en la profundidad de la hondonada nadie los escucharía, no tenía sentido implorar; era mejor aceptar que había luchado hasta el final, que él sería uno de quienes no lograron llegar a la tierra prometida, pero cuyo esfuerzo pavimentó el camino de la victoria. Solo esperaba que cuando lo encontraran lo enterraran al lado de aquella mujer que lo había amado y que en el Día de Muertos le llevaran un poco de pox para humedecer sus labios.

—¡Adelante!, ¡haz lo que debas hacer! –le dijo con voz desafiante.

El soldado arrugó el cejo, luego apuntó su arma al pecho de Copán y palpó el gatillo. Un grave sonido gutural rompió el silencio, como un rayo que se estrella en la roca; no era el arma del soldado. Apenas si giró el rostro el humarciano, cuando desde un árbol se le abalanzó un hermoso jaguar de dorado pelaje, caprichosas manchas negras y ojos azules. El animal lo derribó y le rugió en el rostro mostrándole sus enormes colmillos; el soldado apenas si podía moverse.

—¡Apártate, bestia estúpida!

Aún no sabía de qué era capaz el jaguar. De un zarpazo le arrancó el corazón mientras él todavía le gritaba improperios; unos segundos después vio cómo lo masticaba, y entonces murió.

Copán se sacudió mientras el jaguar permanecía echado sobre el cuerpo inerte del soldado. Se miraron a los ojos con cierto aire de familiaridad. El felino se incorporó, caminó hacia él cadenciosamente, al llegar lamió su mano, este lo acarició y el felino lo abrazó sin dañarlo; rodaron entre el ramaje. Se miraron a los ojos por unos minutos, el jaguar lamió su rostro y él lo abrazó cariñosamente. Después de unos instantes el exótico animal se puso en cuatro patas, avanzó con calma hacia la salida de la cañada, pero antes de desaparecer se detuvo, volteó hacia donde estaba el valiente hombre y soltó un enorme rugido sacudiendo su cabeza. Copán puso la mano derecha en su corazón y con la otra se despidió; algo le decía que esa era la última vez que lo vería.

XIV

Copán regresó a la base arrastrando a Boris y listo para ayudar a sus compañeros. Sin embargo, la resistencia ya había sometido a los humarcianos. El triunfo les había inyectado una dosis de confianza sobre que si seguían peleando juntos podían salvar a la Tierra.

Aunque las máquinas ordeñadoras fueron desactivadas, debían programarlas para que regresaran los recursos que le habían extraído a la Madre Tierra, o de lo contrario no sobreviviría, eso solo lo podía hacer Percival, quien aún estaba en la nave nodriza. Además debía rendirse por completo junto con el resto de la tripulación y llevar el mensaje a la colonia marciana de que la Tierra tenía quien la defendiera.

Ordenaron a Boris que se comunicara a la nave nodriza y transmitiera su mensaje. La respuesta no fue la que esperaban, se habían negado a hacerlo y terminaron por apertrecharse; entonces planearon cómo sacarlos de su encierro.

—Podríamos dispárales desde varios ángulos –dijo Escan.

—Créeme, amigo, no le haríamos nada. Esa nave está blindada por todos lados. Pero sus suministros deben acabarse en algún momento.

—¿Cuánto tiempo? La Madre Tierra agoniza, si no le restituimos la sangre que perdió morirá y con ella toda la vida.

Las palabras de Copán tenían un acento inquietante. Ramsi que escuchaba la conversación a poca distancia se acercó al grupo.

—Ahora creo recordar la historia de un hombre muy inteligente que construyó un espejo gigante con el que proyectó la luz del sol hacia las naves enemigas quemándolas.

Todos se voltearon a ver con una expresión en el rostro de: ¡eso es!

—Entonces, ¡quememos la nave nodriza! –se escuchó una voz decir febrilmente.

—No es necesario que la quememos, es suficiente con que elevemos la temperatura hasta convertirla en un horno –corrigió Ramsi.

—Manos a la obra, ¡construyamos un espejo para calentar la nave y forzarlos a salir como cucarachas! Debemos hacerlo con cuarzo y recubrirlo con plata –completó Copán.

—Si el cuarzo es ese material trasparente, ¡sé dónde encontrarlo! –añadió Tikal.

—¡En marcha, entonces!

Al amanecer habían extraído una pieza de cuarzo con la dimensión adecuada como para crear un espejo ovalado del tamaño de una persona y así reflejar los rayos del sol hacia la nave. La colocaron sobre una piedra en posición perpendicular y empezaron a pulirla, las imperfecciones fueron desapareciendo y el cuarzo se volvió traslúcido. Entonces advirtieron un fenómeno: la vegetación que se encontraba debajo del óvalo parecía aumentar su tamaño. Layar fue el primero en entender el fenómeno.

—¡Eso es!, lo que hemos creado es una lupa.

—¿Una qué? –preguntaron en coro.

—Una lupa, un cristal que tiene la capacidad de incrementar la potencia de los rayos solares que lo atraviesan.

—Entonces, ¿ahora qué debemos hacer?

—En esta hora del día los rayos del sol caen perpendicularmente, pero cuando avance caerán de manera vertical, no podrán soportar el calor, se achicharrarán.

La nave nodriza se encontraba del lado poniente de la montaña Xaya, por lo que en ese momento recibía sombra. Debían subir la lente, colocarla en la cima y esperar a que el sol avanzara hacia el cenit. Alrededor de las 11:30 de la mañana los rayos debían pasar por el cristal; este los aumentaría provocando que la nave se calentara lo suficiente como para que los tripulantes desertaran.

—Comencemos entonces a subirlo, solo faltan unas horas –arengó Copán al grupo.

El cristal fue subido por la ladera contraria a la que se encontraba la

nave con el esfuerzo de todos, cuidando no estropearlo. Una vez en la cima, crearon una especie de pedestal en donde lo sujetaron para luego inclinarlo con mucho cuidado hasta una posición en dirección de la nave.
Los chicxos se asomaban a través de él con cierta curiosidad, les llamaba la atención ver la figura de la nave nodriza deformarse, como si la hubieran estirado.

La luz ya estaba atravesando el cristal, pero aún no se proyectaban hacia la nave. A medida que el sol se acercaba al cenit, los rayos reducían su ángulo y se volvían más rectos. Faltaban unos minutos, todos tomaron posiciones.

Un poco antes de que el sol llegara al medio día, el primer rayo se proyectó en dirección de la nave, la potencia que había alcanzado al atravesar el cristal fue tal que al chocar con ella se escuchó un sonido destemplado, como metal retorciéndose. Era obvio que la temperatura de la nave se estaba elevando considerablemente, en algunos lados el metal se tornó azulado, se escuchaba como los sistemas de climatización funcionando a su máxima capacidad.

La gente en la nave, incluido Percival, confiaban en poder resistir, sabían que la Tierra se movía y que de un momento a otro los rayos solares se inclinarían, lo cual mermaría su potencia.

Los chicxos, por su parte, observaba desde varios puntos, sentían que le agregaban mayor fuerza al cristal si levantaban sus brazos haciendo movimientos vibratorios. Layar veía preocupado cómo los rayos solares estaban a punto de inclinarse y decidió que era el momento de pasar al plan B.

Hizo una señal y otros miembros de la resistencia quitaron la manta que cubría un segundo cristal; sin perder tiempo lo colocaron encima del que ya estaba funcionando, a una distancia aproximada de un metro, con lo que duplicaron su potencia. Fue demasiado para los humarcianos, pues estaban acostumbrados a temperaturas inferiores a las de la Tierra.

Se escuchó un sonido hueco, una de las puertas laterales se abrió con violencia, enseguida salió la tripulación con los brazos levantados, algunos cayeron al suelo llevándose las manos al cuello y otros fueron cargados por sus compañeros. Los chicxos saltaron de alegría y se abrazaron al ver como los humarcianos se rendían; no obstante, faltaba uno.

Repentinamente, en la parte superior de la nave, justo en la torre de control, emergió la malévola figura del comandante Percival, quien se dirigió a todos con voz retadora, pero en particular a Layar.

—¿Crees que nos han vencido? ¡No!, aún no nos han vencido, ¡mira esto!

Levantó su mano derecha y apareció nuevamente aquel pequeño cubo destellante. Layar sabía perfectamente lo que eso significaba.

—¡Aquí tengo los recursos que hemos extraído a la Tierra y sin los cuales no podrán sobrevivir detriano! Puedo lanzarlos en este momento para que se pierdan en la inmensidad del espacio o hacerlos estallar.

—Ya no soy un detriano, ¡ahora soy un humano! –continuó Layar seguro de que podían vencer–. ¡Esos recursos te son tan indispensables a ti como a nosotros! El juego se ha terminado, no permitiremos que sigan succionando recursos a la Tierra. ¡Devuélvanlos y márchense!

Percival se mantuvo en silencio, parecía no tener prisa en contestar; algo tejía en su retorcida mente.

—¡Layar!, quieres salvar a un grupo de andrajosos, gente que, si desaparece, nadie se enteraría; solo será una luz que se apaga en el mapa galáctico. En cambio, nosotros somos descendientes de reyes, faraones, emperadores, magnates, tenemos a la mano la posibilidad de extender la civilización más allá de las fronteras del sistema solar, de ser inmortales. ¡Nosotros escribiremos la historia! Únetenos y sé parte de nuestra gloria.

Percival esbozó una maquiavélica sonrisa; era un tipo desalmado, podría lanzar a su misma madre a las máquinas ordeñadoras si con eso se cumplieran sus fines.

—¿Reyes, faraones, magnates? ¿Acaso esos no eran humanos como los que hoy llamas andrajosos?, y, ¿qué los hace distintos o mejores? Eso que los hizo diferentes fue exactamente lo que destruyó este mundo: ¡el poder y la vanidad!, ¡su egoísmo!, como el que hoy te lleva a acabar con la Tierra. ¡Yo también soy uno de esos andrajosos y en lo que a mí respecta no me rendiré jamás!

Layar concluyó apuntando el macuahuitl en dirección de Percival.

—Pues entonces serás arrastrado junto con estos miserables a la desgracia que se les avecina, ¡observa!

Percival lanzó las manos al cielo a la vez que su rostro se transformaba. Un sonido parecido al de una colonia de avispas embravecidas se expandió por toda la península de Yucatán. Layar se quedó helado ante lo que veía. Una nube negra formada por 100 naves de combate humarcianas cubrió el cielo. No esperaba esto. Sin duda, esta vez los destruirían, no tendrían ni el más mínimo atisbo de misericordia. Tikal corrió hasta el montículo en donde estaba su amado Bambú; se escondió detrás de él y miró por encima de su hombro como una ardilla asustada.

El detriano volteó hacia los chicxos, sabía que esto era un golpe mortal a sus aspiraciones de salvar la Tierra, cómo seguir luchando. Él no sabía que justo en esa tierra siglos atrás un español llamado Gonzalo Guerrero, enamorado de Zazil Ha, princesa maya, luchó junto con los habitantes del lugar en contra de sus propios coterráneos por defender su mundo. La historia de esa región era la de todas aquellas oprimidas por los poderosos, pero no era una historia de derrotas, sino de lucha. Ahora no era diferente, los chicxos levantaron su puño reiterándole su apoyo hasta el final. Chicxulub sería su hogar o su tumba.

Layar entendió que si se rendían morirían de cualquier forma y la Madre Tierra sería una vez más abandonada por sus hijos, pero si luchaban morirían intentando algo. Tal vez no serían igual de poderosos que el dios guerrero Huitzilopochtli, pero sí serían igual de valientes. Se dirigió hacia quienes consideraba sus iguales diciendo:

—¡Si no hay otro camino que morir, entonces que sea peleando! Que quede nuestro sacrificio como un recordatorio para otros mundos de que este planeta no fue derrotado hoy, sino ayer, cuando las elites eligieron elevar la temperatura del planeta por encima de los 2 grados, en vez de cambiar sus hábitos de consumo, su concepto de riqueza y progreso. Miró directo a Percival por unos segundos, quien lucía su acostumbrada sonrisa ácida, luego tomó de la mano a Tikal y bajó la colina saltando sobre las rocas hacia donde estaban los chicxos, quienes golpeaban su escudo con el macuahuitl con mucho valor, pero ignorantes de lo que se avecinaba.

XV

Layar sabía que no había ninguna posibilidad de vencer a las naves de combate humarcianas, pero no iba a huir, sino a proteger hasta donde le fuera posible a su amada Tikal, incluso con su propia vida. Inevitablemente, todos comenzaron a dispersarse ante la brutal embestida de las naves.

A partir de ese momento todo sucedió como en cámara lenta. Las naves de combate se distribuyeron en cuatro direcciones desatando el apocalipsis. En segundos, mortíferos proyectiles comenzaron a destruir

Chicxulub, arrasando con la tierra, la flora, la fauna y los humanos, devastando su sociedad, su cultura. Las montañas se desgajaron y en el mar una enorme ola comenzó a avanzar hacia la península; era el fin de su mundo.

Layar recogió el macuahuitl que se le había caído luego de un estallido, y corrió con Tikal entre los árboles y palmeras incendiadas. Cada vez era más difícil avanzar sobre la tierra que se partía con cada paso, o esquivar las rocas y los árboles que se desplomaban uno tras otro, hasta que una esquirla los impactó y los hizo volar varios metros.

Como pudo, Layar se incorporó, se dio cuenta que sangraba de una pierna. Tikal yacía en el suelo aturdida, las naves les pasaban por encima y los disparos los rodeaban. Se agachó y con la mano tomó su rostro manchado de hollín, luego acarició su mejilla; ella lo miró a los ojos y jalando todo el aire que pudo le dijo:

—¡Layar!, debes saber algo antes de que nuestro mundo sea destruido.

Pero él se dio cuenta que no podían permanecer ahí por mucho tiempo sin el riesgo de que un proyectil los alcanzase.

—¡No, amor!, ¡nuestro mundo no será destruido!, ¡nuestro amor vivirá por siempre!

Mientras la abrazaba perdió el conocimiento. Layar volteó a su alrededor buscando un lugar en donde refugiarse entre los cuerpos inertes de sus compañeros, sus amigos... En un árbol, una hembra con su cría aferrada al pecho chillaba mientras la copa se iba inclinando dramáticamente. La rama no pudo más y se quebró, haciendo caer a la hembra hecha bola desde 30 metros de altura, golpeándose entre las ramas hasta impactarse con el suelo. Al instante murió, pero la cría de mono había sobrevivido. El pequeño miraba a su madre, la acarició, pero ella ya no respondía.

Layar le hizo una seña para que viniera hacia él, la cría corrió y trepó en su espalda. Se incorporó y como pudo huyó sin rumbo fijo tratando de esquivar los disparos, convencido de que si alguno los alcanzaba protegería a Tikal con su propia vida, como la hembra a su cría.

La virulencia del ataque lo consumía. Tropieza y cae de rodillas con una congelante sensación de fracaso. Por su mente pasa la idea de que todo ha terminado, se dice a sí mismo: que sea como ambos lo habíamos deseado, juntos hasta el final. Entonces escucha que una voz lo llama.

—¡Amigo, amigo!, acá estoy.

Se trata de Escan, quien está atrapado entre las rocas y con parte del caparazón destruido.

—¡Oh, amigo! ¿Qué te pasó? ¡Lo lamento tanto, todo se acabó!, lo intentamos.

—¡Escucha con atención, Layar!, aún hay una oportunidad.

—¿Qué?, ¿cómo?, ¿cuál?

—Recibí un mensaje del Consejo Intergaláctico en donde dicen que te han declarado en desacato, ordenan que seas arrestado y juzgado de inmediato. Puedes entregarte y de esa manera el Consejo ordenará que se detenga toda actividad en la Tierra para que ninguna prueba se pierda o manipule.

—Pero eso no garantizaría que la salvemos.

—No, pero daría tiempo, tal vez los dioses tengan algún plan que nosotros no conocemos.

Con su amada en los brazos y la cría aferrada a su hombro, levantó la vista al enrojecido cielo y exclamó:

—Tienes razón, si ser juzgado es la única forma de parar la destrucción, ¡hagámoslo!, no importa lo que suceda después.

Como pudo llegó hasta donde estaba Escan. Se introdujo a la nave, recostó con mucho cuidado a Tikal en el piso, la besó en la frente mientras Chicxulub se cimbraba, la cría de mono lo seguía por todos lados. Debía mandar lo antes posible una transferencia láser al Consejo Intergaláctico en la que aceptaba ser juzgado. De esa manera el Consejo actuaría de inmediato sin importar en donde se encontrarán.

Redactó erráticamente las líneas y luego puso el mensaje en un lector láser que lo transfirió al sistema de comunicación galáctico. Solo faltaba oprimir el botón.

—¡Bien, bien! ¡Vamos!, ya casi lo tengo. Ahora lo mandaré.

Oprimió el botón de "mensaje inmediato" para casos de extrema urgencia.

—¡Listo!, se fue; resiste Chicxulub.

El mensaje atravesó la galaxia en instantes.

—¡Hiciste lo correcto, amigo, estoy orgulloso de ti! –dijo Escan con voz cortada.

—Ya no me interesa qué suceda conmigo, pero si puedo entregarme a cambio de salvar a los que amo habrá valido la pena el sacrificio.

—¡Saldrás adelante, amigo!, ya lo verás, eres un tipo inteligente.

Estaban despidiéndose cuando todo se detuvo como si hubiera caído una nevada: el agua, las naves, los proyectiles, los derrumbes, los incendios; solo los seres vivos continuaban en movimiento. Se miraron unos a otros extrañados, no entendían lo que sucedía, incluso los humarcianos, quienes daban por hecho su triunfo. En medio de la artificial calma, la silueta holográfica de Relpek se materializó. Esta vez, con aire de punibilidad, dijo:

—Layar será juzgado por desacato, debe presentarse de inmediato.

Escan sonrió a su amigo y le hizo una seña de apoyo. Bajó la escalinata de la nave de manera estoica, inhaló el aire que ahora era como aquel que había aspirado en su primera incursión a la Tierra, cargado de CO_2. Al llegar al piso extendió los brazos.

—Aquí estoy, Relpek, justo como me querías.

—Veo que por fin entraste en razón. Cuando menos te quedó algo de honor.

Layar no contestó. Desde su torre de control, Percival no sabía si lo que estaba sucediendo era bueno o malo para sus oscuras intenciones.

Al centro del claro se proyectó un fulgurante rayo, los exploradores, junto con los chicxos que habían sobrevivido y que poco a poco se iban reuniendo, se sorprendieron con el fenómeno. Del él surgieron cada uno de los miembros del Consejo Intergaláctico, luciendo un semblante adusto.

Aunque tenía algunas heridas, Tikal se había puesto de pie y observaba confundida desde la nave.

—¿Qué sucede, Escan?

—El Consejo Intergaláctico juzgará a Layar por desacato, para ello fue detenida momentáneamente la destrucción de Chicxulub.

Relpek inició la lectura de los cargos que pesaban sobre el explorador de la galaxia.

—Hemos recibido informes sobre su involucramiento en los asuntos de la Tierra. Incluso se le pidió que abandonara el planeta y regresara a Detrix lo antes posible, situación a la que usted se negó. Más aún, hemos comprobado cómo ayudó a los terrícolas en su disputa con los humarcianos al liberar a una mujer, colaborando en la destrucción de su flota, así como el sabotaje a sus máquinas succionadoras. ¿Tiene algo que agregar?

Había un desilusionador silencio en aquel lugar, los chicxos deseaban que se defendiera de la misma manera que los había impulsado a salvar a la Madre Tierra, pero él aceptó pasivamente las acusaciones.

—Es verdad, me involucré en todo ello.

—¿Acepta que usted sabía perfectamente que al hacerlo incurría en una grave violación al código de no intervención?

—Sí, lo acepto.

En Detrix era común que los habitantes, sin importar su función, asumieran sus cargos e incluso su condena; era muestra de que algo habían hecho mal y que por lo tanto debían de seguir superándose. Tal vez él esperaba que adoptar una clásica postura detriana le permitiría salvar a la Tierra y en ese sentido no todo se habría perdido.

—Ante la inapelabilidad de los cargos, será arrestado y luego desintegrado para evitar que en lo sucesivo se repitan casos como el suyo. ¿Tiene algo que decir antes de ser procesado?

Layar no se movía de su lugar; su rostro lucía cierta resignación, parpadeó en varias ocasiones y se decidió a hablar.

—No, ¡sí!

—Adelante, hable.

—Yo hice todo lo que acabas de mencionar Relpek y muchas otras cosas más que desconoces. Pero, dado que ustedes no me han preguntado por qué las hice, yo les pregunto: ¿en qué caso está permitido intervenir en los asuntos de otro planeta?

Layar conocía la respuesta y Relpek sabía que él la conocía, pero no pudo negarse a responder.

—Solo en caso de que el Todo Esencial esté en peligro y aquí en la

Tierra eso no ha sucedido.

—¿Están seguros?

Miró a Relpek directo a los ojos, quien no soportó y agachó la cabeza. Layar se dio la vuelta y avanzó hacia donde estaban los miembros del Consejo, a quienes recorrió uno por uno, hasta que Lambda, el vocal, habló.

—Bien Layar. Si usted sabe algo que nosotros desconozcamos, hable ahora. Pero le recuerdo que cualquier intento de engaño puede traer consecuencias no solo para usted sino para la Tierra y sus habitantes.

Tragó saliva y se encomendó a los dioses terrestres, que ahora eran sus dioses, para que le dieran la lucidez que necesitaba a fin de poder justificar su proceder.

En la nave nodriza Percival se estrujaba los cabellos, sabía que el daño que le habían provocado a la Tierra se justificaba en su derecho a progresar. Pero si Layar era capaz de evidenciar que ese progreso en realidad era la vanidosa obsesión de colonizar la galaxia a toda costa, tomarían su lugar en el banquillo de los acusados.

—Lo tendré presente, su excelencia.

Jaló aire hasta llenar los pulmones, luego lo dejó salir despacio mientras se colocaba al centro del claro, entonces inició su defensa.

Ustedes nos mandaron a Escan y a mí a investigar por qué en la Tierra el consumo de energía se había reducido de manera drástica, casi al punto de extinguirse. ¿Cierto?

—Cierto.

—Pues ya tenemos una respuesta.

Enseguida se hizo un silencio total. Los miembros del Consejo se quedaron esperando su explicación; al final, era el objetivo de la misión. Al ver que no contestaba, Lambda, haciendo énfasis en cada una de las letras preguntó:

—¿Cuál es la causa, Layar?

—¡El egoísmo!

Lambda y los miembros del Consejo derrumbaron el cuerpo sobre el respaldo de los asientos.

—Layar, ¿sabe que no tenemos un caso de egoísmo desde la destrucción del Todo Esencial?

—Lo sé, y por eso mismo ratifico lo que he dicho. Puedo probarlo si ustedes lo desean, o tal vez prefieran desintegrarme en este momento.

Los conscientes no podían creer que aquella emoción causante de la destrucción del Universo, se hubiese manifestado en la Tierra. Tal vez Layar se había equivocado, ¿y si estaba en lo correcto? Valía la pena escuchar lo que tenía que decir. Para el detriano era la oportunidad de explicar cómo el grupo del 1%, había preferido sacrificar a la Tierra antes que renunciar a sus privilegios, y eso, eso era egoísmo puro.

—En la Vía Láctea los planetas que se han convertido en civilizaciones planetarias, aquellas que aprovechan toda la energía que el sol les provee, han tenido como eje principal la colaboración. En ese sentido, la producción de bienes necesarios es colabsí bien orativa, y estos tienden a ser redistribuidos, reutilizables y reducidos; es decir, se producen cada vez menos. Por lo tanto, no hay procesos extractivos que depreden y agoten los ecosistemas, ni explotación de los seres humanos, en pocas palabras hay una veneración a la Madre Tierra.

—¿Qué?, ¿veneración a qué? –protestó Lambda en nombre del Consejo al escuchar ese término.

Inconscientemente Layar había invocado la figura de la Madre Tierra, porque ahora él la entendía y no importaba qué nombre le dieran en otras partes de la galaxia; su principio era el mismo, el respeto a la naturaleza y la igualdad entre los seres humanos. Se excusó y continuó.

—Sin embargo, en la Tierra no sucedió así, entre el siglo XVI y XIX se establecieron las bases para un camino diferente: el individualismo.

—¿Individualismo? ¿Se refiere a cuando los intereses de una persona o grupo siguen su propia voluntad, ignorando al resto de la sociedad?

—Exacto. En la Tierra ese grupo fue el del 1%. Ellos concentraron una riqueza y un poder jamás visto en la historia. Cambiando la producción colaborativa, redistributiva y reductiva de bienes por un sistema económico en donde la producción y venta se realizaba en compañías, lo que permitía que los excedentes, o ganancias, como ellos lo llaman, se concentrara en unas cuantas manos.

—Bien Layar, va a necesitar más que eso para probar que existió un caso de egoísmo en la Tierra.

Lambda tamborileaba el estrado con los dedos.

—Necesita probar cómo ese sistema económico destruyó la Tierra.

—Sí su eminencia, me queda claro. Antes de continuar, debo decir que no fue el sistema económico lo que destruyó a la Tierra, sino el egoísmo de los individualistas; el sistema económico, el capitalismo, solo fue un instrumento.

Dicho esto, continuó.

—Identificamos tres momentos que influyeron de manera importante en el cataclismo de la civilización humana. El primero fue cuando a mediados de 1840, el sistema económico capitalista hizo de los hidrocarburos su principal fuente de energía. Durante los siguientes tres siglos surgió una industria extremadamente lucrativa dedicada a la extracción y procesamiento de combustibles fósiles. Fue esta industria la que lanzó a la atmosfera gases de efecto invernadero, GEI, en tal cantidad, que alteró el clima de la Tierra poniendo en riesgo su continuidad.

—Layar…

Nuevamente Lambda interrumpió la exposición.

—El uso de hidrocarburos o combustibles fósiles es una práctica común en la galaxia, los planetas los emplean cuando todavía no son capaces de acceder a la energía solar u otras de manera eficiente.

El explorador percibía en el Consejo una resistencia a sus argumentos, era obvio que tenía que ser más contundente si quería salvar a la Madre Tierra. Por lo tanto, regresó a su exposición con una nueva estrategia: usar las objeciones para reforzar su defensa.

—Concuerdo completamente con usted –dijo apuntándolo con el dedo índice en signo de aprobación– los hidrocarburos deben ser usados como energía puente o complementaria, hasta llegar a la solar u otras de menor impacto al medio ambiente. Pero, ¿qué sucedería si en vez de ser una energía transitoria se volviera definitiva y además se incrementará su uso exponencialmente?

—Terminarían por suicidarse tarde o temprano –contestó otro de los miembros del Consejo–, pero, ¿por qué alguien en la Vía Láctea desearía hacer de una fuente transitoria, no solo algo permanente, sino incrementar su uso? No tiene sentido.

—En eso estamos de acuerdo, al principio ese comportamiento también nos resultaba extraño a Escan a mí. Justo aquí es donde entra el segundo momento que determinó el destino del planeta, ya que los hidrocarburos eran el combustible de un sistema basado en el consumismo. Me explicó: fue en la primera mitad del siglo XX cuando se creó no solo la producción en masa, sino el consumidor en masa. Los avances técnicos, tecnológicos y el perfeccionamiento del capitalismo se combinaron para disminuir los costos de producción, solo faltaba una fuente de energía abundante y barata, ese puesto recaería en los combustibles fósiles.

Pero si bien, a menor precio mayor demanda, la masiva producción industrial requería de algo más que eso, necesitaba crear un individuo, o más bien un autómata, que comprara todo lo que necesitaba, pero primordialmente aquello que no le faltaba; es decir, la producción superflua. Esta, pronto superó a la necesaria. Y aunque en el resto de la galaxia pareciera contradictorio y suicida, en la Tierra respondía a una lógica: la del grupo del 1% y sus aliados que, con cada nuevo producto, se necesitara o no, concentraba más riqueza y poder. En este punto, poco importaban las repercusiones que podía generar la combinación: producción superflua, combustibles fósiles y consumismo al medio ambiente, así como el grado de desigualdad social que estaba provocando, mientras se alcanzaban los objetivos.

Al terminar este argumento, los rostros de los miembros del Consejo cambiaron; lo que Layar decía comenzaba a tener sentido. Era cierto que en la galaxia no se tenía registro de un caso en el que un grupo de la sociedad, buscando su propio beneficio, se empeñara en una combinación tan letal; no obstante, eso no quería decir que no se pudiera dar. A pesar de todo, una vez más, el Consejo fue cauteloso.

—Layar, en la información que se les proporcionó al inició del viaje, hay datos que hablan de cómo, durante la Cumbre por la Tierra de Río de Janeiro, en 1992, los países participantes se comprometieron a impedir que la acción humana alterará el sistema climático.

El detriano estuvo a punto de interrumpirlo, pero se contuvo y esperó a que terminara para contraatacar.

—Señores del Consejo, discúlpenme, pero debo informales que la palabra compromiso no tiene el mismo significado en esta parte de la galaxia. Aquí un compromiso es más una promesa que otra cosa, una que si no se cumple nadie te castigará; por lo tanto, puedes prometer todo lo que quieras. En ese sentido, no importaba cuántas cumbres que se hicieran o donde se realizaran mientras no se tomaran medidas punitivas, muestra de ello es que tanto el Protocolo de Kyoto como el acuerdo de París establecieron que las emisiones de GEI derivadas del transporte militar y guerras multilaterales no se contabilizaran. Si bien desde 1992 el enemigo estaba claramente identificado –los GEI–, el problema fue que solo se subscribieron compromisos para disminuirlos; buenos deseos. Así pues, para 2012 cuando se preparaba el quinto informe y las pruebas científicas del cambio climático abundaban, no solo no se habían disminuido las emisiones, sino que se incrementaron en 58%.

Lambda no pudo ocultar su asombro.

—¿Se incrementaron en 58%?, ¿en solo 12 años terrestres?

—Sí.

Layar dejó que el silencio hiciera el resto. El escenario que más le preocupaba a Percival y los humarcianos estaba cobrando forma.

—Esto es serio, porque todos sabemos que un planeta tiene una capacidad limitada para absorber el CO_2 antes de comenzar a alterar el medio ambiente, pudiendo incluso causar una catástrofe climática.

A pesar de que Layar ya había explicado en qué consistía el trinomio producción superflua, combustibles fósiles, consumismo, aun así, los miembros del Consejo se resistían a creer que alguien deliberadamente hubiera destruido la Tierra.

—Nuestra pregunta sería si ellos, el grupo del 1%, sabían el daño que estaban causando. Recuerden que en algunos casos se aprende muy tarde, cuando ya no es posible revertir los efectos.

Layar sabía que tenía las pruebas para comprobar que el grupo del 1% había actuado con dolo, que no había sido falta de conocimiento sino de voluntad. Pero antes tenía que asegurarse de que las pruebas fueran incriminatorias.

—Sus eminencias, si aquellos que se beneficiaban del sistema económico supieran el daño que hacían al medio ambiente y, aun así continuaran para no perder sus privilegios, ¿se podría considerar una prueba de egoísmo?

Los miembros del Consejo murmuraron entre ellos antes de contestar, pero no encontraron nada extraño en la pregunta.

—Sí, sería una manifestación de egoísmo sacrificar el planeta, a cambio de que algunos conservaran sus privilegios, pero eso no ha sucedido en el Universo.

Layar estaba de espaladas al Consejo, presionando las puntas de sus dedos entre sí y sonriendo levemente. En el horizonte podía ver la nave nodriza y a Percival; sabía que estaban al tanto del juicio y le quedaba claro que era el momento de acabarlo.

—¿Entonces solo tengo que probar que sabían el daño que hacían? –enfatizó con cierta ingenuidad.

—Sí, sólo tiene que probarlo –dijo Lambda con la conformidad del Consejo.

—¡Pues lo sabían! –gritó Layar a la vez que golpeó el estrado con la mano empuñada.

Su alarido atravesó toda la península de Yucatán hasta que las ondas se desvanecieron en el espacio. Usando los documentos que le habían dado en el Arco del Tiempo, aquellos hombres y mujeres que antes que él, habían intentado salvar la Tierra, arguyó lo que consideró podía ser la prueba definitiva.

—En 1965, el presidente del país que más emisiones

contaminantes arrojó al planeta, fue informado por su Comité de Asesores en Ciencia que:

Con su civilización industrial extendida ya a escala mundial, el hombre estaba llevando inadvertidamente un gigantesco experimento geofísico. Los cambios climáticos que podrían producirse a raíz del incremento de la concentración de CO_2 podrían ser muy nocivos desde el punto de vista de los seres humanos.

Si bien Layar sugirió que el informe estaba suavizado, tal vez para no herir el ego de quienes lo financiaron, arremetió contra lo que consideraba una cultura del desperdicio y la superficialidad.

—Es muy claro que en ese momento ya se sabía científicamente que si se insistía en la trilogía: producción superflua, combustibles fósiles, consumismo como ejes de la civilización, podía modificarse el clima de la Tierra, y con ello poner en peligro seriamente la existencia de los seres humanos y las demás especies.

Cada vez más, el argumento del acusado se erguía como un monolito compacto y macizo.

—Pero hay más, en las décadas de 1970 y 1980, una de las principales empresas productoras de petróleo y gas, Eqson, contrató a los mejores científicos para investigar el impacto que esos químicos producían en el medio ambiente. En julio de 1977, un tal James Black entregó un reporte inquietante sobre el tema que decía:

En primer lugar, existe un acuerdo científico general de que la forma más probable en la que la humanidad está influyendo en el clima global es a través de la liberación de CO_2 de la quema de combustibles fósiles, dijo Black al comité de gestión. Un año después se advirtió a Eqson que duplicar los gases de CO_2 en la atmósfera aumentaría la temperatura global promedio en dos o tres grados, un número que es consistente con el consenso científico actual.

Layar se había movido como un pez entre los corales, contestando de manera clara a los cuestionamientos del Consejo, había aportado datos contundentes, pero las dudas continuaban.

—Deténgase ahí, Layar.

Labda se puso de pie y caminó en dirección a él con las manos entrelazadas en la espalda.

—Ahora nos queda claro que ellos sabían lo que estaban haciendo, pero, ¿qué fue lo que provocó que la situación se saliera de control?

—Si tuviera que nombrarlo debería decir que fue la implementación del modelo Neoliberal, a principios de 1990. Es aquí donde surgió el tercer y definitivo momento en el destino trágico de la Tierra. El Neoliberalismo, al ser una ideología creada por las elites, buscaba incrementar aún más su riqueza y poder a través de la apropiación de los recursos naturales. La lógica producción superflua, combustibles fósiles, consumismo se volvió aún más depredadora, no solo de la naturaleza, sino de los seres humanos. Esta dinámica hizo que se perdiera la última oportunidad de revertir los ciclos de retroalimentación negativa, acelerando el cambio climático e impidiendo que la naturaleza se regenerara a sí misma.

Mientras tanto en las cumbres y foros, los verdaderos ambientalistas luchaban por conseguir resultados sin éxito. Las ganancias que afluyeron al grupo del 1% y sus aliados les dio el poder suficiente para eliminar a cualquiera que se interpusiera entre ellos y sus intereses, ya fuera comprando legisladores, distorsionando la información o saboteando los proyectos ecológicos. Esto incluía al IPCC que en un informe definitivo advirtió en 2019 que, si no se disminuían las emisiones de CO_2, se llegaría al punto de no retorno: los 2 grados, marca que se alcanzó a mediados de la década de 2050. A partir de ahí todo fue en declive.

Cuando terminó se quedó en su lugar sin moverse un solo centímetro.

—Layar, aceptamos que este grupo del 1% consolidó un sistema depredador porque obtenían grandes ganancias de él; también aceptamos que aun cuando sabían del daño que estaban provocando continuaron con su cultura del desperdicio y la superficialidad, como usted la denomina; incluso, aceptamos que en aras de no perder sus privilegios prefirieron continuar hasta el final, pero qué sentido tenía si al final también ellos habrían de perecer. ¿Quién en la galaxia haría eso?, ¿quién llevaría a su planeta al extremo de sus fuerzas para luego morir junto con él?

Antes de contestar Layar volteó hacia la nave nodriza, podía distinguir la figura malévola de Percival aferrado a la ventana principal con las dos manos. Regresó la mirada hacia el Consejo, tenía el rostro levemente fruncido, sintió que los tenía donde quería y saltó como un tigre.

—¿Y si les digo que ellos no fueron destruidos? Si le digo que ellos no se quedaron para ver el colapso de la Tierra, sino que construyeron naves y escaparon a Marte mientras la gente moría y el planeta colapsaba, sacrificando a sus congéneres antes que renunciar a su estilo de vida, a sus privilegios.

Lambda se puso de pie y azotó las manos sobre la mesa.

—¡Esa acusación es muy grave, Layar! Tendrá que probarla. Porque entonces ese grupo no solo sabía el daño que estaba causando, sino que en vez de hacer algo para evitarlo huyó del cataclismo que ellos provocaron, ya no hablaríamos de un suicidio, sino de un genocidio. ¡Eso es egoísmo en todas sus manifestaciones!

El destino de la Tierra y del resto del Universo pendía de su argumento, por lo tanto, se tomó unos instantes para refinarlo, finalmente concentró en un solo zarpazo todos sus deseos de que la Tierra se salvara, de que aquellos que habían muerto tratando de salvar su mundo tuvieran justicia, de que se respetara el derecho de los chicxos a tomar sus propias decisiones, de que surgiera una nueva civilización en donde no fuera el interés, sino la empatía lo que llevara a un humano a ayudar a otro. Apuntó con su dedo índice hacia la montaña Xaya, donde la nave nodriza estaba aparcada y dijo:

—Esa es la prueba de que el grupo del 1% no murió, sino que escapó dejando a sus congéneres morir como peces en un estanque que se evapora. Los humarcianos son la primera generación de humanos modificados nacidos en Marte. Y fue el egoísmo que destruyó a la Tierra el mismo que los trajo de nuevo para saquear sus recursos, y de esta forma diseminar su podrida ideología por todo el Universo. Ningún progreso justifica la destrucción de una sociedad.

Cuando terminó el argumento lució claramente agotado. Sin duda, pasara lo que pasara, había hecho honor a todos aquellos que antes que él lo habían intentado.

—Es todo.

Se dio la vuelta y caminó hacia el centro del claro, listo para aceptar el veredicto del Consejo Intergaláctico.

Los humarcianos que quedaban se escondieron en la nave nodriza, donde Percival se encontraba con el rostro desencajado, prácticamente irreconocible. Le habían dado todas las armas y recursos necesarios para cumplir con su misión y ahora estaba contra las cuerdas; solo podía sentir desprecio hacia Layar, a quien culpaba de todo.

El Consejo había terminado su deliberación.

—Layar: hemos tomado una decisión sobre si hay un acto de egoísmo o no que ponga en peligro el Todo Esencial. Es cierto, estamos ante la presencia de un acto de egoísmo extremo, jamás visto en la Vía Láctea; más aún, ante la posibilidad de que se expanda y ponga en peligro el Todo Esencial. Para salvar a sus congéneres no necesitaban amarlos, solo debían ser conscientes y responsables de las consecuencias de sus actos. Usted tiene razón cuando dice que: "Ningún progreso justifica la destrucción de una sociedad". Por lo tanto, repudiamos la invasión a la Tierra y encontramos culpables a los humarcianos de actos completamente egoístas.

En la nave nodriza, Percival se desmayó al escuchar la resolución. Los chicxos saltaron de alegría porque eso implicaba que la Tierra se había salvado, a pesar de todo era un gran triunfo para los humanos, incluido Layar. Lambda interrumpió la celebración.

—Sin embargo, antes de dictar sentencia contra los humarcianos, debemos infórmale, Layar, que también usted ha sido encontrado culpable de intervenir en asuntos que solo corresponden a los humanos y debe ser desintegrado.

Los humarcianos despertaron con una bofetada a Percival para darle la noticia; cuando menos tendrían la satisfacción de verlo pulverizado.

—¿Tiene algo que decir en su favor Layar?

—Más que en mi favor tengo algo que decir en favor de este mundo. Cuando llegamos a este planeta, al que ustedes nos mandaron, la Madre Tierra nos advirtió que si interactuábamos demasiado con él y sus habitantes nos volveríamos humanos.

Al escuchar eso, entre los miembros del Consejo hubo quienes se rascaron la cabeza y otros se reacomodaron en sus asientos.

—Layar, Layar, disculpe –Lambda lo interrumpió–, está usted hablando de creencias de sociedades primitivas, no puede usar eso como argumento válido.

Este agachó la cabeza y suavizó su tono, pero no cambio su discurso.

—Yo también pensé lo mismo en un principio excelencia, incluso creía que era superstición o ignorancia o todo junto. Sin embargo, sus creencias son el fruto de la observación de la naturaleza y eso, su eminencia, es la base de la ciencia. Más aún, los mitos son una forma de explicar cómo funciona el mundo, están llenos de sabiduría, de esa que le hizo falta al grupo del 1%. Pero lo más importante fue que de tanto respirar este aire, de tanto sentir el sol cada mañana, de tanto convivir con los seres humanos, de tanto ver unos ojos cafés y una piel morena, me convertí en un humano, como predijo la Madre Tierra.

—Vamos, Layar, eso solo es un proceso de mimetización con el medio y les ha sucedido a muchos exploradores en diferentes misiones.

—No, no. Les juro que me he vuelto un humano, he dejado de ser un detriano, y a partir de ahí decidí que lucharía con los míos, por salvar este planeta del egoísmo de los humarcianos.

Se hizo un silencio espectral. Los miembros del Consejo Intergaláctico se quedaron sin palabras; Relpek lo miraba con los brazos cruzados y pivoteando el pie derecho, no esperaban esa respuesta. ¿Cómo es que alguien que había manejado su defensa con tal elocuencia ahora creía en dioses y mitos, acaso había perdido la razón? Si se trataba de una treta para salvarse debían descubrirlo.

—Layar, si efectivamente usted se convirtió en un humano, entonces el cargo de intervención quedaría sin efecto, tendría el legítimo derecho de pelear por defender la Tierra, pero para eso debe de probarlo, aportar algo que lo demuestre.

Sacó entonces una lasca de su bolsillo, la acercó a su antebrazo y se provocó una cortada. En el acto un líquido rojo y espeso escurrió por su extremidad: era sangre, que mostró al Consejo como una prueba de su humanidad. Los presentes hicieron una exclamación de asombro. Lambda intervino secamente.

—Cuando un detriano llega a un planeta cualquiera, su organismo es capaz de emular aquellos procesos que considere necesarios para sobrevivir. No tengo la menor duda de que lo que usted nos muestra es sangre; sin embargo, si regresara a Detrix se convertiría en bioelectric.

Layar se quedó estupefacto, por decir lo menos, su mejor argumento se había evaporado en un instante, no le quedaba nada, sus palabras no serían suficientes para probar su humanidad, no importaba cuánto lo jurase, no podía demostrarla. ¿Acaso aquellos dioses de los que tanto desconfió finalmente lo habían dejado solo?, ¿acaso había llegado el momento de rendirse?

Cuando se dio cuenta que todas sus ideas lo llevaban al mismo lugar, fue que levantó la cabeza y retomó la palabra:

—Tal vez tienen razón, tal vez todo lo que viví aquí fue producto de mi imaginación, un sueño. Pero debo de reconocer que fue el más lindo sueño que nadie hubiera podido tener y ya no me interesa volver a ser un explorador de la galaxia porque en lo que a mí respecta he encontrado mí hogar. Pueden desintegrarme en el momento que lo deseen, y por favor, rieguen mis cenizas para que se vuelvan una sola con la Tierra –agachó la cabeza y extendió las manos– será mejor así.

Tikal, que veía todo desde la nave, pidió a Escan que abriera la compuerta para salir. Ni siquiera intentó usar la escalinata. Saltó y corrió hasta donde estaba Layar recogiéndose con una mano el vestido para no tropezarse. Al llegar a él, se arrodilló a sus pies, miró a su hombre a los ojos y luego se dirigió al Consejo Intergaláctico con mucho valor:

—¡Layar es humano, yo tengo la prueba!

—Amor: te agradezco, pero debo aceptar mi destino, yo lo elegí, salvamos a la Madre Tierra que era lo más importante. –Quitó el cabello de su rostro, sabía que era la última vez que la contemplaría y quería recordarla cuan bella era– Te llevaré conmigo por siempre y al salir el sol te visitaré, recuerda: aunque la vida me cueste no dejaré de quererte Llorona –pero ella insistió.

Cuando la situación no podía ser más dramática, ahora se presentaba esto. ¿Acaso se trataba de una estrategia? pensó el Consejo. Tikal replicó:

—¡Yo tengo una prueba! –gritó nuevamente con voz firme.

— Terrícola, si en realidad es una prueba te ordeno que la presentes, sólo debes saber que si es un engaño habrá graves consecuencias para ti y los tuyos

—Sí, su excelencia, lo acepto.

Entonces se incorporó, miró a los ojos a Layar, avanzó unos pasos hacia el Consejo y dijo levantando la cabeza y sacando el pecho:

—Yo, yo estoy esperando un hijo de él y es un honor llevar en lo más hondo de mis entrañas la semilla de un hombre tan valiente, cuya única falta que ha cometido es luchar para defender su mundo del abuso de los humarcianos –señaló a Layar con su mano mientras con la otra tocaba su vientre.

Los miembros del Consejo, Percival, los humarcianos y los chicxos se quedaron sin saber qué hacer por unos segundos. Lambda llamó a Relpek, le dio instrucciones al oído y él asintió con la cabeza, entonces se enfiló hacia Tikal y se detuvo a unos metros, luego hizo un hueco juntando las manos, las abrió despegándolas con fuerza. Una esfera de colores brillantes, del tamaño de una manzana, flotó como una bomba de jabón y se dirigió hasta la mujer. Ella no tuvo miedo, el objeto se acercó con extrema mansedumbre hasta alumbrar su vientre. Giró a su alrededor emitiendo luces de colores como si buscara algo.

Su corazón palpitaba aceleradamente, le comenzaba a faltar la respiración, pero la valiente mujer no claudico. Finalmente, la esfera se elevó hasta que se detuvo donde todos pudieron verla, se hizo más grande y los colores en su interior se arremolinaron hasta surgir un turquesa.

Una imagen antropomorfa fue emergiendo con la cabeza más grande que el cuerpo, pequeñas manitas debajo de su mentón, un ancho cordón umbilical y diminutos piececitos, en su pecho un minúsculo corazón saltaba.

Tikal y Layar veían la hermosa imagen cuando instintivamente se volvieron uno hacia el otro, lloraron y sonrieron al mismo tiempo. Relpek retrocedió unos pasos, se llevó ambas manos a la cabeza, acto seguido se dirigió al Consejo:

—La sangre, sus eminencias, es un proceso que un detriano puede imitar, pero la vida es algo que no sólo no podría, sino que las leyes de la genética universal no lo permitirían. Por razones que no puedo explicar ese ser tiene la mitad del ADN de Layar, sin duda es un humano y va a ser papá. Por lo tanto, –lo proclamó a los cuatro vientos– su intervención en los asuntos de la Tierra es totalmente válida. No hay delito que perseguir, –y sin saber por qué, comenzó a aplaudir, enseguida todos hicieron lo mismo excepto los humarcianos.

Un resonante grito de júbilo se escuchó en todos los rincones de Chicxulub, era la victoria completa, no sólo habían salvado a la Madre Tierra, sino que había sido una de sus principales funciones, dar vida, lo que había salvado a Layar. Increíble.

—Bien, Layar, quizá esa tal Madre Tierra tenía razón, queda libre de los cargos de desacato e intervención. ¿Quiere quedarse en la Tierra o volver a Detrix? –le preguntó Lambda.

—Gracias, pero ahora tengo más motivos para quedarme aquí. –Sin embargo, él sabía que debía cerciorarse de que los humarcianos no volvieran a invadir la Tierra–. Sólo algo más, su excelencia.

—Diga.

—Quisiera que consideraran todo el daño que el egoísmo de los humarcianos provocó a la Tierra en su sentencia –se inclinó ante el Consejo mientras miraba de reojo a la nave nodriza.

Los miembros del Consejo intercambiaron impresiones, luego voltearon hacia donde estaban los humarcianos, Percival se hacía cada vez más chiquito.

—Su petición Layar no sólo es pertinente, sino justa. Por lo tanto, ordenamos a los humarcianos que reparen todo el daño que han hecho a la Tierra, que devuelvan los recursos que sustrajeron y no regresen a menos que los terrícolas se los permitan. Si desean colonizar otros confines de la galaxia, tendrán que hacerlo sin atentar contra ninguna forma de vida, civilizada o no; supervisaremos que el egoísmo no se extienda al resto de la galaxia. El Consejo ha dicho.

Layar corrió al encuentro de su amada Tikal, ahora nada los separaría, ella hizo lo mismo y abriendo sus brazos hasta donde les fue posible, se fundieron en un redentor abrazo y sellaron su salvación con un beso y el estribillo de aquella canción que les había dado suerte: "aunque la vida me cueste, Llorona, no dejaré de quererte".

Escan, que era un estudioso de las formas de vida, exclamó:

—Vaya, llegamos aquí para averiguar qué sucedía en este primitivo mundo. Creíamos que la veneración a la Madre Tierra era sólo superstición, pero resultó ser toda una filosofía en donde el respeto a la naturaleza y la igualdad de los hombres y mujeres son el eje central. Más aun, terminaron dándonos una lección, con sólo sus creencias, sus rudimentarios materiales, su cultura, los habitantes enfrentaron a los insensibles y vanidosos humarcianos. Y, cuando parecía que no había remedio, fue el amor quien salvó todo, no cabe duda que esa es la verdadera energía que mueve el universo, mientras exista siempre habrá una oportunidad de mejorar o corregir las cosas, siempre habrá tipos como Copán, Tikal y Layar decididos a luchar.

Como corolario a ese especial momento, un imprevisto y bello eclipse lunar se manifestó como símbolo de reconciliación entre los humanos y la Madre Tierra. Así surgieron tres bases fundacionales para la humanidad: la colaboración, la empatía y el respeto a la naturaleza.

FIN

ACERCA DEL AUTOR

El autor es Licenciado en Administración de Empresas, Licenciado en Historia y Maestro en Gestión y políticas de la educación superior por la Universidad de Guadalajara. Es catedrático en la Universidad del Valle de

Atemajac en el Departamento de Comercio y Negocios Internacionales (UNIVA). Catedrático de Administración en la Escuela Bancaria y Comercial.

Es autor del libro: De regreso del País de la Muerte, donde describe cómo la actual sociedad de consumo despoja a los individuos de su don más preciado: su capacidad de tomar decisiones.

En su tesis de historia describe el periodo que va desde el siglo V a. C. hasta el siglo XVIII, etapa en la cual se va a consolidar en Inglaterra el capitalismo industrial como el principal modelo de producción.

Su tesis de maestría aborda el tema de las Ciencias Sociales y Humanidades en las ingenierías. Señala cómo los centros universitarios han disminuido este tipo de asignaturas o bien de qué forma las han utilizado para otros fines ajenos a su verdadero fin; estudiar a la sociedad para mejorarla y entender la esencia del hombre y la mujer.

Su interese por el tema del cambio climático es resultado del estudio de la empresa y la sociedad. Cuestiona la tesis de aquellos economistas que estando al servicio del capitalismo, justifican la sobreexplotación de recursos naturales y seres humanos, con el argumento de un crecimiento económico ilimitado, cuando en realidad solo genera bienestar para algunos.